K를
팝니다

K를 팝니다

박재영

다 아는데 왜 재밌을까 싶은
대한민국 설명서

#.

한국인 독자들만을 위한 서문

한국에 대한 전 세계 사람들의 관심이 지금처럼 높았던 때는 단군 이래 없었다. 사실 우리 스스로도 얼떨떨할 지경이다. K팝을 필두로, 영화, 드라마, 음식, 뷰티 등 여러 분야에서 'K'가 열풍을 일으키고 있다. K콘텐츠를 즐기는 사람은 수십억 명에 달하는 듯하고, 한국을 방문하는 외국인 관광객의 수는 연간 천만 명이 넘는다. 정부는 2027년까지 이 숫자를 3천만 명까지 늘린다는 목표를 세웠다(늘 그렇듯 목표는 있는데 구체적인 전략은 별로 없어 보인다).

'여행 준비'라는 독특한 취미를 즐기다가 『여행준비의 기술』(글항아리, 2020)이라는 책까지 쓴 사람으로서, 문득 궁금했다. 한국을 알고 싶어하는 외국인들은 어떤 책을 읽고 있을까? 아마존에서 검색해본 결과는 놀라웠다. 한국어 공부와 관련있는 책들을 빼면, 한국 혹은 한국 여행에 관한 정보를 담고 있는 '영어로 된' 책은 열 권이 채 되지 않았다. 심지어 그것들 중 한국인이 쓴 책은 단 한 권도 없었다!

가장 유명한 『론리 플래닛 한국편』을 사서 대충 읽어봤다. 우리가 흔히 보아온 전형적인 가이드북이었다. 정보는 많지만 '이야기'가 없는, 읽다보면 지루해져서 대충 넘기고 마는, 읽고 나도 뭐 하나 기억에 남지 않고 그곳에 가고 싶은 마음이 용솟음치지도 않는 그런 책.

그래서 내가 쓰기로 했다. 내가 과거에 만났던 외국인들에게 들려주었을 때 그들이 가장 재미있어했던 이야기들만 모은, 그들이 나에게 던졌던 의외의 질문들에 대한 답을 정리해놓은, 찐 한국인이 알려주는 놀랍고도 신기한 K스토리 책을. 읽고 나면 한국에 대한 관심이 증폭되고, 한국 방문의 욕구가 배가되고, 한국 여행이 훨씬 흥미진진해지는 책을. 한국이 얼마나 매력적인 나라인지, 한국의 역사와 언어와 문화와 음식 등이 얼마나 독특한지, 구글링만으로는 절대 파악할 수 없는 한국의 진면목은 무엇이 있는지 알려주는 책을.

문제는 나에게 영어로 책을 쓸 능력이 없다는 점이었다 (지금까지 이런 책이 나오지 않은 것도 어쩌면 당연한 일이다. 한국인 중에서 영어로 책을 쓸 만큼 영어 실력이 출중한 사람은 별로 없을 테니 말이다). 그래서 일단 한글로 썼다. 한글 초고를 마친 시점은 2022년 말이었다.

이후 평소 신뢰하고 존경해온 한영 번역가를 만나 이 프로젝트의 의미를 설명했고, 샘플 원고도 보여드렸다. 그분은 큰 관심을 보이며 기꺼이 번역할 뜻을 밝혔지만, 기존 계약 때문에 7개월 후에나 작업을 시작할 수 있다는 문제가 있었다. 7개월을 기다릴 것인가, 아니면 다른 번역가를 찾아볼 것인가 고민하던 차에, 세상의 변화를 감지하는 촉이 뛰어난 후배 'K'가 한마디 툭 던졌다. 요즘 인공지능 프로그램 좋은 거 많이 나왔는데, 선배가 직접 영어로 바꿔보면 어때요?

그때는 지금까지 나온 번역기 중에서 최고로 손꼽히는 딥엘(DeepL)과 지금은 누구나 그 이름을 아는 챗GPT가 등장한 지 얼마 되지 않은 시점이었다. 두 프로그램은 정말 놀라울 정도로 정교하게 작동했고, 다행히 내 영문 독해력이 인공지능이 번역해준 영어 문장이 내가 원래 하고자 했던 말과 얼마나 부합하는지 파악할 정도는 되었기에(땡큐, 『성문 종합영어』), 긴 시간이 걸렸지만 원고지 9백 매 분량의 한글 원고를 8만6천 단어의 영문 원고로 바꾸는 데 성공했다.

대충 뜻이 통할 정도로 번역하는 작업이라면 몇 달이면 충분했을 것이다. 하지만 나는 이 원고를 영미권 출판사와 계약해서 수출하는 것이 최종 목표였고, 그러려면 영문 원고의 수준도 상당히 높아야만 했다. 한글 원고를 쓸 때부터 영어로 번역될 것을 염두에 두면서 작업했고, 딥엘이 바꿔준 영어 문장(당연히 오류가 많다. 군만두를 military dumpling으로 번역하는 식이다)을 다듬은 이후 챗GPT와 끊임없이 대화하면서(챗GPT도 military dumpling이 진짜로 있는 줄 안다) 점점 더 '그럴듯한' 문장들로 바꾸어나가는 데 1년 가까운 시간이 걸렸다(물론 직장 생활을 병행하느라 더 오래 걸리긴 했다). 한글 원고를 영어로 바꾸는 과정에서 적지 않은 시행착오도 겪었지만, 몇 마디 말로 설명하기 어려울 정도로 엄청난 노하우도 얻게 되었다. 이 노하우를 궁금해하실 분이 많을 것 같아서, '인공지능을 활용하여 영어로 책 쓰기'를 주제로 몇 차례 강연도 했고, 같은 주제로 아예 책도 한 권 쓰기로 계약했다.

원고를 정리하는 동시에, 수많은 영미권 출판사와 출판 에이전시에 출간 제안서와 샘플 원고를 보내기도 했다. 처음부터 '수출'이 최종 목표였으니까. 몇 군데에서 약간의 관심을 표하기는 했지만, 아직 계약이 성사되지는 않았다. 지금까지 백 번 넘게 거절당했지만, 조앤 롤링의 『해리포터』 원고가 2백 번 거절당했다는 사실에서 위안을 얻으며 계속 시도할 예정이다. (한국에서 먼저 출간되는 한영 대역판의 반응이 좋으면 계약 가능성이 높아질 것이니, 많은 성원 부탁드린다.)

외국인을 상대로 쓴 책을 왜 국내에서도 출판하는 것인지 궁금해하실 분이 있을지도 모르겠다. 일단 국내에 장기 체류하는 외국인이 2백만 명이 넘는다는 것이 한 가지 이유이지만, 더 중요한 이유가 있다. 이 책을 읽은 많은 한국인이 '외국인에게 K 설명하기'의 달인이 되기를 소망하기 때문이다. 한국인이라고 해서 한국에 대해 다 알고 있는 것은 아니다. 알고 있다고 생각하는 것조차 막상 설명하려고 하면 어디서부터 이야기를 시작해야 할지 고민스러울 때가 있다. 그리고 그것을 영어로 옮기는 것은 또다른 차원의 문제다.

꽤 영어 실력이 좋은 한국인들도 깻잎, 콩나물, 미역, 꼰대, 주량, 파도타기 등에 해당하는 영어 단어까지 알기는 어렵다. 한국의 간장과 일본의 간장이 어떻게 다른지, 간장과 된장과 고추장은 어떻게 만들어지는지, 왜 한국의 밤거리엔 빨간 십자가가 그렇게 많이 보이는지, 한국인에게 삼겹살과 치킨과 냉면과 김치와 소주가 어떤 의미인지, 한국 영화에 흔히 나오는 학원과 회식과 찜질방과 노래방은 어떤 곳인지, 왜 한국의 식당에는 테이블 아래에 수저통이 있고 호출 벨이 있으며 가위와 집게가 등장하는지 등을 '제대로' 설명하는 것은 영어 회화에 능통한 사람들에게도 쉽지 않은 일이다. 또한 우리는 우리 문화에 너무나 익숙해서, 무엇이 외국에도 흔히 있는 것이고 어떤 것들이 우리에게만 있는 독특함인지 구별하지 못하는 경우도 많다.

나는 이 책이 다음과 같은 역할을 하기를 기원한다. 첫째, 외국인들이 던지는 한국 관련 질문에 훨씬 더 풍부한 대답을 할 수 있는 한국인이 많아지는 데 도움이 되면 좋겠다(두 유 노우 싸이? 말고도 할 수 있는 말은 정말 많다). 둘째, 외국인들이 한국을 훨씬 더 잘 이해하게 되고 훨씬 더 많은 이가 한국을 방문하게 되는 계기가 되면 좋겠다(한국을 방문하는 외국인들에게, 혹은 해외 출장을 가서 만나는 외국인들에게, 공항 면세점에서도 살 수 있는 평범한 기념품보다 이 책이 몇 배는 더 좋은 선물이 될 것이라 확신한다). 셋째, 한국의 저자들이 쓴 좋은 책들이 해외에 더 많이 수출되는 단초가 되면 좋겠다. 한국의 출판사들은 (아주 유명한 저자가 아닌 이상) 초판 1쇄를 천 부에서 3천 부 찍는 것이 보통이지만, 미국의 출판사들은 신인 작가의 책이라도 기본 3만 부를 찍는다(책을 써서도 돈을 벌 수 있다는 뜻이다). 나는 외국인 저자들이 절대 쓸 수 없는 아이템을 골랐지만, 언어의 장벽만 없다면 전 세계 작가들과 동등하게 경쟁할 수 있는 훌륭한 작가들이 한국에도 매우 많다고 생각한다. K콘텐츠가 다 성공하는데, K소설이나 K논픽션이 성공하지 못할 이유가 없다. 한국의 책이 더 많이 해외에 수출되지 못한 것은, '1인치'의 장벽만 넘으면 되는 영화나 드라마와 달리 책은 장벽의 높이가 '1미터'는 되었기 때문일 것이다. 인공지능의 도움을 받으면 이 장벽을 훨씬 낮출 수 있다. (한국의 출판사들에게도 적지 않은 자극이 되려면 이 책이 해외에 꼭 수출되어야 할 텐데.)

이 책을 쓰는 과정에서 물론 '인간지능'의 도움도 많이 받았다. 에세이스트 김혼비님은 한글 원고를 모두 검토하고 탁월한 피드백을 주었다(구체적인 의견들 외에 "다 아는 이야기인데 왜 재밌지?"라는 말과 "다 아는 이야기일 줄 알았는데 의외로 몰랐던 이야기가 많더라"라는 말이 특히 힘이 되었다). 존스홉킨스대학의 교수 클레어 허님은 미국인의 시선으로 영문 원고를 꼼꼼하게 검토한 후 어마어마한 분량의 피드백을 보내왔다(고치라는 곳이 너무 많아서 모두 반영하지는 못했지만, 덕분에 원고의 수준이 크게 향상되었다고 생각한다). 한국에서 국제학교를 졸업하고 곧 미국 브라운대학교에서 영문학을 전공할 예정인 이나혜님은 인공지능도 간과했던 세세한 부분에서 어색한 영어 표현들을 바로잡는 데 큰 도움을 주었다(앞으로 더 많은 것을 경험하고 꿈꾸는 모든 바를 이루기를 기원한다). 또한 오랜 기간 힘이 되어준 이은님에게도 깊은 감사를 드린다.

이 책은 여러 버전이 있다. 2024년 여름에 한국어와 영어가 병기된 버전이 먼저 출간됐고, 한글 원고만 담긴 이 책, 그리고 영문 원고만 수록된 버전(Presenting K!: All The Korea You May Not See)도 출간됐다. (한글로만 읽고 싶다는 분들과, 외국인에게 선물할 거라 영어만 필요하다는 분들의 요청이 꽤 많았다.) 앞으로 다른 나라, 다른 언어 버전들도 만들어지면 참 좋겠다.

독특한 아이디어에서 출발한 프로젝트라는 건 분명하지만, 많이 팔린다는 보장은 전혀 없는 원고였다. 그럼에도 불구하고 흔쾌히 출간을 결정해준 난다 김민정 대표에게 깊이 감사드린다. 이번에 처음 만났지만, 출판계에서 그가 왜 유명한지를 확실히 깨닫는 데는 한 번의 만남으로 충분했다.

0.
서문

안녕. 당신이 이 책을 펼쳤다는 건, 한국을 방문할 계획을 갖고 있다는 뜻이겠지. 구체적인 여행 계획이 잡혔을 수도 있고, 언젠가 한 번쯤 가보고 싶다는 생각을 하고 있을 수도 있겠지. 출장이나 휴가와 같은 단기 방문이든, 유학이나 취업과 같은 장기 체류든, 한국을 방문한다는 멋진 생각을 갖게 된 것을 진심으로 환영해. 물론 당신이 K팝이나 한국의 드라마나 영화를 좋아하다가 한국에 대해 더 알고 싶어져서 이 책을 골랐을 수도 있을 거야. 어느 쪽이든, 이 책을 읽으면 한국에 대해서 더 많이 알게 될 것이고, 한국을 방문하고 싶은 마음이 더 커질 것이고, 당신이 한국에서 보내는 기간이 더 즐거워질 것이라고 확신해.

어떻게 그걸 확신하느냐고? 놀랍게도, 이 책은 외국인을 대상으로 출판된 한국 여행 관련 서적들 중에서 진짜 한국인이 쓴 최초의 책이거든. 이미 적지 않은 수의 한국 여행 가이드북이 영어를 비롯한 여러 언어로 출간되어 있지만, 그중에 진짜 한국인이 쓴 책은 하나도 없어. 전부 외국인 여행자들이 그리 길지 않은 기간 동안 한국을 돌아다닌 다음에 쓴 거지. 이 책은? 그야말로 '찐'이지.

나는 진짜 한국인이야. 한국에서 태어나서 50년 넘게 살았어. 한국어도 정말 끝내주게 유창하지. 한국에서 초등학교부터 대학원까지 다니면서 이것저것 공부도 많이 했고, 한국 음식도 엄청나게 많이 먹어봤고, 한국의 역사나 문화에 대해서도 제법 잘 알아. 이름난 곳도 많이 다녀봤지. 하지만 이런 조건에 부합하는 한국인은 수도 없이 많아. 그 많은 사람 중에서 하필 내가 이 책을 쓰게 된 것에는 몇 가지 이유가 있어.

첫째, 직업이 저널리스트라서 대중적인 글쓰기에 능한 편이야. 20년 넘게 보건의료 전문 미디어에서 일하는 동안 (미처 말을 못했는데, 내가 사실은 의사야. 비록 환자를 진료하지는 않지만), 복잡하고 어려운 내용을 간단하고 쉽게 풀어 쓰는 일을 줄곧 해왔지. 보건의료와 관련된 기사, 칼럼, 책 들 이외에 종합병원을 배경으로 하는 장편소설도 쓴 적이 있는데, 그게 텔레비전 드라마로 만들어지기도 했으니, 제일 잘하는 게 글쓰기라고 할 수 있겠지.

둘째, 나는 여행과 여행 준비를 좋아하는 사람이야. 오죽하면 『여행준비의 기술』이라는 책도 썼겠어. 그 책은 영문판이 없어서 아쉽긴 한데, 엄청 웃기고 상당히 독특한 여행 에세이라는 소문이 자자해. 말하자면 나는 일종의 여행작가인 셈이지. 내 친구 몇 명은 나를 보고 '한국의 빌 브라이슨'이라고 불러주기도 해.

셋째, 맛있는 음식을 먹고 만드는 일에 관심이 많아. 유명한 음식점을 찾아다니기를 즐기고, 직접 만들 수 있는 요리도 꽤 많이 있어. 아주 오래전의 일이지만 미식과 요리에 관한 책도 펴낸 적이 있을 정도야. 사실 한국에서 누릴 수 있는 가장 큰 즐거움 중의 하나는 한국 음식을 먹어보는 일이야. 아직 해외에 덜 알려졌을 뿐, 한국은 정말 음식 문화가 발달한 나라거든. 그래서 이 책에서도 음식 이야기를 정말 많이 했어. 독자들에게 한국의 음식 문화를 생생하게 알려주려고 말이야.

넷째, 외국 여러 나라를 돌아다녀봤지. 스무 개 정도 되는 나라를 여행했고, 미국에서 2년 동안 살아본 경험도 있어. 그러다보니 다른 나라와 한국이 어떻게 다른지, 외국인들은 한국에 대해 어떤 것들을 궁금해하고 어떤 것들을 신기하게 생각하는지 많이 알게 됐어. 그 나라에 사는 사람들은 너무도 익숙해서 그냥 지나치는 것들을 외국인들은 흥미롭게 바라보는 경우가 많은 법이잖아. 이를 바탕으로 외국인들이 가장 신통하게 생각할 한국 관련 이야기들을 이 책에 풀어냈어. 정보도 주고 재미도 주는 게 내 목표지.

다섯째, 사실 이게 가장 중요한 건데, 이런 콘셉트의 책을 쓰겠다고 마음먹은 한국인이 그동안 아무도 없었기 때문이지. 아무도 하지 않은 일을 하고 세상에 없는 뭔가를 만들어내는 일은, 그게 대단히 큰 것이든 아니든, 흥분되고 보람 있잖아. 열심히 펜을 굴리게 된 핵심 동기가 바로 이것이야. 나의 독특한 시각을 독자들과 나누고, 아직 덜 알려진 한국의 이모저모를 여러분에게 들려줄 수 있어서 나는 정말 행복해.

한국이 세상에서 가장 좋은 나라는 아마 아닐 거야. 한국이 세계에서 가장 환상적인 여행지라고 생각하는 사람도 별로 없을 거야. 하지만 한국은 정말 재미있는 나라이고, 그 어떤 나라보다 많은 추억을 만들어줄 수 있는 곳이야. 아무런 사전 정보 없이 방문해도 즐겁고, 『론리 플래닛 한국』편을 미리 읽고 오면 더 즐겁긴 한데, 이 책을 읽고 나서 한국을 방문하면 당신의 한국 여행은 몇 배나 더 짜릿한 경험이 될 거라고 확신해.

한국인이라면 모두가 다 아는 일상 표현 중에 '아는 만큼 보인다'라는 말이 있어. 당신이 한국에서 더 많은 것을 볼 수 있도록, 더 많은 즐거움을 누릴 수 있도록, 더 많은 추억을 쌓을 수 있도록, 내가 다양한 '이야기'들을 들려줄게. 맞아, 이 책은 '정보'가 아니라 '이야기'가 있는 책이야. 구체적인 정보를 엄청나게 많이 나열해놓은 가이드북이 아니라는 뜻이지. 그런 책은 이미 많아. 한국을 방문할 구체적인 계획이 아직 없다면 이 책만 봐도 충분하지만, 비행기 티켓을 알아보는 단계라면 평범한 가이드북도 함께 보는 게 좋을 거야.

아무튼, 당신이 이 매력적인 나라 한국을 한 번쯤 꼭 방문하기를, 한국에서 머무는 동안 그 어느 여행지에서보다 신나는 시간을 보내기를, 그리고 그 즐거웠던 기억을 오랫동안 간직하기를 바라. 신기함과 즐거움들이 당신을 기다리고 있는 이 나라에 당신이 얼른 도착하기를 기다리고 있을게. 조만간, 한국에서 보자고.

차례

1.

단 한끼만 먹는다면 삼겹살

삼겹살. 발음하기도 어려운 이 단어는 당신이 꼭 기억해야 하는 한국어다. 당신이 한국에서 단 한끼만 먹을 수 있다면 먹어야 할 음식이 이것이기 때문이다. '세 개의 층으로 이루어진 고기'라는 뜻인데, 돼지고기 중에서 뱃살에 해당하는 부위다. 당신이 돼지고기를 먹지 않는 문화권에 속하거나 채식주의자라면, 매우 안타깝지만 실망하기는 이르다. 앞으로 수많은 한국 음식이 소개될 것이니 말이다.

조리법은 매우 단순하다. 사실 조리법이랄 것도 없다. 고기를 어떤 각도와 어떤 두께로 자를 것인지만 정하면 끝이다. 그다음엔 고기를 아무런 양념 없이 불판에 구워 먹으면 된다. 정말 그게 전부다. 하지만 이것이 이토록 특별한 음식이 되는 이유는 상당히 많다. 고기 자체의 품질도 물론 중요하지만, 고기와 함께 곁들여 먹는 식재료들, 그리고 그것들을 먹는 방법이 매우 다양하기 때문이다.

먼저 한국인들이 삼겹살을 얼마나 사랑하는지부터 살펴보자. 한국의 인구는 약 5천만 명인데, 한국에서 키우고 있는 돼지의 숫자는 약 천만 마리다. 5인 가족이 한 마리씩 돼지를 키우고 있는 셈이다. 이 정도면 충분해 보일지 모르지만, 돼지 한 마리를 잡아도 삼겹살이 15킬로그램밖에 안 나온다는 게 문제다. 그래서 한국은 열 몇 개 나라로부터 삼겹살을 수입한다. 전 세계 삼겹살은 전부 한국인이 먹는다는 농담도 있다. 그나마 다행인 것은 삼겹살을 즐겨 먹는 나라가 별로 없어서, 한국이 싼값에 외국의 삼겹살을 수입해올 수 있다는 사실이다.

모든 현상에는 이유가 있기 마련이다. 외국인들이 삼겹살을 그리 선호하지 않는 것에도 이유가 있고, 한국인들이 유난히 삼겹살을 좋아하는 것에도 이유는 있다. 물론 추정이지만. 삼겹살에는 지방이 많이 함유되어 있다. 그냥 먹으면 너무 느끼하다는 이야기다. 그래서 서양인들은 베이컨으로 만들어 먹는 부위다. 하지만 한국인들은 삼겹살을 먹을 때 고기만 먹지 않는다. 정말 다양한 부재료들과 함께 먹는다. 대표적인 한국 음식인 김치를 흔히 곁들이고, 된장을 기초로 해서 만드는 '쌈장'이라고 하는 소스를 찍어 버섯, 양파, 상추, 깻잎, 마늘, 콩나물, 파 등의 채소를 함께 먹기도 한다. 소금, 후추, 참기름 등도 삼겹살의 좋은 친구들이다.

이해한다. 벌써 너무 낯선 단어들이 여럿 등장하여 혼란스러울 것이다. 나중에 다 설명할 것이니, 일단은 넘어가자.

이 모든 것들을 다 한 번에 먹는 것은 아니다. 식당에 따라 위에서 나열한 부재료 중 몇 가지를 제공하는 것이 일반적이고, 테이블 위에 놓여 있는 여러 부재료 중에도 일부를 번갈아가며 삼겹살과 함께 먹는 것이 보통이다. 즉, 한국인들은 삼겹살이라고 부르는 한 가지 음식을 사실상 수십, 수백 가지 방법으로 변형을 주면서 먹는 것이다.

설명이 너무 길어지면 지루할 테니, 실제로 당신이 삼겹살 식당을 찾아가서 먹는 과정을 살펴보자. 한국인이 이토록 사랑하는 음식이니, 삼겹살을 파는 식당은 수도 없이 많다. 당신이 서울과 같은 대도시의 어느 지점에 서 있다면, 아무 방향으로든 몇 분만 걸어가면 반드시 삼겹살을 파는 식당이 있다. 영어로 'samgyeopsal'이라고 커다랗게 간판이 붙어 있……지는 않다. 한글로는 흔히 '삼겹살'이라는 단어가 식당 외부 어딘가에 붙어 있는 것이 보통이지만, 당신은 한글을 읽을 수 없고, 심지어 그 단어를 표시해놓지 않은 식당도 많다. 한국인들은 그냥 보면 안다.

하지만 다행스럽게도, 적지 않은 식당이 삼겹살 사진을 외부에 게시해놓는다. 지방과 살코기가 층을 이루고 있는 듯한 모양의 돼지고기 사진이 보이면, 제대로 찾은 것이다. 고기 굽는 고소한 냄새가 흘러나오고, 테이블마다 천장에서 연통 같은 것이 내려와 있는 모양이 보인다면 백 퍼센트다.

물론 허다한 삼겹살집 중에는 장사가 잘되는 곳도 있고 아닌 곳도 있다. 유난히 인기가 높아서 한 시간 이상 줄을 서서 기다려야 하는 집도 있다(그런 식당들은 이 책의 후반부에 따로 목록을 만들어놓았으니 참고하시라). 하지만 손님이 하나도 없는 텅 빈 가게만 아니라면, 그냥 아무데나 들어가도 된다. 당신이 삼겹살이라는 독특한 음식을 맛보며 즐거워하는 데는 전혀 문제가 없을 테니.

이제부터 당신은 놀랄 일이 많다. 우선 테이블 가운데에 가스레인지가 놓여 있을 거다. 캠핑 갔을 때나 사용하는 휴대용 버너가 놓여 있기도 하고, 아예 테이블에 화구가 매립되어 있는 경우도 많다. 만약 테이블 가운데에 정체를 알 수 없는 구멍이 뻥 뚫려 있다면, 당신은 식당 선택을 잘한 것이다. 잠시 후에 무시무시하게 시뻘건 숯불이 등장하는 신기한 장면을 구경하게 될 것이고, 상대적으로 좀더 고급 식당일 가능성이 높다.

신기하게 생긴 테이블 구경이 채 끝나기 전에 누군가가 주문을 받으러 올 텐데, 많은 경우 메뉴판을 주지도 않았으면서 뭘 먹을 건지 물어볼 것이다. 메뉴판은 흔히 벽에 붙어 있고, 한국인은 성격이 급하다. 당신은 당황하지 말고 '삼겹살'이라는 단어를 말하면서 인원수만큼 손가락을 펼치면 되겠다. 그리고 '소주'라는 한국 술을 주문하면 된다. 맥주를 주문해도 되지만, 한국에 왔으니 이왕이면 한국인이 가장 사랑하는 술을 맛보는 걸 추천한다.

운이 좋거나, 당신이 한국어를 못하는 걸 알아차린 종업원이 좀 센스가 있다면, 여기서 일단은 주문 완료다. 하지만 종업원이 '매뉴얼'을 고집하는 완고한 성격이면서 영어를 구사할 수 없는 사람이라면, 대화가 쉽게 끝나지 않을 수도 있다.

종업원이 물을 확률이 가장 큰 질문은 '무슨 소주?' 혹은 '무슨 맥주?'일 수 있겠다. 당연한 이야기지만 소주든 맥주든 여러 브랜드의 제품이 있다. 그래서 최소한 두세 가지, 많으면 대여섯 가지가 구비되어 있는 식당이 대부분이다. 못 알아들어도 큰 문제는 없다. 그저 어깨를 으쓱하면, 적당히 가져다줄 것이다.

어쩌면 '우리 식당에는 삼겹살은 없고 오겹살밖에 없다'라는 말을 했을 수도 있다. 삼겹살이 없다고? 여기서 '오'

는 다섯을 뜻하는 말이다. 세 개가 아니라 다섯 개의 층으로 이루어진 고기라는 의미다. 껍질을 제거하지 않은 삼겹살을 오겹살이라고 한다. 오겹살은 삼겹살보다 조금 비싸고 조금 더 쫄깃하다. 그냥 오겹살을 주문하면 된다. 그리고 맛있게 먹으면 된다.

무사히 주문을 마치고 나면 잠시 후에 역시 매우 빠른 속도로 여러 가지 음식이 나온다. 크고 작은 그릇이 열 개 이상 등장할 것이고, 그중 태반은 정체를 알 수 없을 것이다. 정작 당신이 주문한 고기가 아직 나오기도 전에, 당신이 주문하지도 않은 많은 음식이 테이블에 놓이는 것이다. 하지만 놀랄 필요 없다. '반찬'이라고 하는 한국의 독특한 식문화이고, 아무리 많은 종류의 음식이 나와도 추가로 돈을 내야 하는 건 아니다. 심지어 그걸 다 먹으면 더 준다. 그걸 또 다 먹으면 또 더 준다.

포크와 나이프는 없다. 대신 숟가락과 젓가락이 있다. 젓가락을 한 번도 사용해보지 않은 사람도 없지는 않겠지만, 익숙하진 않아도 대부분 사용해본 경험이 있을 것이다. 하지만 젓가락을 사용하는 아시아의 여러 나라 중에서 한국의 젓가락이 가장 가늘다. 즉 사용하기 가장 어려운 편이라서, 처음엔 적응하기 쉽지 않을 수 있다.

가끔은, 온갖 반찬들이 테이블을 뒤덮은 다음에도, 숟가락과 젓가락이 안 보일 수 있다. 그럴 땐 테이블 아래를 확인해야 한다. 테이블 아래쪽에 길쭉한 상자가 붙어 있고, 그 안에 숟가락과 젓가락이 잔뜩 들어 있는 경우가 많다. 나중에 다시 말하겠지만, 효율성을 중시하는 한국의 식당에는 정말 특이한 문화가 많다.

똑같은 삼겹살이지만 식당에 따라 여러 종류가 있다. 우선 냉동시켰다가 살짝 녹인 다음 얇게 썰어서 굽는 집이 있고, 얼리지 않은 생고기를 조금 두껍게 썰어서 굽는 집이 있다. 고기의 두께도 집집마다 차이가 있다. 대부분의 식당은 전혀 익히지 않은 날것 그대로 고기를 내지만, 몇몇 식당은 살짝 익힌 다음 테이블에서 완전히 익혀 먹는 방식을 택한다. 불판의 종류도 다양하다. 두꺼운 철판을 불 위에 올리는 집도 있고, 그릴을 사용하는 집도 있다. 처음부터 끝까지 종업원이 구워주는 집도 있고, 손님이 직접 구워야 하는 집도 있다. 어떤 식당은 한입에 먹을 수 있을 정도로 작게 썬 고기를 내지만, 어떤 식당은 커다란 고깃덩어리를 통째로 불에 올려 구운 다음 가위로 자르는 방식을 쓴다. 그렇다. 칼이 아니라 가위를 쓴다. 이것도 한국의 독특한 식당 문화다.

테이블에서 직접 고기를 굽다보니 당연히 연기가 많이 난다. 그 연기를 빨아들이기 위해 천장에서부터 불판 바로 위까지 내려와 있는 후드가 있는 점도 다른 나라에서는 찾아보기 힘든 시스템이다. 어떤 식당은 연기가 테이블 아래로 빠져나가게 되어 있는 최첨단(?) 장치가 설치되어 있기도 하다.

고기와 함께 먹도록 제공되는 반찬들도 다양하다. 가장 일반적인 것은 김치이며, 파를 가늘게 채 썰어 비법 양념에 무친 한국식 샐러드도 많이 나온다. 여러 종류의 채소로 만든 장아찌라는 것도 흔히 나오는데, 이건 한국식 피클이다. 양파, 마늘, 버섯 등의 각종 채소가 역시 날것으로 제공되는데, 고기와 함께 구워 먹으면 된다. 그 과정 자체가 즐거운 경험일 것이다. 그리고 고기를 찍어 먹을 수 있는 여러 종류의 소스가 있는데, 소금, 참기름을 섞은 소금, 고추냉이, 쌈장 등이 기본이고, 다양한 해산물로 만든 젓갈까지 주는 경우도 있다.

자, 이제 먹을 차례다. 노릇노릇하게 잘 익은 고기를 다양한 방법으로 맛보자. 먼저 소금만 찍어서 먹어보고, 쌈장을 찍어서도 먹어보고, 고추냉이도 첨가해보고, 김치나 채소를 곁들여서도 먹어보자. 마지막으로, 상추나 깻잎을 손바닥에 펼친 다음 고기를 얹고 쌈장을 조금 넣어 먹어보기를 권한다. 입안에서 풍미가 폭발할 것이다. 이건 '쌈'이라고 하는 건데, 무언가를 싸서 먹는 일은 한식에서 매우 흔한 방식이다. 뭐, 한국식 타코라고 생각해도 좋겠다. 사실 쌈장이라는 단어는 쌈을 싸서 먹을 때 어울리는 소스라는 뜻이다. 여러 가지 방법으로 먹어본 다음, 가장 마음에 드는 방식을 더 자주 선택하면 된다.

아마도 당신이 생전 처음 먹어보는 오묘한 맛일 텐데, 맛있게 먹다보면 고기가 어느새 사라지고 있음을 발견할 것이다. 당신이 어지간한 소식가가 아니라면, 고기 추가 주문은 필수다. 한국의 고깃집에서 고기를 파는 단위는 '1인분'으로, 이건 '한 사람 분량'이라는 뜻이다. 그런데 식당에 따라 실제 양은 차이가 난다. 130그램(4.5온스)일 수도 있고 150그램(5.3온스)일 수도 있고 그보다 좀더 많을 수도 있다. 어느 경우든, 한 명이 1인분만 먹으면 뭔지 모르게 부족한 것이 일반적이다(미국에서 스테이크 한 접시는 대체로 8~10온스다). 한국인이 즐겨 하는 농담 중에 '맛있게 먹으면 0칼로리'라는 말이 있다. 그러니 더 주문하면 된다. 한 사람이 1.5인분 혹은 2인분을 먹는 건 지극히 정상적인 일이다.

추가 주문한 고기까지 다 없어졌다. 그럼 이제 계산을 하고 나가면 될까? 그렇지 않다. 대부분의 한국인은 이렇게 고기를 다 먹은 다음 '식사'를 시작한다. 실제로 종업원들이 다가와서 혹시 고기를 더 먹을 거냐고 물었을 때 이제 그만 먹겠다고 대답한다면, 종업원이 다시 물을 것이다. 그럼 식사는 뭐로 하시겠느냐고. 뭐라고? 지금까지 먹은 이 많은 음식은 식사가 아니었다는 말인가? 놀랍게도, 한국인들은 고기를 잔뜩 먹은 다음 김치찌개나 된장찌개 등 한국식 스튜와 밥을 함께 먹거나, 아니면 냉면이라고 하는 차가운 국수를 먹으며 한끼를 마무리하는 경우가 많다. 찌개와 냉면은 한식에서 대단히 중요한 메뉴이므로 나중에 자세히 설명할 터이니, 일단은 넘어가자.

이렇게 배불리 먹고 나면 돈은 얼마나 내야 할까? 두 명이 가서 삼겹살 3인분과 소주 한 병과 찌개 하나와 냉면 하나를 먹었다면, 식당에 따라 차이는 있지만 50달러 내외의 금액이 든다. 팁 문화가 없으니 이게 당신이 지불해야 할 총액이다. 한국의 높은 물가를 고려하면, 삼겹살은 비교적 저렴한 음식에 해당한다.

이 글의 첫머리에서 나는 당신이 한국에서 단 한끼만 먹을 수 있다면 삼겹살을 먹으라고 했다. 하지만 한국인들에게 '외국인이 한국에서 단 한끼만 먹을 수 있다고 하면 어떤 음식을 추천하겠느냐?'라고 묻는다면, '삼겹살'이라고 답하는 사람은 의외로 적을 것이다. 모르긴 해도 백 명에게 같은 질문을 하면 최소한 열 가지 이상의 음식 이름이 등장할 것이고, 삼겹살은 최상위권에 속하는 대답이 아닐지 모른다. 그런데 나는 왜 삼겹살을 추천했는가? 삼겹살집에 갈 경우 단순히 삼겹살만 먹을 수 있는 게 아니라 위에서 길게 설명한 것처럼 다양한 음식과 독특한 식당 문화를 모두 경험할 수 있기 때문이다.

앞에서 삼겹살에 가장 어울리는 술은 소주라고 했다. 다음 글에서는 소주가 어떤 술인지 본격적으로 알아보자.

2.

소주,
한국인의
솔 드링크

세상의 모든 사람이 소주를 아는 것은 아니다. 하지만 아마도 당신은 소주를 이미 알고 있을 가능성이 매우 높다. 비록 마셔본 적은 없을지 모르지만, 최소한 스크린에서라도 당신은 한국인의 솔 드링크, 소주를 접한 적이 있다. 이 책을 읽고 있다는 것은 한국에 대해 꽤 관심이 있다는 뜻일 테고, 그렇다면 한국의 영화나 드라마도 본 적이 있을 것이기 때문이다. 그것이 〈오징어 게임〉이든 〈기생충〉이든, 아니면 그보다 덜 유명한 작품이든.

한국의 (거의) 모든 영화나 드라마에는 소주가 등장한다. 내가 모든 작품을 처음부터 끝까지 체크해본 것은 아니지만, 시대 배경이 한국전쟁 이전이 아닌 이상, 한 번쯤은 반드시 등장한다. 소주를 빼놓고는 한국인의 일상을 제대로 표현할 수 없기 때문이다.

영화 〈기생충〉 초반에 최우식과 박서준이 만나는 장면. 두 배우가 아주 작은 유리잔에 따라서 마시는 그 술, 투명한 초록색 병에 담겨 있는 그 술, 그게 소주다. 드라마 〈오징어 게임〉에서 이정재와 오영수가 생라면을 안주 삼아 마시는 그 술, 그게 소주다(원래 끓여서 먹는 라면을 익히지 않고 그냥 먹는 장면에 대한 설명은 나중에 '라면' 관련 글에서 하겠다). 공교롭게도 두 작품의 등장인물들은 모두 가게 외부에 놓여 있는 테이블에 앉아 소주를 마셨지만, 한국인들은 술을 마실 수 있는 거의 모든 곳에서 소주를 즐겨 마신다.

소주는 어떤 술인가. 글자 그대로는 '태운 술'이라는 뜻이다. 한국에서는 13세기부터 만들어지기 시작한 것으로 알려져 있고, 전통적으로는 쌀이나 다른 곡물을 발효시켜 만드는 증류주의 일종이다. 무색투명하고, 알코올 도수는 16도에서 50도 넘는 것까지 다양한 편이다.

그렇다. 소주는 증류주다. 술은 크게 맥주나 와인 등의 발효주와 위스키나 보드카 등의 증류주로 나뉘지 않나. 증류주가 알코올 도수가 훨씬 높고 가격도 훨씬 비싼 것이 일반적이고.

그런데 소주는 엄청나게 싸다. 360밀리리터 한 병을 기준으로 할 때, 음식점에서는 4달러 내외의 돈만 지불하면 된다. 슈퍼마켓이나 편의점에서는 1달러 조금 넘는 값이면 한 병을 살 수 있다. 전 세계에서 가장 싼 증류주 중의 하나가 아닐까(사실 외국인들이 소주에 대해서 가장 놀라워하는 것은 맛이나 향이 아니라 가격일지도 모른다). 어떻게 이런 일이 가능할까.

정확히 말하면 한국에는 두 종류의 소주가 있다. 외국의 여느 증류주처럼 비싼 소주와 매우 저렴한 값에 마실 수 있는 소주. 당신이 영화나 드라마에서 보았던 그 소주, 한국인이 유독 사랑하는 그 소주, 당신이 한국 여행중에 대부분의 음식점에서 마실 수 있는 그 소주는 후자다. 두 가지 소주는 모두 같은 이름으로 불리지만, 사실 만드는 방법이 다르다.

두 종류의 소주를 정확히 구별해서 말하자면, 한국에서 흔히 '프리미엄 소주'로 불리는 비싼 것들은 '증류식' 소주이고, 초록색 병으로 대표되는 대중적인 소주는 '희석식' 소주다. 희석식 소주는 연속 증류를 통해 만들어낸 높은 도수의 주정을 물로 희석한 다음 적당한 감미료를 첨가해서 만드는 것이다. 그래서 한국의 '보통' 소주는 증류주라 할 수도 있고 아니라고 할 수도 있다. 사실 다른 나라에도 희석식 소주와 비슷한 방식으로 만들어지는 값싼 증류주가 있지만, 한국의 소주처럼 큰 인기를 누리는 술은 별로 없다.

이 책은 과학책이 아니니 더 복잡한 이야기는 생략하자(사실 나도 잘 모른다). 다만, 증류식 소주와 희석식 소주의 관계가 버터와 마가린의 관계와 같다고 말하는 사람들도 있다는 점만 언급하자. (앞으로는 그냥 '소주'라고만 하면 희석식 소주를 말한다. 증류식 소주를 말해야 할 때는 '프리미엄 소주'라고 하겠다.)

소주는 언제부터 한국에서 인기를 끌게 되었을까. 원래 한국인들은 19세기까지만 해도 여러 종류의 술을 집에서 담가 먹었다. 그러다가 20세기 초부터 '세금'과 결부되면서 주류 산업은 특별해졌고, 허가 없이 술을 만들어 파는 행위는 금지되었다. 그때부터 소주 회사들이 생기기 시작했고, 오랫동안 가난한 나라였던 한국에서 가장 낮은 가격의 소주가 대중적인 인기를 끌었던 것은 어쩌면 당연한 일이었다. 심지어 한국전쟁 이후 식량 사정이 좋지 않았을 때는 쌀로 술을 빚는 것을 금지하는 법률이 만들어지기도 했으니, 한국인이 선택할 수 있는 거의 유일한 술이 소주였다고 해도 과언이 아니다.

20세기 후반 내내 소주의 알코올 도수는 25도가 표준이었다. 소주는 풍미를 즐기기 위한 술이라기보다는 취하기 위해 마시는 술이었다. 지금도 그렇지만 한국인들의 근로 시간은 꽤 길었고, 노동에 따른 스트레스도 높았다. 짧은 시간 동안 저렴한 비용으로 취하기에는 그 정도 도수가 딱 적당했던 것이다. 빨리 마시고 빨리 취하여 일상의 고단함을 잠시 잊고 얼른 집에 가서 휴식을 취해야 다음날 아침 일찍부터 다시 일할 수 있었던 것이다.

하지만 1998년에 한 회사가 23도의 소주를 출시했는데, 그게 큰 인기를 끌었다. 한국인들의 삶이 덜 팍팍해졌기 때문인지는 모르겠지만, 그 이후 여러 회사에서 경쟁적으로 조금씩 알코올 도수를 더 낮춘 소주를 출시하기 시작했고, 지금 한국인들이 마시는 소주는 대체로 16~18도 정도다.

한국인들은 소주를 얼마나 많이 마실까. 한국인의 소주 소비량은 한 병에 360밀리리터 기준으로 연간 40억 병 가까이 된다. 성인 인구가 대략 4천만 명 정도 되니까, 모든 성인이 평균 1년에 백 병 가까이 소주를 마시는 셈이다. 실제로 여러 통계를 보면 한국인들은 일주일에 두 번 정도 술자리를 갖고, 한 번에 소주 한 병 정도를 먹는 것으로 나타난다.

한국인들의 일반적인 인식과는 달리, 통계에 의하면 한국인이 특별히 술을 많이 마시는 민족은 아니다. 한국인의 알코올 소비량은 OECD 국가들 평균 수준이다. 하지만 특기할 만한 사실은, 한국인은 알코올 분해 능력이 다른 나라 사람들에 비해 매우 떨어진다는 점이다. 과학자들의 연구에 의하면, 한국인들의 약 30퍼센트는 유전적으로 알코올 분해효소가 매우 적다. 술을 거의 못 먹는 체질이라는 뜻이다(일본과 중국을 포함해 동아시아 3국이 이렇다고 한다). 이런 사람들은 술을 조금만 먹어도 얼굴이 빨개지고, 소량의 알코올도 건강에 매우 해롭다. 이런 점을 고려하면, 나머지 70퍼센트의 한국인은 술을 꽤 많이 먹는 편이라는 해석이 가능하다.

어쨌든, 당신은 일단 초록색 병에 들어 있는 저렴한 소주부터 맛보아야 한다. 그것이야말로 한국인의 솔 드링크니까. 어디서 마실까? 모든 곳에서 마실 수 있다. 대부분의 음식점에는 소주가 있다. 심지어 편의점에서 구입한 다음 공원이나 해변이나 길거리와 같은 공공장소에서도 마실 수 있다. 한국은 음주에 제법 관대한 국가라서, 특별히 음주가 금지된 구역만 아니면 어디서든 술을 마실 수 있다. 어떤 음식과 함께 마실까? (한국인들의 생각으로는) 소주는 모든 음식에 잘 어울린다(하지만 솔직히 말해 짜고 매운 음식이나 삼겹살과 같이 기름진 음식에 조금 더 잘 어울리는 편이다).

소주를 처음 맛보면 조금은 당황할 수도 있다. 아무런 향이나 맛이 느껴지지 않기 때문이다. 그저 에탄올에 물을 섞어 연하게 만든 것이라 느낄 수도 있다. 하지만 조금 더 마셔보면 약간의 단맛이 느껴질 텐데, 이건 비법(?)의 감미료 맛이다. 세상 어디에서도 맛볼 수 없는 독특한 술이라며 좋아하는 외국인들도 있지만, 대다수의 외국인에게 소주는 '매우 싼 가격을 고려하면 (특히 한국 여행중에는) 그럭저럭 마실 만한 술'이라는 게 맞을 것이다. 솔직히 말해, 소주가 엄청나게 훌륭한 술이라고 주장할 생각은 없다. 하지만 이 저렴한 술이 한국인들에게 매우 특별한 것임은 분명하다.

우선 소주는 한국에서 '서민', 즉 보통 사람의 상징이다. 정치인이나 대기업 CEO나 '셀럽' 들은 소탈한 이미지를 보여주기 위해 일부러 소주 마시는 장면을 노출하기도 한다. 좋아하는 술이 무엇이냐는 질문을 받았을 때, 와인이나 맥주라고 대답하는 것보다는 소주라고 대답하는 것이 훨씬 안전하다. 특히 남자가 이 질문에 와인이나 위스키라고 답하면 자칫 '재수없는 놈'이라는 느낌을 줄 수 있기 때문에 (물론 늘 그런 것은 아니지만), 상대방과 계속 친하게 지내고 싶은 마음이 있으면 실제로 좋아하는 술이 무엇이든 '소주'라고 대답하는 것이 현명한 답이다. 같은 맥락에서 '언제 소주 한잔하자'는 말은 '너랑 좀더 가까워지고 싶다'는 뜻이 된다.

한국에서는 술의 종류 자체가 미묘하게 다른 사회적 의미를 갖기도 한다. 친구에게 연락해서 '소주 한잔하자'고 말할 때와 '맥주 한잔하자'고 말할 때의 느낌도 다르다. 맥주 한잔하자는 말은 말 그대로 '친교의 시간을 갖자'거나 '(그리 심각하지 않은) 할 이야기가 있다'는 뜻이지만, 소주 한잔하자는 말은 '털어놓을 특별한 사연이 있다'거나 '힘든 일이 있어서 취하고 싶으니 같이 취해달라'는 속뜻이 있을 수 있다.

소주는 술을 얼마나 마실 수 있는지를 표현할 때 사용하는 '단위'가 되기도 한다. 사실 외국에서는 '당신은 술을 얼마나 많이 마실 수 있습니까?'라고 묻는 행위가 보편적이지 않다. 하지만 한국에서는 거의 인사말이다. 직장 동료나 친구에게, 혹은 처음 만난 사람에게, 심지어 회사에서 면접을 볼 때도 이 질문이 가능하다. 굳이 해석하자면 알코올 분해 능력이나 음주 역량 정도의 뜻을 가진 '주량'이라는 단어도 있다.

주량을 물어봤을 때 대답은 '소주 몇 병'으로 해야 한다. 주종에 대한 언급 없이 '몇 병'이라고만 할 때도 당연히 소주가 기준이다. 재미있는 것은 한국 사회에서 (특히 남자들의) 주량은 일종의 특기이자 경쟁력으로 취급되기 때문에, 실제 자신의 주량보다 부풀려 대답하는 경우도 흔하다는 사실이다. 심지어 일부 직종에서는 '술이 세다'는 사실이 직원 채용에서 약간의 가산점으로 작용하기도 한다.

소주는 그냥 마셔도 좋지만, 많은 한국인은 소주와 맥주를 1:3 정도의 비율로 섞어서 마신다. 소주와 맥주를 섞은 이 칵테일(?)의 이름은 '소맥'이다. 바에서 바텐더가 만들어주는 칵테일은 아니지만, 황금 비율로 소맥을 잘 만드는 사람이 있으면 친구들 사이에서 큰 칭찬을 받을 수 있다(물론 바텐더 역할을 한다고 해서 누가 팁을 주거나 하지는 않는다). 당신도 소주를 그냥 마셨을 때 그다지 흥미를 느끼지 못했다면, 이렇게 마셔보기를 권한다. 평범한 맥주에 저렴한 소주를 살짝 섞으면 의외로 알코올 도수가 좀 높은 '프리미엄 맥주'처럼 느껴질 수 있다.

외국인들에게는 다 똑같이 느껴질 수 있지만, 많은 한국인은 브랜드에 따라 소주의 맛이 다르다고 생각한다. 그래서 각자 선호하는 소주 브랜드가 있는 편이다. 실제로 블라인드 테스트를 하면 이게 어느 브랜드의 소주인지 정확히 구별할 수 있는 사람도 많다. 그러다보니 대부분의 음식점은 최소한 세 가지 정도의 소주를 구비하고 있다. 당신이 음식점에서 소주를 주문하면, 대부분의 종업원이 '무슨 소주?'라고 재차 질문하는 건 당연한 일이다. 하지만 당신은 한국어를 잘 모르니 이 말을 알아듣기가 어렵고, 대충 짐작한다 하더라도 특정 브랜드 이름까지 언급하기는 쉽지 않다. 이럴 때 알아두면 좋은 한국어 하나. 아무거나! 이건 뭐든지 좋다는 뜻이다.

하지만 좀더 재미있는 추억을 만들고 싶다면, 술을 주문할 때 다음 단어를 외쳐보라. '테슬라!' 음식점에서 웬 전기차? 하지만 이건 많은 한국인이 즐겁게 하는 농담 중의 하나다. 당신이 테슬라를 주문하면 종업원은 더이상 묻지 않고(마음속으로 '외국인이 이런 말은 어떻게 알지?'라고 의아해하면서), '테라'라고 하는 한국 맥주와 '참이슬'이라고 하는 소주를 각 한 병씩 가져다줄 것이다(테라에서 테, 참이슬에서 슬. '라'는 왜 붙었느냐고 묻지 마시라. 웃자고 하는 말장난이다). 참이슬은 백 년 가까운 역사를 지닌 한국의 대표적인 소주 브랜드로, '전 세계에서 가장 많이 팔리는 증류주'라는 기록도 갖고 있다. 수출된 물량까지 포함하면 이 브랜드의 소주만 1년에 이십억 병 가까이 팔리기 때문이다.

당신이 테슬라를 주문하면 잔도 두 종류를 모두 가져다준다. 먼저 작은 잔에 소주를 따라 스트레이트로 맛보고, 큰 잔에 소주와 맥주를 적당히 부은 다음 소맥까지 맛보면 완벽하다. 참, 소주라고 해서 모두가 초록색 병에 담겨 있는 것은 아니다. 일부 브랜드의 소주는 투명한 병에 담겨서 판매되니, 당신에게 도착한 소주병이 초록색이 아니라고 해서 놀랄 필요는 없다.

당신이 한국에서 며칠 더 머문다면, 그리고 주머니 사정이 넉넉하다면, 프리미엄 소주도 한 번쯤 맛보면 좋겠다. 프리미엄 소주는 보통의 소주보다 다섯 배에서 열 배 정도 비싸다. 음식점에서도 그렇고 편의점에서도 그렇다. 알코올 도수가 40도 내외로 훨씬 높고, 말로 설명하긴 쉽지 않지만 '고급진' 맛이 난다. 이건 전통적인 방법으로 만들어지는 진짜 증류주이고, 한국식 위스키라고도 할 수 있다. 대표적인 프리미엄 소주 브랜드로는 '화요' '일품진로' '안동소주' 등이 있다.

3.

서울은 정말로 복잡하다

북한을 제외한 한국의 면적은 약 10만 제곱킬로미터(38,600제곱마일)이다. 면적 기준으로는 전 세계에서 107위다. 캐나다, 미국, 중국 등의 100분의 1이 조금 넘는 수준이고, 가장 넓은 나라인 러시아와 비교하면 170분의 1에 불과하다(한국이 작은 게 아니라 러시아가 지나치게 큰 거다). 스페인의 5분의 1, 이탈리아의 3분의 1 정도이며, 한국과 비슷한 면적을 가진 나라로는 쿠바, 아이슬란드, 헝가리, 포르투갈 등이 있다.

그리 크지 않은 면적이지만 인구는 약 5천만 명이다. 1제곱킬로미터당 몇 명이 살고 있는지를 나타내는 인구밀도는 5백 명이 조금 넘는다. 인구 천만 명이 넘는 나라들 중에서는 방글라데시에 이어 2위이며, OECD 국가들 중에서는 1위다. 이 수치만 봐도 한국은 좁은 땅에 많은 사람이 모여서 복작복작 사는 나라임을 알 수 있다.

그런데 한국은 전체 면적의 무려 72퍼센트가 산이다. 이처럼 산지 비율이 높은 나라가 없는 것은 아니지만, 한국의 산은 대부분 경사가 급하고 지형이 험준한 편이라서 건물을 짓거나 개발을 하기 어려운 진짜 산악지대가 대부분이다. 국토의 대부분이 평지인 방글라데시보다 '실질적인' 인구밀도는 한국이 더 높다고 할 수 있다.

참고로 위에서 한국과 면적이 비슷하다고 언급한 나라들 중 쿠바, 헝가리, 포르투갈의 인구밀도는 모두 100~110명 수준으로 한국의 5분의 1 정도다. 아이슬란드는 한적하기로 유명한 국가이니 언급하는 게 무슨 의미가 있겠나 싶기는 하지만, 인구밀도가 3.6명이다(러시아나 캐나다보다 낮고, 호주보다 조금 높은 수치다). 아이슬란드 사람이나 호주 사람 한 명이 사용(?)하는 면적을 한국인 150명이 사용하고 있는 셈이다.

하지만 이게 끝이 아니다. 수도 서울의 혼잡함은 상상을 초월한다. 면적이 약 6백 제곱킬로미터(231제곱마일)인 서울에만 전체 인구의 20퍼센트인 천만 명이 살고 있어서, 서울만의 인구밀도를 계산하면 무려 1만 6천 명이 넘는다. 서울의 인구밀도가 싱가포르(7천6백 명)나 홍콩(6천5백 명)의 두 배가 넘는 것이다. 물론 방글라데시나 인도 등의 나라에 서울보다 인구밀도가 높은 도시가 여럿 있긴 하지만, 서울이 전 세계에서 가장 복잡한 도시 중의 하나인 것은 분명하다(심지어 서울조차 전체 면적의 4분의 1은 산이다).

서울 주변도 복잡하기는 마찬가지다. 서울을 둘러싸고 있는 경기도에는 1천3백만 명이, 서울에서 그리 멀지 않은 인천광역시(인천국제공항이 여기에 있다)에도 약 3백만 명이 살고 있다. 서울, 경기, 인천을 모두 합쳐서 흔히 '수도권'이라고 부르는데, 수도권에만 전체 인구의 절반 이상이 모여 살고 있는 셈이다.

아니, 싱가포르 같은 도시국가도 아니고, 10만 제곱킬로미터의 면적이면 아주 작은 것은 아닌데, 아무리 산지가 많다고 해도좀 여기저기 흩어져 살면 되지, 왜 이렇게 특정 지역에만 모여 사는지 궁금할지도 모르겠다. 거기에는 역사적 맥락이 좀 있는데, 그 이야기는 나중에 다시 하기로 한다.

아무튼 서울이 이렇게 복잡하다보니 외국인들의 눈에는 낯설게 보이는 부분이 적지 않다. 가장 먼저 말하고 싶은 것은 한국인들은 비교적 좁은 '개인 공간'만 사용하며 생활하는 데 익숙하다는 것이다.

문화권에 따라 개인에 따라 편차는 크지만, 대체로 서구인들은 전혀 모르는 사람과는 3미터 정도는 떨어져야 편안함을 느낀다고 한다. 또한 대충 아는 사람과도 최소 1미터 이상의 간격을 두는 것이 보통이고, 친구나 가족들도 최소 50센티미터의 거리는 유지한 채 대화를 나누는 것이 일반적이다.

하지만 한국의 대도시에서는 이런 거리를 유지하는 것이 불가능하다. 물론 한국인들도 넓은 공간에 사람이 별로 없는 한적한 곳을 좋아하는 편이며, 휴가를 떠날 때는 최대한 덜 북적이는 곳을 열심히 찾기도 한다. 하지만 워낙 복잡한 도시에 살다보니 타인과의 거리가 꽤 가까워질 수밖에 없는 생활에 익숙해져서 별로 큰 불편이나 불안을 느끼지 않는 편이다.

개인 공간에 대해 한국인은 조금 다른 인식을 갖고 있다. 사람들이 줄을 서는 모습만 보아도 알 수 있다. 한국인들은 앞사람에게 바싹 붙어서 줄을 선다. 간격이 1미터가 안 되는 것은 보통이고, 경우에 따라서는 50센티미터 정도의 간격만 두고 긴 줄이 형성되기도 한다(그럼에도 불구하고 한국인들이 코로나 팬데믹 기간 중에 사회적 거리두기를 철저히 지킨 것은 정말 놀라운 일이다). 즉, 한국인들은 타인의 공간을 침범하는 것에 무신경한 것이 아니라, 각자 자신에게 할당된 공간이 아주 작다고 생각한다는 것이 옳다.

하지만 많은 경우에 한국인들은 그 작은 자신의 공간조차 온전히 확보하지 못한다. 거리에서, 시장에서, 지하철에서, 미술관에서, 한국인들은 흔히 다른 사람들과 약간의 접촉을 할 수밖에 없다. 실수로 아주 강하게 남에게 접촉한 경우가 아니라 지나가다 슬쩍 몸이 닿은 정도라면, 한국인들은 특별히 사과를 하거나 사과를 받아야 한다고 생각하지 않는다. 프랑스 사람처럼 몸이 실제로 닿지 않고 닿을 뻔만 해도 무조건 '파르동'이라고 말하면서 다닌다면, 지하철로 출퇴근하는 한국의 직장인들은 하루에 이 말을 수백 번은 해야 할지도 모른다. 그러다 제시간에 출근을 못할 것이고.

비슷한 이유로, 한국인들은 엘리베이터와 같은 공간에서 타인에게 인사를 건네거나 눈을 마주치며 웃는 일도 별로 하지 않는다. 엘리베이터에 17명 정도 탔는데, 그들하고 어떻게 일일이 인사를 나눈단 말인가. 한국인들은 오히려 엘리베이터에서 누군가가 말을 걸면 혹시 '이상한 사람'이 아닐까 하고 약간은 긴장하는 편이다.

그러니, 한국을 여행하는 외국인들은 한국인이 타인의 공간을 아무렇지도 않게 침범하고 상대방을 슬쩍 건드려도 미안하다고 말하지 않는 무례한 사람들이라고 생각하지 말

아주길 바란다. 한국인은 결코 특별한 사람들이 아니다. 우리도 복잡한 도시에 사는 것에 지쳐 있다. 우리도 (돈만 있으면) 인적이 드문 지중해의 해변이나 남태평양의 섬에서 휴가를 보내고 싶고, 사람들과의 거리가 충분히 보장되는 비즈니스 클래스에 탑승하고 싶고, 테이블 사이의 간격이 널찍널찍한 우아하고 조용한 레스토랑에서 밥 먹고 싶다.

혹시 서울이 얼마나 복잡한 도시인지 생생하게 체험하고 싶은 마음이 드는가? 그럼 출퇴근 시간에 지하철을 타보면 된다. 오전 8시경이라면 어디에서 타든 꽤나 많은 사람이 가득 들어찬 지하철을 볼 수 있을 것이고, 당신이 극한 체험을 좋아하는 취향이라면 지하철 9호선을 선택하기를 권한다. 9호선은 '일반'과 '급행' 두 종류가 있는데, 반드시 급행을 탈 것. 한 조사에 의하면 출근 시간 이 노선의 혼잡도는 무려 234퍼센트에 달한다. 잠시 계산을 해보면, 기차 한 칸의 정원이 158명인데 실제로는 360명이 탄다는 뜻이다. 오 마이 갓!

1호선과 2호선이 만나는 신도림역, 2호선과 신분당선이 만나는 강남역(〈강남 스타일〉의 그 강남 맞다), 2호선과 4호선이 만나는 사당역, 3·7·9호선이 만나는 고속터미널역, 2·4·5호선이 만나는 동대문역사문화공원역도 '혼잡 체험'을 하기에 적절한 지하철역이다. 당신이 사는 곳이 세계의 여러 메트로폴리탄 도시 중 하나라면 굳이 이런 체험을 해볼 필요가 없겠지만, 당신이 아이슬란드나 호주나 캐나다의 어느 시골 마을에서 온 여행자라면 구경 삼아 한번 시도해보길. 출근 시간만큼은 아니지만 퇴근 시간의 혼잡도 만만치 않다.

그래도 좋은 소식이 몇 개 있다. 우선, 그렇게 혼잡함에도 불구하고 소매치기가 거의 없다. 물론 몇십 년 전에는 꽤 있었다. 과거의 신문 기사를 찾아보니 1980년대 후반에는 백화점 한 곳에서만 하루에 50건의 소매치기 범죄가 발생하기도 했다. 하지만 최근 한국에서는 소매치기 범죄가 1년에 약 5백 건 정도 발생할 뿐이다. 몇 안 되는 소매치기도 태반이 잡힌다. 한국의 소매치기 검거율은 60퍼센트 수준이다. 소매치기가 없어진 가장 큰 이유는 한국이 이미 (거의) 현금 없는 사회가 되었기 때문이다. 아직도 현금을 주로 사용하는 소수의 고령자를 제외하면, 한국인들은 거의 모든 소비를 신용카드나 스마트페이를 통해서 한다. 커피 한 잔이나 생수 한 병도 신용카드로 사고, 식당이든 미용실이든 현금을 꺼내는 일이 거의 없다. 훔칠 현금이 없으니 자연스럽게 소매치기가 영업(?)을 할 수가 없다.

핸드백이나 시계나 휴대폰 등의 물품을 훔쳐갈 수 있지 않느냐고? 그건 한국의 보안 체계를 모르고 하는 소리다.

한국에는 정말 많은 CCTV가 있고, 모든 성인은 얼굴 사진과 지문이 정부 데이터베이스에 등록되어 있다. 범죄가 아예 없는 것은 물론 아니지만, 현금이나 물건을 직접 훔치는 범죄는 정말 적다. 보이스피싱이나 스미싱과 같은 정보통신기술 기반의 범죄는 꽤 많이 발생하고 있지만, 적어도 외국인 관광객이 걱정해야 할 범죄는 별로 없다. 기껏해야 바가지요금 정도일 텐데, 이것도 요즘에는 많이 줄었다.

같은 이유로, 한국에서는 공공장소에서 물건을 아무렇게나 두고 다녀도 분실할 위험이 매우 낮다. 가령 당신이 혼자 스타벅스에서 커피를 마시다가 노트북이나 휴대폰이나 지갑을 테이블에 올려놓은 채 화장실에 다녀온다면? 아무 일도 일어나지 않는다. 실제로 한국의 많은 젊은이는 카페 같은 곳에서 공부도 하고 일도 하는데, 동행이 없더라도 도난이나 분실의 위험 없이 마음 편하게 자리를 비울 수 있다. 낯선 사람에게 내 물건 좀 지켜달라고 말할 이유도 없다. 화장실에 다녀와도 되고, 밖에 나가서 담배를 피우고 와도 된다. 식당에서 실수로 지갑이나 전화기를 자리에 두고 왔다면? 당황하지 말고 그곳을 다시 찾아가면 된다. 대부분의 경우 주인이 잘 보관하고 있을 것이고, 손님이 별로 없는 식당이라면 당신이 물건을 둔 바로 그곳에 여전히 놓여 있을 수도 있다.

경기가 벌어지는 날 야구장 인근의 지하철역에 가면 정말 진기한 장면을 볼 수 있다. 대부분의 지하철역 구내에는 물품보관함이 있는데, 보관함의 숫자는 기껏해야 백 개 내외일 수밖에 없다. 몇만 명의 관중이 한꺼번에 몰릴 때는 당연히 보관함이 모자란다. 복잡한 야구장에 들고 들어가기는 불편할 정도로 큰 짐이 있는 관객은 어떻게 하면 좋을까? 적어도 한국에서의 정답은 이렇다. 물품보관함 '근처'에 그냥 놓아두었다가 경기 후에 가지러 가면 된다. 진짜다. 열린 공간에 그냥 두는 것이니 보관료 따위는 없다. 빅게임이 열리는 날이면 이렇게 '방치'(?)되어 있는 가방의 숫자는 수백 개에 달한다.

한국에서 CCTV를 피하기는 정말 어렵다. 한국에는 공공기관이 설치해놓은 CCTV의 숫자만 130만 대가 넘는다. 중국보다는 훨씬 적다고 하지만, 해마다 빠른 속도로 늘어나는 중이다. 최근 10년 사이에만 백만 대가 늘어났을 정도다. 게다가 한국에는 민간이 설치한 CCTV도 상당히 많아서, 전국에 7백만 대 안팎의 CCTV가 존재하는 것으로 추산되고 있다. 2011년에 한 국가기관이 조사한 바에 의하면 수도권 시민들은 하루 평균 83회 CCTV에 찍히는 것으로 나타났다. 하지만 지금은 그때보다 몇 배 많은 CCTV가 설치되어 있으니, 당신에게 엄청난 재주가 있지 않은 이상, 최소한 수백 번은 찍히고 있는 셈이다. 매일같이 말이다.

더욱 놀라운 것은, 한국에 있는 모든 자동차의 약 90퍼센트에 블랙박스가 설치되어 있다는 사실이다. 한국에는 약 2,500만 대의 자동차가 있으니, 자동차 블랙박스만 2천만 대 이상 거리를 돌아다니고 있다는 의미다. 걸어다니든 차를 타고 다니든, 한국인들은 끊임없이 흔적을 남기고 있는 셈이다.

이렇게 이야기하니 한국이 '빅브라더' 사회인 것처럼 들릴지 모르겠다. 신용카드와 CCTV와 스마트폰과 인터넷 때문에 한국인들의 일거수일투족은 어딘가에 '기록'되고 있다. 그리고 그 모든 데이터는 일정 기간 '저장'도 된다. 하지만 한국에서는 '빅브라더'에 대한 사회적 우려는 그리 크지 않은 편이다. 사생활 침해나 개인정보보호에 관한 이슈는 가끔 불거지지만, 기술의 사용을 억제하자는 의견은 많지 않다. 오히려 민감하고 중요한 정보들을 더욱 철저하게 지키기 위해 보안 관련 기술을 더 높이자는 의견이 주류인 것으로 보인다. 한국이 정보통신기술 강국이라서 그런 건지도 모르겠다.

참, 역사적·문화적 맥락과 관련이 있는 한국인들의 행동양식이 하나 더 있다. 문을 열고 지나갈 때 뒤에 오는 사람이 있는지 여부를 확인하고 뒷사람을 위해 문을 잡아주는 것은 서구에서는 매우 흔한 문화다. 하지만 한국에서는 이런 문화가 별로 없다. 두 가지 이유가 있지 않을까 짐작해본다. 하나는 앞서 말했듯이 워낙 인구밀도가 높고 사람들 사이의 거리가 좁기 때문이다. 사람들이 다닥다닥 붙어서 문을 통과하는 경우가 많기 때문에, 굳이 앞사람이 문을 잡아주지 않아도 자연스럽게, 그리고 빠른 속도로 많은 사람이 문을 통과할 수 있다. 다른 하나는 한국의 전통적인 건축 양식에서는 앞뒤로 움직이는 여닫이문보다 좌우로 움직이는 미닫이문이 더 흔히 사용됐기 때문이다. 앞사람이 신경쓰지 않아도 움직이는 문에 뒷사람이 부딪힐 일이 원래부터 없었던 것이다. 그러니 서구에서 온 여행자 여러분, 무심한 앞사람 때문에 움직이는 문에 얼굴을 다치는 일이 없도록 문을 통과할 때 조금은 조심하면 좋겠다.

비록 몸을 조금 부딪쳐도 미안하다고 말하지 않고 뒷사람을 배려해 문을 잡아주지도 않지만, 한국인들은 기본적으로 착하고 친절한 사람들이다. 외국인 관광객들에게는 특히 그렇다. Bon voyage!

4.
세계 최고의 서울 지하철

외국인들이 서울에서 가장 놀라는 것 중의 하나가 지하철이다. 사실 지하철은 세계 각국의 수많은 대도시에 있지만, 서울의 지하철은 정말 특별하다. 노선과 역이 정말로 많고, 승객도 정말 많고, 요금은 주머니 사정을 고려하지 않고 마음껏 탈 수 있을 정도로 저렴하다. 거기에 더해 놀라울 정도로 청결하고, 거의 모든 역에 스크린도어가 설치되어 있어 공기도 맑다. 심지어 공짜 와이파이가 터진다.

물론 서울이 전 세계에서 가장 먼저 지하철이 건설된 도시는 아니다. 오히려 그 출발은 한참 늦은 편이다. 세계 최초의 지하철이 영국 런던에 건설된 것은 1863년이다. 미국에서는 1898년 보스턴에 처음 지하철이 생겼고, 라틴아

메리카 최초의 지하철은 1913년에 아르헨티나 부에노스아이레스에 생겼으며, 아시아 최초의 지하철은 일본 도쿄에 1927년에 건설됐다. 서울 지하철 1호선이 개통된 것은 1974년이니, 런던보다 무려 111년이나 늦은 셈이다. 아시아에서는 도쿄, 베이징, 평양에 이어 네번째였다. 그렇다. 서울 지하철은 베이징(1969년)이나 평양(1973년)보다 늦게 시작됐다. 아프리카 최초의 지하철은 1987년이 되어서야 이집트 카이로에 건설됐다.

철도는 훨씬 오래전인 1899년부터 한국에 존재했다. 그런데 지하철은 왜 이렇게 늦었을까. 우선 근대화가 늦은 편이었던 한국은 수도 서울조차 인구가 그렇게 많지는 않았다. 1942년에 처음 백만 명을 넘긴 이후 인구가 꾸준히 증가했지만, 1950년부터 3년간 치러진 한국전쟁으로 도시는 심각하게 파괴되었다. 전쟁이 끝날 무렵 서울의 인구는 여전히 백만 명 수준이었다.

하지만 이때부터 서울 인구가 폭발적으로 증가하기 시작한다. 불과 6년 후인 1959년에 2백만 명을 돌파했고, 그 이후엔 2~5년마다 백만 명씩 계속 늘어나서 1988년에 드디어 서울 인구는 천만 명을 돌파했다. 인구 백만의 도시가 인구 천만의 거대 도시로 변하는 데 겨우 35년 걸렸다는 뜻이다(물론 행정구역의 변경으로 서울의 면적 자체가 커진 효과가 더해지긴 했다).

런던에 처음 지하철이 만들어지던 시점의 인구는 250만 명이었고, 당시 영국의 1인당 GDP는 3천 달러 정도였던 것으로 추정된다. 한국이 전 세계에서 가장 가난한 나라들 중의 하나였던 1950년대까지는 서울 인구가 2백만 명을 밑돌았고, 지하철과 같은 인프라를 구축할 수 있는 경제력도 없었다. 인구가 급증하던 1960년대에도, 교통 혼잡이 점차 심각해졌음에도 불구하고, 지하철 건설에 대해서는 막연한 구상만 있었을 뿐 실행에 옮길 만한 역량이 없었다. 한국의 1인당 GDP가 처음으로 2백 달러에 도달한 것은 1969년이었고, 그때까지도 한국은 매우 가난한 나라였다(한국의 1인당 GDP가 처음 백 달러를 돌파한 시점은 명확하지 않다. 정확한 통계가 없어서인데, 1960년대 초반으로 추정될 뿐이다).

지하철 건설 이전 서울의 대중교통은 버스와 전차가 주축이었다. 승용차를 소유한 개인은 극소수 부자들뿐이었고, 택시도 아주 특별한 경우에나 타는 수단이었다. 서울의 인구가 빠르게 늘어나면서 교통 혼잡은 점점 심해졌고, 결국 서울은 전차의 운행을 포기하고 지하철 건설에 나서기로 한다. 전차가 멈춘 1968년부터 지하철 1호선이 개통된 1974년 사이의 기간 동안 서울은 '교통지옥'으로 불렸다.

우여곡절 끝에 서울에서 지하철 공사가 시작된 것이

1970년이었고, 마침내 1호선이 개통된 것은 1974년 8월 15일이었다. 노선은 길지 않았다. 서울역에서 청량리역까지, 길이는 겨우 7.8킬로미터에 불과했고, 역의 개수도 열 개뿐이었다. 하지만 이 짧은 노선의 중요성은 매우 컸다. 서울역과 청량리역이 서울에서 전국으로 떠나는 기차들이 출발하는 가장 중요한 두 개의 역이었기 때문이다. 지하철 1호선 개통과 동시에 기존의 철로들 중 일부가 복선 전철화되었고, 이로 인해 지하철 1호선이 실제로 운행하는 거리는 훨씬 길었다.

지하철 1호선 개통은 오랫동안 서울 시민의 염원이었다. 그래서 개통 기념식은 대통령까지 참석한 가운데 성대하게 열릴 예정이었다. 아마도 개통 날짜가 8월 15일로 정해진 것도 계산된 일이었을 것이다. 그날은 한국의 가장 중요한 국경일인 광복절이다(한국은 수천 년의 역사 중에 딱 한 번 외국의 식민지였고, 35년 동안의 식민 지배에서 벗어난 날이 1945년 8월 15일이다).

하지만 지하철 개통 기념식 직전에 열린 광복절 기념식에서 큰 사건이 터졌다. 대통령 암살 미수 사건이 일어나며 영부인이 사망하고 만 것이다. 범인은 공산주의자였던 한국계 일본인이었고, 북한과의 관련성은 명확히 밝혀지지 않았다.

아무튼, 서울은 그 이후 오랫동안 공사판이었다. 2·3·4호선 지하철 건설이 거의 동시에 추진되었기 때문이다. 1980년에 2호선이 개통됐고, 1985년에는 3호선과 4호선이 개통됐다. 하지만 1985년에는 이미 서울 인구가 천만 명에 육박했고, 네 개의 노선으로는 불충분했다. 그럼에도 불구하고 서울의 지하철 건설은 여기서 한동안 중단되었다. 지하철 추가 건설보다 훨씬 더 중요한 대형 이벤트가 있었기 때문이다. 그것은 바로 1988년 서울올림픽이었다.

1970년대에 접어들면서 한국은 엄청난 속도로 발전하기 시작했다. 1969년에 1인당 GDP가 처음 2백 달러를 돌파했는데, 1973년에 4백 달러, 1975년에 6백 달러, 1976년에 8백 달러, 1977년에는 드디어 천 달러를 넘겼다. 그로부터 6년 후인 1983년에는 2천 달러를 넘겼고, 다시 4년 후인 1987년에는 3천 달러를 넘겼다. 개발도상국에서는 처음으로 개최된 서울올림픽이 열린 1988년, 한국의 1인당 GDP는 4,755달러였다. 이것이 소위 '한강의 기적'이다.

한국전쟁이 끝났을 때, 한국은 폐허 그 자체였다. 그런 나라가 불과 35년 만에 올림픽을 개최할 정도로 발전한 것에 전 세계가 놀랐다(사실 한국인들 스스로가 가장 놀랐다. 이게 된다고?). 1970년대 말과 1980년대 초에 걸쳐 올림픽을 유치하기 위한 노력이 진행됐을 때, 정말로 올림픽 유치가 가능할 것이라고 생각하는 한국인은 많지 않았다. 좀 긍정적인 사람들조차 이렇게 생각했다. 이번에 성공할 리는 없겠지만 실패의 경험을 잘 활용하면 먼 훗날, 1996년이나 2000년쯤에는 정말로 우리가 올림픽을 개최하는 날도 오지 않을까?

오십대 이상의 한국인들 모두가 그 이름을 아는 독일의 도시가 있다. 바로 바덴바덴이다(물론 정확히 어디 있는지 아는 사람은 거의 없다. 그게 독일에 있다는 사실조차 모르는 사람이 태반이다). 바로 그곳에서 1988년 하계 올림픽 개최지가 발표됐기 때문이다. 1981년 9월 30일이었다. 그날 이후 오랫동안 '올림픽'은 한국 사회에서 가장 중요한 단어 중의 하나였다. 마치 올림픽의 성공 개최 여부에 국가의 명운이 달려 있는 것처럼, 한국은 올림픽 준비에 매진했다.

김포공항(당시엔 인천공항이 없었다. 인천공항은 2001년에 문을 열었다)에서 올림픽 주경기장까지, 한강을 따라 도시고속도로를 건설했고(당연히 이름도 '올림픽대로'였다), 외국 손님들이 보면 부끄럽다는 이유로 판잣집을 철거하고 도시 빈민들을 내쫓았다. 경기장과 선수촌을 부지런히 건설했고, 그로 인해 또 수많은 철거민이 발생했다. 당시 서울올림픽은 올림픽 역사상 가장 많은 철거민을 발생시킨 올림픽이었다(이 기록은 2008년 베이징올림픽에서 깨졌다). 군인들이 길거리를 돌아다니면 남북이 심각하게 대치하고 있는 것처럼 보이니, 군복을 입은 사람이나 군용차량은 서울 시내로 들어오지 못하게 하기도 했다. '올림픽의 성공을 위해서'라는 명분으로 하지 못할 일은 없었다.

그렇게 지하철 건설은 한동안 중단됐다. 올림픽 준비에 많은 돈을 쓰느라 예산이 부족했기 때문이기도 하고, 지하철 건설을 위해 주요 도로를 헤집어놓으면 '미관상' 좋지 않기 때문이기도 했다(당시 우리는 정말로 올림픽에 '진심'이었다). 결국 지하철 공사는 올림픽 이후인 1990년에 재개되었고, 5호선은 1995년에야 개통했다. 4호선이 완공된 지 10년 만이었다. 1996년에는 7호선과 8호선이, 2000년에는 6호선이, 2009년에는 9호선이 2012년에는 7호선이 각각 개통됐다(서울 지하철의 노선 번호는 완공 순서가 아니라 계획이 수립된 순서다).

9개의 노선이 끝이 아니다. 숫자가 아닌 다른 이름이 붙은 노선이 몇 개 더 있고, 서울에서 그리 멀지 않은 수도권에서 운행하는 노선까지 더하면 더 많다. 여기에 현재 건설 중이거나 계획중인 노선도 계속 늘어나고 있다. 2022년 기준으로, 서울을 포함한 수도권 지하철의 현황은 이렇다. 모두 23개의 노선이 있으며, 총 연장은 1,262킬로미터, 역의 개수는 640개다. 하지만 당신이 서울을 방문했을 때는 이 숫자들이 또 달라져 있을 가능성이 크다.

한때 서울 지하철은 '지옥철'로 불렸다. 너무도 복잡했기 때문이다. '지하'와 '지옥'은 한국어에서 한 글자 차이다. 지금도 서울 지하철이 특히 출퇴근 시간에는 매우 혼잡하다고 앞에서 말한 바 있다. 하지만 과거에는 그 혼잡도가 훨씬 심했다. 얼마나 사람이 많았던지, 그 당시에는 '푸시맨'이라는 별명으로 불리는 요원들이 주요 지하철역마다 배치되기도 했다. 푸시맨이 뭐냐고? 단 한 명도 더 타기 힘들 정도로 승객이 가득 들어찬 객차 안으로 사람들을 추가로 밀어넣는 일을 하는 사람들이다(세상에 쉬운 직업은 없다). 농담 아니다. 1980년대 중반부터 2000년대 중반까지 실제로 존재했다(이 직종이 존재했던 다른 나라로는 일본이 있다). 앞에서 말했다. 한국인들은 낯선 사람과 몸이 살짝 부딪쳐도 사과하지 않는다고. 사정이 이러니 그럴 수밖에.

하지만 지금의 서울 지하철은 정말로 훌륭하다. 비록 일부 노선은 특정 시간대에 매우 혼잡하지만, 대부분의 경우에는 쾌적하다. 지하철이 과거에 비해 덜 혼잡해진 이유는 크게 두 가지가 있다.

첫째, 서울의 인구가 지난 30여 년 동안 별로 변화 없이 천만 명 수준을 유지하는 동안 지하철은 크게 확충됐다. 단순히 노선만 많아진 것이 아니라 기존 노선들도 지속적으로 연장됐다. 예를 들어 4호선의 경우 1985년에는 28.9킬로미터 길이에 24개의 역이 있었지만, 이후 양쪽으로 꾸준히 연장되어 지금은 86.6킬로미터 길이에 52개의 역이 있다. 3호선도 개통 당시와 비교하면 길이와 역의 개수 모두 두 배로 늘었다. 다른 노선들도 마찬가지다(물론 연장 구간은 흔히 서울시 바깥에 위치한다).

둘째, 자동차가 크게 증가했다. 서울에 등록된 자동차는 1988년에는 78만 대에 불과했지만, 1995년에 2백만 대, 2014년에 3백만 대를 넘겼다. 승용차로 출퇴근하는 사람이 크게 늘어났으니, 자연스럽게 지하철 이용객이 줄어들었다. 하지만 좋은 일이 있으면 나쁜 일도 있기 마련. 지하철의 혼잡도가 줄어드는 대신 도로의 정체는 더욱 심각해졌다. 서울 시내의 도로 역시 길어지고 넓어졌지만, 자동차의 증가 속도를 따라가지는 못했다. 당신이 서울에 머무르는 동안 극심한 교통정체를 만난다면, 대규모 행사나 집회 혹은 대형 교통사고 등을 떠올릴지 모르지만, 그럴 가능성은 별로 없다. 그저 지극히 평범한 서울의 일상을 체험하고 있을 뿐.

서울 지하철의 또다른 장점 중 하나는 '편리함'이다. 거의 모든 한국인은 지하철 요금을 '교통카드'로 지불한다. 선불 충전 방식의 교통카드도 있지만, 대부분의 한국인은 이 기능이 포함된 신용카드를 사용한다. 후불제라는 뜻이다. 교통카드 혹은 교통카드 기능이 내장된 신용카드로 지하철은 물론 버스와 택시 요금도 낼 수 있다. 냉난방 시스템도 정말 잘되어 있어서, 사계절 언제나 쾌적한 온도를 유지하고 있다. 심지어 여름철에는 사람들의 취향을 고려하여 냉방을 세게 하는 객차와 약하게 하는 객차를 나누어 운행하기도 한다. 노약자나 장애인을 위한 좌석이 별도로 마련되어 있을뿐더러, 임산부를 위한 핑크색 좌석도 따로 지정되어 있다(이런 좌석은 비어 있어도 아무도 앉지 않는다). 와이파이가 공짜라는 점은 이미 언급했다(재미있는 것은 지하철 와이파이를 이용하는 한국인은 별로 없다는 사실이다. 대부분 LTE 혹은 5G라고 하는 초고속 인터넷 서비스를 넉넉히 제공하는 휴대폰 요금제를 선택하고 있기 때문이다. 그렇게 빠른 인터넷에 길들여진 한국인들에게 지하철의 와이파이는 너무 느려 답답하다).

또한 서울 지하철의 최대 장점 중의 하나는 저렴한 가격이다. 거의 모든 구간을 1달러 정도의 가격으로 이용할 수 있다. 지하철로 한 시간을 이동해도 1달러다. 극소수 구간을 제외하면 환승에도 추가 요금이 붙지 않는다. 물론 아주 긴 구간을 이용하면 가격이 조금 올라가긴 한다. 지하철을 갈아타는 것 말고, 지하철과 시내버스를 함께 이용하면 어떨까? 추가 비용은 사실상 없다. 집에서 버스를 타고 가까운 지하철역까지 간 다음 지하철을 두 번 갈아타고 목적지에 도착한다고 해도 비용은 여전히 1달러다(하지만 버스를 탈 때와 내릴 때 모두 교통카드를 센서에 접촉시켜야 할인 혜택을 받을 수 있다. 불필요한 추가 요금을 내지 않으려면, 특히 버스에서 내릴 때, 이 사실을 잊지 말아야 한다).

65세가 넘은 사람은 아예 공짜다(물론 한국인만 그렇다). 아무리 멀리 가도, 아무리 자주 타도, 지하철은 무료다(하지만 시내버스는 유료다). 처음부터 그랬던 것은 아닌데, 1984년부터 그렇게 됐다. 노인을 공경하는 한국의 문화도 영향을 주긴 했지만, 매우 인기가 없었던 당시의 대통령이 사람들의 환심을 사기 위해 추진했던 측면도 있다.

요금이 매우 낮은데다가 65세 이상 무료 승차까지 있으니, 당연히 서울 지하철은 늘 적자다. 1년에 10억 달러 정도의 적자는 보통이다. 선거를 염두에 둔 정치인들이 공공요금을 쉽게 올리지 못하는 측면도 분명히 있지만, 대중교통 요금을 낮게 유지하는 것은 국가의 경제 규모에 비해 아직도 취약한 편인 복지 시스템을 조금이나마 보완하는 수단이기도 하다.

비슷한 이유로 택시 요금도 다른 나라에 비해 저렴한 편이다(택시 요금도 사실상 정부가 정한다). 서울의 택시 요금은 미국, 유럽, 일본 등의 대도시와 비교하면 3분의 1에서 5분의 1 수준이다. 지하철의 적자를 세금으로 메울 수밖에 없는 것처럼, 민간이 운영하는 버스나 택시 회사에도 정부가 보조금을 지급하기 때문에 이처럼 낮은 가격을 유지할 수 있는 것이다.

그래서 한국에서는 지하철 요금 인상, 택시 요금 인상, 65세 이상 무료 승차 제도 폐지 등에 대한 논란이 끊이지 않는다. 지하철을 거의 이용하지 않는 사람도 많은데, 이들이 낸 세금으로 다른 지하철 승객의 요금 일부를 지원하는 것이 과연 공평한가에 대한 논쟁이다. 하지만 서민과 저소득층, 그리고 고령자 들이 부담 없이 대중교통을 이용할 수 있도록 요금을 낮게 유지하는 것을 찬성하는 사람이 더 많다. 결국 이 논쟁은 정부의 개입 정도, 개인의 책임과 사회복지의 균형 등과 관련된 더 큰 논란과 연결되어 있다.

하지만 이건 한국인들이 고민할 문제고, 한국을 방문하는 외국인들은 저렴한 교통비를 마음껏 누리면 된다. 하루종일 서울 시내 곳곳을 돌아다니는 여행자들이 지불해야 하는 교통비는 정말 싸다. 지하철만 이용한다면 하루에 10달러 넘기가 어렵고, 택시를 한두 번 추가로 이용한다고 해도 어지간히 멀리 가지 않는다면 30~40달러면 충분하다. 그러니 당신은 저렴한 대중교통을 맘껏 누리면 된다(절약한 교통비를 먹는 데 써라).

외국인 관광객만을 위한 특별한 티켓도 있긴 한데, 별로 추천하고 싶지는 않다. 1, 2, 3, 5, 7일 등의 기간이 정해져 있는 티켓인데, 하루에 열 번 이상 지하철이나 버스를 타야 할인 효과가 생기기 때문이다. 지하철 많이 타기 기록에 도전하는 게 아니라면, 이 티켓을 선택할 이유가 없다. 서울은 물론 볼 것이 많지만, 천천히 보아야 제대로 볼 수 있는 것도 많다. 한때는 '교통지옥'이었지만, 지금의 서울은, 적어도 외국인 여행자에게는, '교통 천국'이다.

5.
야구장에서 치맥을*

2019년 10월 26일, 나는 평생의 소원 중 하나를 이루었다. 프로야구팀 두산베어스가 한국시리즈에서 우승하는 순간에 야구장에 있었다! 한국에서 프로야구가 출범한 1982년부터 품어온 소원을 38년 만에 이룬 것이다. 정말 엄청난 경기였다. 경기 초반에 3:8까지 뒤졌지만, 후반에 9:8로 역전했고, 9회 말에 다시 9:9가 되어 연장전까지 간 끝에 11:9가 되는 극적인 승부였기에 더욱 기뻤다. 우승이 확정되는 순간, 눈물이 핑 돌았다.

스포츠 팬이라면 다들 알겠지만, 챔피언이 된다는 건 쉬운 일이 아니다. 엄청난 실력과 회복력, 그리고 어느 정도의 행운까지 따라야 한다. 그 순간을 직관하는 것도 마찬가지다. 그런 경기의 티켓을 구하는 것은 우승 못지않게 어려운 일이다. (이 글을 쓰다 말고 그 경기 하이라이트를 다시 봤다. 당시의 황홀한 느낌이 새롭게 밀려온다.)

나는 스포츠 관람을 좋아한다. 야구를 가장 좋아하지만, 축구를 비롯한 다른 종목들도 재미있게 본다. TV로 보는 것도 즐겁지만, 스포츠는 역시 직관이다. 솔직히 직관은 불편한 점이 많다. 해설도 없고, 리플레이 화면도 없고, 클로즈업도 없고, 더위나 추위를 견뎌야 하고, 가끔은 비도 맞아야 하니까. 하지만 경기장에 가면 TV로는 결코 체험할 수 없는 여러 가지 즐거움이 있다. 여행중이라고 다를 까닭이 없다. 그래서 나는 여행 계획을 세울 때도 흔히 스포츠 이벤트 일정을 확인하곤 한다.

내가 외국에서 운동경기를 처음 관람한 것은 첫 해외여행이었던 프랑스 파리에서였다. 어렵게 티켓을 구해 파리 생제르맹 FC(2023년부터 한국의 이강인 선수가 뛰고 있는 팀이다)의 홈구장인 '파르크 데 프랭스(Parc des Princes)'를 찾았다. 어차피 내가 응원하는 팀은 없으니, 경기보다는 경기장, 선수들보다는 관중을 더 자세히 보았다. PSG 팬들은 박자에 맞춰 단체로 발을 구르는 응원을 즐겨 했는데, 그럴 때는 정말 바닥이 쿵쿵 울리면서 심장 박동이 저절로 빨라졌다. 1897년에 처음 지었다는 이 경기장이 무너지지 않을까 걱정이 될 정도였다.

그땐 처음이라 잘 몰랐다. 나중에 이탈리아, 영국, 네덜란드, 미국, 일본, 호주, 태국 등 여러 나라에서 다양한 스포츠 경기를 관람하면서, 나라마다 스포츠 경기장의 분위기가 상당히 다르다는 걸 알게 됐다. 좀 거창하게 말하면, 경기장에 모인 사람들의 에너지와 응원 문화는 그 나라의 국민성을 그대로 반영한다고도 할 수 있겠다.

이탈리아에서 AS로마 홈경기를 보러 갔을 때였다. 프란체스코 토티(Francesco Totti)가 주장이던 시절이다. 경기가 시작하기도 전부터 분위기가 거의 난장판이었다. 곳곳에서 다양한 폭죽을 터뜨려 연기가 가득했고, 경기장 전체에 몽둥이를 든 경찰관과 호스를 든 소방관이 줄을 맞춰 서 있었다.

휘슬이 울린 뒤에는 더했다. 마치 폭동이라도 일어난 듯, 귀를 먹먹하게 만드는 소음이 스탠드를 채웠다. 열정적인 팬들이 내지르는 응원의 목소리와 야유의 목소리가 사방에 울려퍼졌다. 저쪽에서는 누군가가 싸우고, 이쪽에서는 누군가가 담을 넘고, 여기서는 무언가가 날아다니고 저기서는 누군가가 뛰어다녔다. 컵 대회 결승전이나 특별히 중요한 경기도 아니고 그냥 평범한 경기였는데도 그랬다.

로마가 두 골을 앞서가다가 동점이 되더니 후반 중반쯤 역전골까지 먹었다. 그 순간, 경기장이 폭발했다. 아니, 관중이 폭발했다. 그런데 황당한 건, 아직 경기가 10분 이상 남았는데, 꽤 많은 관중이 자리에서 일어나 퇴장하기 시작했다는 거다. 한 골만 넣으면 동점인데, 왜 나가지? 끝날 때까지는 끝난 게 아니지 않아? 경기는 종반으로 치달으며 점점 치열해지고 있었는데, 경기장을 떠나는 사람은 점점 더 늘어났다. 도대체 왜 나가는 건지 궁금했다. 밖에 뭐가 있나? 나가는 선수들 얼굴 보며 욕해주려고 좋은 자리 잡으러 가는 건가? 나도 나가봐야 하나? 경기가 끝난 이후 경기장에서 벌어지는 풍경도 보고 싶은데, 바깥 풍경도 궁금했다. 갈등하다가 결국 종료 5분을 남기고 일어섰다.

경기장 주변이 엉망이었다. 수많은 인파, 수많은 오토바이, 그리고 이미 자동차로 가득찬 도로. 이들이 경기도 끝나기 전에 서둘러 나온 이유는 의외로 단순했다. 늦게 나오면 길 막히니까. 그렇다. 이탈리아 사람들은 축구를 죽도록 좋아하고, 기다리는 건 죽도록 싫어하는 거다.

그 경기장은 로마시 외곽에 있었는데, 시내로 들어오는 도로가 좁아서 정체가 극심했다. 유적들 때문에 개발을 잘 못해서 거긴 지하철도 없었다(로마는 정말 멋진 도시이지만, 지하철에 관해서만큼은 서울이 한 수 위다). 결국 나도 버스를 타기까지 20분 이상 걸렸고, 버스가 경기장 주변에서 완전히 벗어나기까지 또 20분 이상 걸렸다. 먼저 나간 사람들은 이 정체를 피하기 위해 동점 혹은 역전의 순간을 볼 수 있는 가능성을 포기한 것이었다.

네덜란드 암스테르담에 출장을 갔을 때 아약스 홈구장을 찾은 것도 기억에 남는다. 가장 인상적이었던 건 경기도 아니고 경기장도 아니고 관중도 아니고, 매점이었다. 정확히 말하면 매점의 대금 결제 방식. 아약스 경기장 내부의 모든 매점에서는 현금 결제가 불가능하고 신용카드 결제도 불가능했다. 그럼 뭐로? 처음엔 당황했다. 다들 맥주며 핫도그를 문제없이 사고 있는데, 나만 우왕좌왕했다. 알고 보니 '아약스 카드'로만 음식을 살 수 있었다. 충전식 선불카드였다. 내가 구입할 음식 가격을 잘 계산한 다음 한쪽 구석에 있는 충전 전용 창구로 가서 30유로를 충전했다(네 명이 먹었다. 나 혼자 먹은 거 아님). 여길 다시 올 가능성은 거의 없으니, 많이 충전할 필요는 없었다. 29유로를 쓰고 1유로가 남았지만, 그건 기념품 값이라 생각하면 아깝지 않았다. 아약스 로고가 새겨진 그 카드는 20년 가까이 지난 지금도 내가 잘 간직하고 있다(그곳은 그때 이미 현금 없는 사회였다).

상업이 발달한 나라다운 훌륭한 방법이라 생각했다. 결제가 간편하니 줄도 길어지지 않았고, 현금 주고받는 수고도 없고, 미리 받아놓은 돈이 모이면 이자도 발생할 테고, 나 같은 뜨내기손님이 충전해놓고 쓰지 않은 낙전도 모으면 꽤 될 터였다. 그러고 보니 네덜란드 관중은 응원도 실용적으로 했던 것 같다. 아무때나 소리지르며 기운 빼지 않고, 차분하게 경기를 보다가 꼭 필요할 때만 강하게 내지르는 응원.

미국에서 야구장에 가면 경기 자체보다 음식에 더 집중하는 관객들을 발견할 수 있다. 이들은 야구를 보러 온 건지 뭘 먹으러 온 건지 알 수 없을 정도로 끊임없이 먹는다. 멀쩡한 자기 자리를 비워놓고 매점에 있는 테이블에 앉아서 이것저것 먹으며 야구는 TV로 보는 사람도 많다. 그럴 거면 왜 왔는지.

영국에서 축구장에 가면 한없이 진지한 팬들을 볼 수 있다. 이들은 경기장에 온 건지 도서관에 온 건지 알 수 없을 정도로 심각하게 집중한다. 다른 나라와 달리, 하프타임 때 말고는 화장실에 가는 사람도 거의 없다. 경기가 한창 진행되는 동안 누가 나가려 하면 아주 짜증스러운 얼굴로 길을 비켜준다. 이 엄중한 시기에 화장실 가는 너는 생각이 있는 거냐 없는 거냐, 뭐 이런 표정이다. 어찌나 열중하는지, 경기를 보며 뭘 먹는 사람도 별로 없다.

일본에서 야구장에 가면 외야석을 가득 메운 관중의 일사불란한 응원에 놀란다. 내야는 그리 특별할 것이 없지만, 외야는 분위기가 사뭇 다르다. 거의 모두가 유니폼을 입고,

응원단장의 손짓 하나에 신속 정확하게 구호를 외치고 동작을 실행하는데, 이건 뭐 전문 응원단이 따로 없다.

이렇듯 각국의 경기장 풍경은 다양하다. 하지만 한국의 야구장은 세계의 그 어느 경기장과도 다른 독특함이 있다. 당신이 4월부터 10월 사이에 한국을 방문한다면, 당신이 머무는 기간 중에 당신이 있는 그 도시에서 프로야구 경기가 열린다면, 꼭 한번 방문해볼 만하다.

야구는 한국에서 가장 인기 있는 스포츠다(내가 비록 야구팬이긴 하지만, 이건 거짓말이 아니다). 직접 플레이하는 사람은 축구가 더 많을지 모르지만, 구경하는 스포츠로서의 인기는 야구가 일등이다. 프로야구 출범 이전에는 고교야구의 인기가 매우 높았고, 1982년 이후에는 프로야구의 인기가 높다. 리그의 이름은 흔히 KBO로 불리는데, 이는 한국야구위원회(Korea Baseball Organization)를 뜻한다. 지금은 각 지역에 연고지를 둔 열 개 팀이 경쟁을 펼치고 있다. 경기 수준도 높다. 올림픽에서 금메달을 딴 적도 있고, 미국 메이저리그에서 뛰고 있거나 뛴 적이 있는 한국 선수도 28명이나 된다.

한국의 야구장은 무엇이 그렇게 특별한가. 가장 먼저 손꼽을 수 있는 것은 독특한 응원 문화이다. 일단 한국의 야구장에는 응원단장과 치어리더들이 있다. 그들은 앰프를 크게 틀어놓은 채 관중의 호응을 유도한다. 경기가 한창 진행중일 때는 볼륨을 조금 줄여야 하는 규정이 있기는 하지만, 야구장은 전반적으로 경기 내내 매우 시끄러운 편이다. 특히 홈 팀이 공격을 할 때, 좋은 찬스를 잡았을 때는 더욱 그렇다.

모든 팀은 각기 다른 자신들만의 응원가가 있다. 한두 곡이 아니라 최소한 열 개 안팎의 노래를 사용한다. 한국 가요도 있고 유명한 팝송도 있고 널리 알려진 오페라 아리아도 있다(물론 저작권료를 지불한다). 간혹 원곡의 가사를 그대로 부르는 경우도 있지만, 대부분은 가사를 바꾸어 부른다. 노래가 아니라 응원 구호도 여러 가지를 쓴다. 박수를 치거나 비닐 막대기 등을 두드려 소리를 내는 경우도 많은데, 각 팀마다 선호하는 박자가 정해져 있다. 응원단장은 여러 옵션을 다양하게 조합하며 관중을 이끈다. 경기 초반과 후반의 분위기가 다르고, 이기고 있을 때와 지고 있을 때가 다르다.

이게 '팀'을 응원하는 방식이고, 각 선수들을 응원하는 노래나 구호는 따로 있다. 모든 선수들이 등장할 때, 경기장에는 그 선수만을 위한 멜로디가 울려퍼진다(물론 홈 팀 선수가 등장할 때만 그렇다). 이것 역시 유명한 기존 음원들이 사용되는 경우가 많다(그래서 당신이 어느 나라 출신이든, 경기장에 몇 시간 동안 머물면 반드시 귀에 익은 멜로디를 여러 번 듣게 된다). 등장할 때 사용되는 곡 외에, 각 선수들을 위한 맞춤 응원 구호 역시 경쾌한 리듬과 함께 마련되어 있다. 열성팬들은 이 모든 멜로디와 가사를 전부 다 알고 있고, 당연히 큰 목소리와 큰 동작으로 응원에 동참한다(이런 팬이 많아서 응원단이 잘 보이는 좌석은 가장 먼저 매진되기 쉽다. 경기가 제일 잘 보이는 구역이 아니라 입장료가 아주 비싸지도 않지만, 이곳이 가장 인기가 높다).

경기 상황에 따른 응원곡도 여러 개 준비되어 있다. 우리 팀이 확실한 승기를 잡았을 때 부르는 노래가 따로 있고, 8회 말 시작 직전에 부르는 노래가 따로 있다. 상대 선수가 삼진을 당했을 때 흘러나오는 멜로디가 따로 있고, 우리 선수가 볼넷을 얻어 걸어 나갈 때 흘러나오는 멜로디가 따로 있다. 남성 관중과 여성 관중이 부르는 파트가 나뉘어져 있는 응원곡도 있다.

공격과 수비가 교체되는 1분 남짓한 시간에는 응원단이 미니 공연을 펼치기도 한다. 이때는 주로 유명 아이돌 그룹의 노래가 흘러나온다. 모든 관중이 일제히 스마트폰으로 불을 밝히는 응원을 하기도 하고(과거에는 휴대용 라이터를 켰다), 한창 기분이 좋을 때면 '파도타기 응원(Mexican wave)'이 펼쳐지기도 한다. 많은 관중이 차례대로 자리에서 벌떡 일어나 손을 위로 드는 방식으로 물결을 만드는 응원 말이다. 이 응원 방식은 1986년 멕시코 월드컵에서 유래한 것으로 알려져 있지만, 한국인들이 멕시코 사람들보다 훨씬 자주 써먹는다.

구단에 따라 몇 가지 응원 문화가 추가되기도 한다. 일제히 찢어진 신문지를 흔들기도 하고, 비닐봉지에 바람을 불어넣어 풍선처럼 만든 다음 머리에 쓰는 이상한(?) 행위를 함께 하기도 한다. 사실 이 두 가지는 모두 한국에서 두 번째로 큰 도시인 부산을 연고로 하는 롯데자이언츠의 응원 문화다. 특히 비닐봉지 응원은 2005년에 시작되어 한동안 큰 인기를 끌었지만, 일회용품 사용을 줄이는 차원에서 2021년에 없어졌다. 과거에는 매년 비닐봉지 150만 장이 이 응원에 사용됐다(이 비닐봉지는 사실 쓰레기봉투다. 경기중엔 응원 도구, 경기 후엔 쓰레기봉투). 롯데자이언츠는 (비록 성적은 그리 좋지 않지만) 팬들의 응원 열기가 특히 뜨거운 곳으로 유명하다. 투수가 견제구를 던지면 사투리로 야유를 보내는 것도 유명하고, 파울볼이 떨어지면 주변에 있는 아이에게 선물하라는 말을 역시 사투리로 입을 모아 외치는 것도 유명하다. 혹시라도 부산에 갈 기회가 있고, 그날 야구 경기가 열린다면, 한 번쯤 보러 가는 것도 좋겠다. 한국어도 모르는데 사투리까지 따라 하기는 쉽지 않겠지만 말이다.

최근 유행하는 응원 도구로는 스케치북이 있다. 스케치북에 여러 가지 응원 문구를 직접 써서 준비해두었다가 경기 상황에 딱 맞는 것을 펼치는 것이다. 아무런 소리도 나지 않고, 동작도 크지 않고, 여러 사람이 같이 할 수 있는 것도 아니다. 그런데 이게 왜 인기일까? 비밀은 TV 중계에 있다. 한국의 프로야구는 매년 정규 시즌만 720경기가 열리는데, 이 모든 경기가 TV와 인터넷으로 생중계된다. 플레이오프와 한국시리즈 등의 포스트시즌 경기도 당연히 생중계된다. 그리고 카메라맨들은 언제나 재미있는 화면을 원한다. 기발하고 재미있는 문장이 쓰인 스케치북을 펼친 채 간절한 표정으로 서 있으면, 당신의 모습이 TV에 나올 확률이 꽤 높아지는 것이다. 한국의 야구장은 경기장인 동시에 유머 경연장이기도 하다.

당신도 TV에 나올 수 있다. 일단 유니폼을 하나 구입하여 걸친 다음, 당신과 같은 유니폼을 입고 스케치북 응원을 펼치고 있는 누군가에게 보디랭귀지로 '나도 해보고 싶다'는 뜻을 전하기만 하면 된다. 그가 적당한 내용이 적힌 면을 펼쳐서 당신에게 빌려줄 확률이 90퍼센트 이상이다. 물론 당신이 TV에 나올 가능성은 그것보다 훨씬 낮다. 확률을 높이고 싶으면 더 많은 응원 도구를 갖추거나, 표정과 몸짓을 최대한 과장하거나, 얼굴에 뭔가를 칠하고 빨간색 가발을 쓰거나, 엄청나게 웃기는 춤을 추거나 하면 된다. 진짜 카메라에 잡힌다면, 나중에 확인해볼 수도 있다. 모든 경기는 언제든 인터넷에서 '다시 보기'가 가능하다. 한번 해볼텨?

두번째로 특별한 것은 야구장에서 엄청나게 다양한 음식들을 먹을 수 있다는 점이다. 외국에서 흔히 볼 수 있는 핫도그나 햄버거 등은 당연히 있고, 당신은 잘 모르지만 한국인에게는 너무나 익숙한 길거리 음식들도 많다. 서울의 잠실야구장에서는 삼겹살 도시락도 판매하고, 항구도시 부산의 야구장에서는 생선회도 판매한다. 심지어 일부 야구장(인천 SSG 랜더스필드와 창원 NC파크)에서는 삼겹살이나 다른 고기를 구워 먹을 수도 있다. 바비큐 존으로 명명되어 있는 특별한 좌석에 테이블과 불판이 구비되어 있기 때문이다. 캠핑 분위기 내면서 야구 경기를 볼 수 있는 것이다(취사도구와 고기는 직접 준비해야 한다). 한국의 야구팬들이 미국의 야구팬들보다 많이 먹는 것 같지는 않지만, 훨씬 다양한 종류의 음식을 먹는 것은 사실인 듯하다.

하지만 뭐니뭐니해도 야구장 음식의 꽃은 '치맥'이다. 한국식 닭튀김에 맥주를 곁들이는 것이다. 닭을 튀겨 먹는 것은 매우 일반적인 조리법이고, 맥주야 전 세계에서 가장 대중적인 술이지만, 두 가지를 같이 먹는 것을 즐기는 나라는 의외로 별로 없다. 사실 치맥은 한국인이 정말로 사랑하는 것이어서, 당신이 야구장에 가지 않더라도 반드시 먹어봐야 하는 필수 아이템이기도 하다. 치맥 이야기는 다음 글에서 계속 이어갈 것이다.

끝으로, 당신이 야구장에 갔을 때 응원해야 하는 팀을 알려준다. 응원하는 팀이 있어야 관람이 더 재미있는 법이니까. 바로 KBO의 최고 명문 구단 '두산베어스'다(뭐, 동의하지 않는 한국인이 더 많겠으나, 이 책이 두산베어스 열혈 팬에 의해 쓰였음을 참고하시라). 두산베어스는 한국에서 최초로 창단된 프로야구팀이며, 원년 우승팀이기도 하다. 창단 이후 42년 동안 스물다섯 번이나 포스트시즌에 진출했고, 그 중 여섯 번을 우승했다. 특히 2015년부터 2021년까지 7년 연속 한국시리즈에 진출한 기록도 갖고 있다. 몸을 사리지 않는 허슬 플레이로 유명하여 '허슬 두'라는 별명을 갖고 있으며, 끝까지 포기하지 않는 '가장 끈기 있는 팀'으로 유명하고, 기적적인 역전승을 많이 거두어 '미라클 두산'이라는 별명도 갖고 있다. 유니폼도 제일 예쁘고, 응원곡들도 가장 멋지고…… 아무튼 제일 멋진 팀이다. 서울의 잠실야구장을 홈으로 사용한다. 지하철 2호선과 9호선 '종합운동장역'에서 내리면 된다.

• 이 글의 전반부는 나의 책 『여행준비의 기술』에 실린 원고의 일부를 재구성했다.

6.
코리안 프라이드치킨과 치맥

나는 앞에서 당신이 한국에서 단 한끼만 먹을 수 있다면 삼겹살을 먹어야 한다고 자신 있게 말했다. 그럼 두 끼를 먹을 수 있다면 무엇을 더 맛볼까? 이건 정말 어려운 문제인데, 오랜 고민 끝에 나는 당신에게 '치맥'을 추천한다. (당신을 매혹시킬 한국 음식은 그 외에도 정말 많으니, 제발 두 끼만 먹고 떠나지 말고 좀더 오래 머무르길 바란다. 최소한 열 끼니쯤은 먹고 가시길.) 맥주와 함께 먹으면 딱 좋은 한국의 치킨은 과연 무엇일까.

닭은 전 세계 어느 나라에서나 사랑받는 식재료다. 당연히 한국인들도 아주 오래전부터 닭을 즐겨 먹었다. 하지만 주로 삶아 먹었다. 나중에 당신에게 추천할 대표적인 한식 메뉴 중에도 삶은 닭요리가 있다. 한국인이 닭을 '다른 방식으로' 먹기 시작한 것은 1960년대다. 어느 식당에서 판매하기 시작한 '로티세리 치킨(rotisserie chicken)'이 큰 인기를 끌었던 것이다.

로티세리는 한국에서 그리 흔한 기구가 아니고, 당시만 해도 음식을 만들 때 전기를 이용하는 일은 극히 드물었기 때문에, 이 음식의 이름은 독특하게도 '전기구이통닭'이 되었다. 지금도 운영중인 그 식당의 이름도 재미있다. 영양센터. 가난으로 인해 영양분 섭취가 부족하던 시절, 닭은 한국인에게 귀중한 단백질원이었던 것이다.

1970년대부터는 기름에 튀긴 닭요리가 널리 퍼지기 시작했는데, 닭을 토막 내지 않고 통째로 기름에 튀기는 방식이었다(지금도 이렇게 조리된 닭을 파는 식당들이 간혹 있다). 닭을 적당히 자른 다음 튀김옷을 입혀서 튀기는 미국식 프라이드치킨은 1977년에야 한국에 등장한 것으로 기록되어 있다. 미국 브랜드 KFC는 1984년에 한국에 들어왔다. 이후 프라이드치킨의 인기는 꾸준히 높아졌다. 프라이드치킨을 만들어 파는 수많은 식당은 튀김옷의 배합을 조금씩 다르게 하면서 경쟁했고, 그중 일부는 프랜차이즈 점포를 다수 개설하며 브랜드 가치를 높여갔다.

그러던 중 한국의 프라이드치킨 문화가 급격하게 확산되

는 중요한 계기가 생긴다. 하나는 1997년에 한국이 겪었던 외환위기이고, 다른 하나는 2002년에 열린 한일 월드컵이다.

1970년대부터 20여 년 동안 놀라운 경제성장을 이룬 한국은 1997년부터 몇 년간 아시아 각국에서 발생했던 외환 유동성 위기의 직격탄을 맞았다. 한국 정부는 결국 국제통화기금(IMF)으로부터 구제금융을 받아야 했고, 약 4년간 한국인들은 큰 고통을 겪었다. 그전에는 국민 대부분이 이름조차 들어보지 못했던 IMF라는 용어는 지금도 한국인들에게 일종의 트라우마로 남아 있다(사실 IMF는 위기 극복을 도와준 고마운 존재이지만, 'IMF 외환위기', 'IMF 사태' 등의 용어가 널리 쓰였기 때문이다. IMF 미안).

1997년의 경제위기는 모든 한국인의 삶에 크나큰 영향을 끼쳤다. 고통도 컸지만 교훈도 컸다. 특히 온 국민이 펼친 '금 모으기 운동'은 위기에 처했을 때 더욱 빛을 발하는 한국인의 의지를 보여준 사례로 지금도 기억된다. 무려 351만 명이 집에 보관하고 있던 금을 내놓아서 약 227톤의 금이 모였고, 이를 수출하여 부족한 외화를 보충할 수 있었다(한국에는 아이가 첫돌을 맞으면 주변 사람들이 작은 금반지를 선물하는 문화가 있어서, 대부분의 가정이 조금이나마 금을 보관하고 있는 것이 일반적이었다). 당시의 금 수출액은 IMF로부터 빌린 돈의 10분의 1 정도였으니 이것이 위기 극복에 결정적인 역할을 했다고는 할 수 없겠지만, 온 국민이 힘을 모아 국가적 위기를 극복하자는 단합의 분위기를 조성하는 데는 큰 역할을 했던 것이 사실이다.

하지만 강도 높은 구조조정과 그로 인한 실업자의 급증은 피할 수 없었다. 다수의 대기업을 포함하여 수많은 기업이 도산했고, 다른 기업들은 도산을 피하기 위해 수많은 직원을 해고해야만 했다. 약간의 퇴직금과 위로금만을 손에 쥔 채 하루아침에 실업자가 된 사람이 부지기수였다.

특별한 기술도 없고 큰 자본도 가지지 못한 많은 사람은 어쩔 수 없이 자영업자가 되었고, 그들 가운데 적지 않은 수가 '프랜차이즈 치킨집'을 차렸다. 본사에서 공급하는 재료들을 받아서 본사가 제공하는 매뉴얼대로 닭을 튀기기만 하면 되니까, 상대적으로 진입 장벽이 낮았다. 마침 1990년대에 프라이드치킨 사업으로 성공을 거둔 몇몇 기업이 공격적으로 점포 수를 늘리기 시작하던 무렵이었다. 미국 프라이드치킨의 유래에 흑인 노예들의 아픔이 묻어 있다면, 한국 프라이드치킨의 유행에는 갑자기 직장을 잃어 어쩔 수 없이 자영업자가 된 사람들의 눈물이 숨어 있는 셈이다.

이즈음부터 한국인들이 '치킨'이라는 단어를 영어로 말할 때의 의미는 동물의 이름이 아니라 '튀긴 닭요리'가 되었다(편의상 앞으로는 '한국식 프라이드치킨'을 통칭할 때에

'chikin'으로 표기한다).

이렇게 치킨의 인기가 점차 높아지던 2002년, 한국에서 월드컵이 열렸다. 국내 리그만 놓고 보면 야구가 가장 인기 있는 종목이지만, 한국에서는 축구의 인기도 매우 높다. 특히 국가대표팀의 경기에 대한 관심은 엄청나다. 월드컵에 대한 한국인의 열정은 여느 유럽인들 못지않다. 비록 일본과의 공동 개최이기는 했지만, 월드컵이 한국에서 개최된다는 것은 수많은 한국인에게 꿈같은 일이었다. 게다가 그 대회에서 한국은 승리를 거듭하며 4강에까지 진출했다. 16강 진출이라는 목표를 두 단계나 뛰어넘은 것이다.

월드컵 기간 내내 한국은 축제였다. 특히 한국 팀의 경기가 열리는 날에는 전국의 크고 작은 광장에 붉은 유니폼을 입은 사람들이 적게는 수백 명, 많게는 백만 명 넘게 모였다. 길거리 응원에 동참하지 않은 사람들은 술집이나 영화관(그때는 영화 대신 축구를 상영했다)에 모였다. 기차역이든 병원이든 학교든 회사든 집이든, 전국의 모든 TV에는 축구 중계가 나왔다. 그리고 그 많은 사람이, 이유는 모르겠지만 약속이나 한 듯이, 치맥을 즐겼다. 어찌나 많은 사람이 치킨을 원했던지, 주문하면 두세 시간 후에 배달이 오는 경우가 흔했다(그렇다. 나중에 다시 이야기하겠지만, 한국은 전 세계에서 '배달' 문화가 가장 발달한 나라다).

이후 치킨은 진화를 거듭했다. 수많은 치킨집이 열정적으로 새로운 레시피 개발에 나섰다. 1990년대까지만 해도 치킨은 크게 '프라이드'와 '양념' 두 종류였고, 이색적인 치킨으로 간장 양념을 사용한 것이 있을 뿐이었지만, 지금은 그 종류를 헤아리기 어려울 정도로 다양한 치킨이 있다. 단언컨대, 한국의 치킨은 이탈리아의 피자보다 다양하고 미국의 햄버거보다 다양하고 독일의 소시지보다 다양하다. 여러 개의 가맹점이 있는 프랜차이즈 치킨 회사만 4백 개가 넘고, 독립적으로 운영되는 치킨집도 부지기수다. 치킨 전문점이 아닌 평범한 펍들에서도 대부분 치킨을 판매한다. 각 브랜드가 최소한 열 가지 이상의 메뉴를 선보이고 있으니, 치킨이라고 통칭되는 음식의 종류는 족히 수천 가지가 넘는 셈이다.

가장 유명한 몇몇 브랜드는 한국에만 천 개가 훨씬 넘는 점포를 운영중이고, 해외에 낸 매장까지 포함하면 2천 개가 넘는 브랜드도 있다. 그럼 한국에 치킨집은 몇 개나 될까? 놀라지 마시라. 8만 개가 넘는 것으로 추산되고 있다. 전 세계의 맥도날드 매장(약 3만 8천 개)과 스타벅스 매장(약 3만 4천 개)을 합친 것보다 더 많은 치킨집이 한국에 있는 것이다. 그야말로 한국은 치킨 공화국이라 해도 과언이 아니다.

아마도 당신은 이렇게 생각할 것이다. 그래봐야 어차피 튀김옷을 입혀서 튀긴 닭이니 다 거기서 거기 아니냐고. 결코 그렇지 않다. 많은 한국인은 한 조각만 먹어도 이것이 어느 브랜드의 치킨인지 비교적 정확하게 구별할 수 있다(심지어 냄새만 맡고서 구별하기도 한다). 당연히 대부분의 한국인은 각자 자신이 가장 좋아하는 치킨을 아주 구체적으로 말할 수 있다. 특히 치킨을 좋아하는 소수의 사람은 단 한입만 먹고서도 어느 브랜드의 무슨 메뉴인지까지 정확히 맞힐 수 있다. 심지어 그런 능력을 매우 자랑스러워한다!

몇 년 전, 배달 앱을 운영하는 어느 회사가 재미있는 이벤트를 기획했다. '치믈리에 자격시험'을 통과하면 '치믈리에 인증서'를 발급해주는 행사였다. 치믈리에는 당연히 치킨과 소믈리에를 조합한 신조어다. 필기시험과 실기시험이 있는데, 실기시험은 블라인드 테스트 방식으로 다양한 브랜드의 치킨을 구분해내는 능력을 측정하는 것이었다. 장소의 제한 때문에 5백 명만 응시할 수 있었는데, 이 시험을 보고 싶다고 사전에 신청한 사람이 너무 많아서 추첨을 해야만 했다.

얼마나 많은 사람이 신청했을까? 응시자는 무려 57만 명. 온라인 시험을 통과한 사람만 2만 7천 명이어서 추첨을 통해 5백 명이 오프라인 시험에 초대됐고, 그중 47명이 영광

스러운(?) '치믈리에' 호칭을 획득했다(이 시험은 두 차례 실시됐고, 한국에는 총 166명의 치믈리에가 있다. 이렇게 인기가 있었는데 더이상 이벤트가 열리지 않는 것은 시험 현장에서 '동물권' 활동가들이 시위를 벌이는 일이 있었기 때문이다).

또한 한국의 치킨 유행은 여러 가지 사회적 이슈와도 연결되어 있다. 첫째, 지나치게 높은 자영업자 비율을 상징적으로 보여주는 것이 엄청나게 많은 치킨집 숫자다. 꾸준히 내려가고 있기는 하지만, 한국의 자영업자 비율은 여전히 25퍼센트 수준이다. OECD 평균 15.8퍼센트보다 훨씬 높고, 회원국 중에서 한국보다 이 비율이 높은 나라는 콜롬비아, 그리스, 브라질, 튀르키예, 멕시코, 칠레뿐이다. 좋은 일자리가 경제 규모에 비해 많지 않고, 노동 시장의 유연성이 적어서 한번 직장을 잃으면 재취업이 쉽지 않은 것은 한국 경제의 주요한 약점 중의 하나다. 국민들의 소득 수준이 불안정적일 수밖에 없고, 과도한 경쟁으로 적자를 보거나 망하는 자영업자가 많아진다(영화 〈기생충〉의 송강호도 치킨집을 열었다가 망한 경험이 있다). 또한, 창업이나 운영과 관련된 비용을 모두 스스로 조달하다보니 가계부채가 늘어나는 등의 문제가 있다. 때문에 정부에서 자영업자 비율을 낮추기 위해 많은 노력을 하고 있지만, 해결이 쉽지 않다.

둘째, 자영업자 중 상당수를 차지하는 프랜차이즈 가맹

점과 본사와의 갈등이다. 본사가 가맹점으로부터 재료값 외에도 다양한 수수료와 마케팅 비용의 일부까지 받아가기 때문에, 본사는 돈을 벌어도 가맹점은 큰 수익을 올리지 못하는 구조가 있는 것이다. 이런 문제는 치킨업계 외에 24시간 편의점을 비롯한 모든 프랜차이즈 업종에서 공통적으로 발생하고 있다.

셋째, 배달업체와 음식점들 사이의 갈등도 있다. 한국은 배달 문화가 정말로 발달한 나라이다. 치킨이나 피자는 당연하고, 세상의 거의 모든 상품이 배달 가능하다. 당신이 무엇을 떠올리든, 그것도 배달이 된다고 생각하면 된다. 이런 문화는 코로나19 이후 더 확산됐다(통계청 자료에 의하면 2021년에 한국인은 1인당 70.3개의 택배 상자를 받았다. 경제활동인구만 기준으로 하면 1인당 128.2개다. 음식 배달 건수는 정확한 통계가 없지만, 같은 자료에서 한국의 배달 음식 매출 규모는 연간 2백억 달러까지 늘었다. 한끼에 10달러라고 하면 20억 끼니가 되고, 5천만 명의 한국인이 '평균적으로' 연간 40끼니는 배달을 통해 해결했다는 뜻이 된다). 음식점들이 각자 인력을 고용하여 배달 서비스를 제공하던 과거에는 아무런 문제가 없었다. 하지만 스마트폰의 탄생 이후에는 거의 모든 배달 주문이 앱을 통해 이뤄지고 있고, 음식 배달 시장을 소수의 플랫폼 기업이 과점하는 상황이 벌어졌다. 자연히 영세한 음식점들과 자본력이 탄탄한 플랫폼 기업들 사이에 수수료를 놓고 갈등이 빚어지는 것이다.

넷째, 치킨 시장이 워낙 커지고 몇몇 대기업의 시장 점유율이 높아지니, 가격담합 등의 불공정거래에 관한 논란도 불거지기 시작했다. 실제로 대형 프랜차이즈 체인에서 판매하는 치킨 가격은 꾸준히 올라서, 지금은 20달러를 넘는 메뉴도 많이 생겼다. 한국은 물가가 제법 비싼 나라이고 꽤 많은 시장이 과점 상태에 놓여 있는 만큼, 다른 상품들에 대해서도 폭리 논란이 자주 있는 편이다. 하지만 한국인들은 치킨값에 특히 민감한 편이다. 워낙 치킨을 사랑하다보니, 이것도 일종의 공공재(?)로 생각하는 경향까지 나타나는 것인지도 모른다.

이런 복잡한 이슈들의 해결은 한국인들에게 맡기고, 여행자인 당신은 맛있게 치킨을 맛보면 된다. 당연히 맥주와 함께. 그런데 고민이 될 것이다. 그 많은 치킨집 중에서 어디를 갈 것이며, 그 많은 메뉴 중에서 도대체 무엇을 먹을 것인가. 치킨 브랜드 중 빅3로 꼽히는 교촌, BBQ, BHC 중의 한 곳을 방문하면 안전하겠다. 세 회사의 매장만 해도 전국에 5천 개 가까이 있으니, 웬만하면 당신의 눈에 띌 것이다(다행히 세 회사 모두 간판에 영어 표기가 있으며, 치킨 사진도 대부분 붙어 있다). 친절하게 대표 메뉴도 알려드린다. 교촌에서는 '반반오리지널'을, BBQ에서는 '황금올리브치킨반반'을, BHC에서는 '뿌링클콤보'를 주문하시라(반반은 'half & half'라는 뜻으로, 두 종류를 맛볼 수 있다). 일단 2인 1메뉴를 시키고, 양이 부족하면 추가 메뉴를 주문하거나 (반드시 그 근처에 위치하고 있을) 다른 치킨집으로 이동하면 되겠다.

참, 일부 치킨집은 테이블이 아예 없고 포장이나 배달만 가능하다. 하필 그런 가게를 발견했다면 당황하지 말고 조금만 더 찾아보시길. 아니면 (한국인들이 흔히 그렇게 하듯이) 포장 주문을 한 다음 주변 공원이나 당신의 숙소에 가서 먹어도 된다. 마지막 팁. 맛보아야 할 한식은 많은데 시간이 부족하다면, 치킨은 점심이나 저녁 식사가 아니라 '야식'으로 선택하면 된다(실제로 치킨은 한국인들에게 가장 인기 있는 야식 메뉴 중 하나다).

오랜 역사와 전통을 가진 진짜 한국 음식은 아니지만, 어느덧 한국을 대표하는 음식이 된 치킨. 한 번만 맛본다면, 아마도 당신은 치킨 때문에라도 한국을 재방문하게 될 가능성이 높다.

7.
김치와 된장, 그리고 〈올드보이〉

요즘 한국의 젊은이들이 즐기는 놀이 중에 '밸런스 게임'이라는 게 있다. 이름만 들으면 체육관에서 하는 게임처럼 들리지만, 두 가지 상황을 제시한 후 둘 중의 하나를 고르게 하는 간단한 놀이다. 예를 들면 이런 식이다. 5백만 달러 받고 스무 살 더 먹기 vs. 그냥 이대로 살기. 평생 양치질 못 하기 vs. 평생 머리 못 감기.

질문은 극단적이고 기발한 것이 많다. 여기에 옮기고 싶지 않을 정도로 '더러운' 질문도 많고, 성인에게만 물어야 하는 야한 질문도 많다. 정말 쓸데없는 장난 같지만, 의외로 많은 사람이 이런 질문을 받으면 '도대체 이런 거지같은 질문에 왜 대답을 해야 하지?'라고 생각하면서도 자기도 모르게 고민에 빠진다. TV 쇼에 출연한 대통령 후보에게 이런 질문이 던져지기도 했다. 다시 태어난다면 지금 아내와 다시 결혼하기 vs. 대통령 되기(이 질문을 받은 후보는 차마 대놓고 후자를 고르기가 민망했는지 '아마도 아내가 나랑 다시 결혼해주지 않을 것 같다'는 영리한 답변을 했지만, 당선되지는 못했다. 전자를 골랐으면 득표율이 올라갔을까?). 당신에게는 이런 질문을 던질 수 있겠다. 한국에서 단 한끼만 먹을 수 있다면? 삼겹살에 소주 vs. 치킨에 맥주.

평생 김치찌개 못 먹기 vs. 평생 된장찌개 못 먹기. 이 질문을 던지면 대다수 한국인들은 충격과 공포를 느끼며 괴로움에 몸부림칠 것이다. 한국인이 김치찌개를 평생 먹지 않고 살 수는 없다. 된장찌개도 마찬가지다. 이 두 가지 음식이야말로 진정한 한국인의 솔 푸드다.

'찌개'라는 단어는 스튜라고 옮길 수 있겠다(하지만 건더기만 먹지 않고 국물까지 먹는다). 그럼 김치란 무엇이며 된장이란 무엇인가. 아마도 당신이 한 번쯤 맛보았거나 그 이름을 들어보았을 가능성이 조금 더 높은 김치부터 살펴보자.

넓은 의미의 김치는 채소를 소금에 절여 발효시킨 모든 음식을 통칭하는 말이다. 주재료로 쓰인 채소가 무엇이냐에 따라, 소금 외에 어떤 양념을 추가하느냐에 따라, 발효의 정도에 따라, 심지어 어떤 모양으로 만드느냐에 따라 수 없이 많은 종류가 있다. 한국인에게 김치의 종류를 읊어보라고 하면 누구나 어렵지 않게 최소한 열 가지 정도는 말할 수 있으며, 그리 흔하지 않은 특이한 김치까지 모두 포함하면 수십 가지 이상의 종류가 있다(심지어 같은 김치를 두고 여러 개의 이름을 붙이는 경우도 적지 않다).

좁은 의미의 김치는 소금에 절인 배추에 고춧가루와 마늘과 젓갈 등으로 만든 양념을 버무린 다음 일정 기간 발효시켜 먹는 것이다(당신이 구글에서 김치를 검색하면 등장하는 시뻘건 그 음식이 가장 표준적인 김치로, 다른 김치들과 구별해야 할 때는 '배추김치'라고 부른다). 김치는 그 자체로 한끼 식사가 되거나 주요한 요리가 되지는 않는다. 밥이나 다른 주요리에 곁들여 먹는 '반찬' 중에서 가장 중요한 것이며, 수많은 주요리의 핵심 재료로 쓰이는 것이다. 당신이 일부러 피해 다니지 않는 이상, 한국을 방문하면 절대로 마주치지 않을 수 없는 것이 김치다(사실 한국에 며칠 동안 머물면서 김치를 완전히 피한다는 것은 불가능하다. 그건 톰 크루즈도 해낼 수 없는 미션 임파서블이다).

김치의 역사는 최소한 천 년 이상 되었을 것으로 여겨진다. 하지만 김치의 역사에서 가장 중요한 계기는 고추의 전파였다. 고추가 한반도에 전해진 것은 16세기 말 혹은 17세기 초로 추정된다. 그 이전의 김치는 빨갛지 않았다는 뜻이다.

당신에게 김치의 넓은 세계에 대해 자세히 설명할 필요는 없겠다. 당신이 한국에 아예 정착해서 거주하지 않는 이상, 수많은 김치를 모두 맛보는 일은 불가능하기 때문이다. 그러니 몇 가지 사실만 추가로 설명하겠다.

첫째, 김치의 주재료로 배추 다음으로 많이 쓰는 것은 무다. 큰 무를 깍둑썰기 하여 담근 김치를 깍두기라고 하는데, 이건 당신이 한국에서 만날 확률이 제법 높은 김치 중의 하나다. 나중에 다시 설명할 삼계탕, 곰탕, 설렁탕 등을 파는 식당에서는 거의 예외 없이 나온다.

둘째, 고춧가루를 넣지 않은, 즉 빨갛지 않은 김치도 있다. 붉은 양념이 없다는 점만 제외하면 보통의 김치와 비슷하게 생긴 것의 이름은 백김치다. 이것 역시 배추를 주재료로 만든다. 사실 이게 더 오랜 역사를 가진 형태다.

셋째, 맑은 액체에 배추나 무 등의 재료들이 둥둥 떠 있는 형태의 김치도 있는데, 이건 물김치라고 부른다. 국물의 색은 완전히 투명한 경우도 있고 살짝 붉은 빛깔이 도는 경우도 있다. 채소만 건져 먹는 것이 아니라 국물도 숟가락으로 떠먹으면 된다.

넷째, 김치는 담근 직후에 바로 먹기도 하지만, 대부분은 일정한 숙성 기간을 필요로 한다. 그 기간 동안 발효가 일어나서 특유의 풍미를 갖게 되는 것이다. 어떤 온도에서 숙성시키느냐에 따라 다르지만 대체로 1~2주의 시간이 필요하다. 그런데 숙성이 끝난 김치를 먹을 수 있는 기간은 훨씬 길다. 적당한 온도에서 잘 보관한다면 몇 주는 기본이고 몇 달에 걸쳐 조금씩 먹는 것도 가능하다(물론 맛이 조금씩 달라진다). 심지어 온도를 아주 잘 조절하면 6개월 이상, 길게는 2~3년까지 숙성시켜 먹을 수도 있다. 신 맛이 강해져서 외국인들에게는 조금 어려울 수 있겠지만, 대부분의 한국인들은 이렇게 오래된 김치도 엄청나게 좋아한다(흔히 '묵은지'라 부른다. 가격도 더 비싸다. 하지만 김치에 '빈티지' 같은 표현을 쓰지는 않는다).

다섯째, 꽤 많은 한국 가정에는 김치의 보관을 주목적으로 하는 김치냉장고가 따로 있다. 냉장고가 두 개인 것이다. 혹시라도 한국인의 집을 방문할 기회가 있으면, (대체로 좁은 집에) 커다란 냉장고가 두 개나 존재하는 걸 보아도 놀라지 말길 바란다. 김치냉장고의 크기는 일반 냉장고와 비슷한 편이며, 가격은 오히려 조금 더 비싼 것이 보통이다. 김치의 숙성에 최적화된 온도는 영하 1도로 알려져 있어서, 김치냉장고의 온도는 일반 냉장고보다 약간 낮다. 물론 김치냉장고에는 반드시 김치만 보관해야 한다는 법률 같은 건 없으니, 많은 한국인이 고기, 맥주, 채소, 과일 등도 여기에 보관한다. (김치냉장고가 널리 보급된 것은 1990년대 중반부터다.)

앞에서 설명했듯이, 김치는 가장 중요한 반찬 중의 하나인 동시에 여러 음식의 재료이기도 하다. 잘게 썬 김치에 밀가루와 물을 잘 섞어서 팬에 구우면 김치전이 되고(돼지고기, 조개, 오징어 등을 섞어도 된다), 잘게 썬 김치를 밥과 함께 볶으면 김치볶음밥이 되며, 충분히 숙성된 김치와 돼지고기 혹은 고등어 등을 함께 냄비에 넣고 긴 시간 익히면 김치찜이 되는 식이다. (삼겹살과 함께 구워 먹어도 된다는 사실은 알고 있겠지?)

하지만 김치로 만들 수 있는 음식 중에 가장 중요한 것은 김치찌개다. 조리법의 핵심은 육수에 김치를 넣고 끓이는 것이다. 육수의 재료로 가장 대표적인 것은 마른멸치와 돼지고기이며, 김치 외에 추가할 수 있는 재료로는 파, 양파, 두부 등이 있다(하지만 고정된 레시피에 연연할 필요 없이 다른 재료, 예를 들면 '스팸'을 넣어도 된다). 김치의 맛이 워낙 다양하고 추가할 수 있는 부재료도 여러 가지라서, 김치찌개의 맛은 엄청나게 다양하다. 모든 식당의 김치찌개 맛이 다 다르다고 해도 과언이 아니다.

김치찌개와 쌍벽을 이루는 한국인의 또다른 솔 푸드는 된장찌개이다. 된장찌개는 육수에 다양한 채소와 된장을 넣고 끓인 음식인데, 핵심 재료는 된장이다. 된장은 무엇이며, 어떻게 만드는 것일까(사실 대다수 한국인들도 된장 만드는 방법을 잘 모른다. 과거에는 집집마다 된장을 직접 만들었지만, 지금은 마트에서 사 먹는 것이 일반적이기 때문이다).

된장을 만드는 방법을 설명하기 위해서는 어쩔 수 없이 된장, 간장, 고추장 세 가지를 한꺼번에 설명해야 한다. 만드는 방법이 다 연결되어 있기 때문이다. 이 세 가지는 한국 음식에서 가장 중요한 장으로, 한식의 삼위일체 같은 존재라고 할 수 있다. '장'이라는 단어는 양념 혹은 조미료를 통칭하는 말이다.

마법과도 같은 '장 만들기' 과정을 알아보자(한국인도 잘 모르는 사람이 많다). 시작은 콩이다. 콩을 불린 다음 삶는다. 으깨서 직육면체 형태로 빚는다. 이렇게 만든 덩어리를 '메주'라고 부르는데, 이걸 새끼줄에 매달아 몇 주 동안 말린다. 따뜻한 곳으로 옮겨서 1~2주에 걸쳐 발효를 촉진한다. 충분히 발효가 된 메주와 진한 소금물을 항아리에 함께 넣고 2~3개월 정도 기다린다. 그다음에 축축해진 메주를 꺼내어 잘 버무린 것이 된장이다. 남은 액체를 체에 걸러 찌꺼기를 제거하고 끓인 다음 식힌 것이 간장이다. (이렇게만 말하니 간단해 보이지만, 이 모든 과정은 상당히 까다롭다. 발효 과정은 온도와 습도 등에 매우 민감하기 때문에 자칫하면 아예 못 먹게 되거나 맛이 없어진다.) 그럼 고추장은?

고추장은 잘 말린 메주의 일부를 소금물에 넣는 대신 가루로 만드는 데서 출발한다. 메줏가루, 고춧가루, 소금, 물, 그리고 쌀이나 보리와 같은 곡식의 가루를 적당한 비율로 섞어서 숙성시키는 것이 고추장이다. (얼마나 매운 고추를 사용하느냐에 따라 같은 고추장이라도 덜 매운 것이 있고 아주 매운 것이 있다. 물론 덜 매운 고추장도 당신에게는 매울 것이다.) 즉 된장, 간장, 고추장을 만들 때에 반드시 필요한 핵심 재료가 콩을 발효시킨 메주다.

과거의 한국인들은 이렇게 만들어진 된장, 간장, 고추장을 모두 장독이라고 부르는 항아리에 보관했다. 한번 만들면 1년 내내, 혹은 몇 년을 두고 먹는 것이기 때문에 한국의 전통 주택 뒷마당에는 이러한 항아리 여러 개가 놓여 있는 것이 보통이었다. 물론 지금은 플라스틱 용기에 담아서 냉장고에 보관하지만.

미국 샌프란시스코에는 '베누(benu)'라는 레스토랑이 있다. 미슐랭 3스타 레스토랑이자 세계 최고 레스토랑 목록에서 자주 최상위에 오르는 유명한 곳이다. 이 레스토랑의 입구에 서서 고개를 들면 공중에 매달려 있는 여러 개의 '메주'가 보이고, 시선을 옆으로 돌리면 '장독'들이 줄지어 서 있다. 한국계 미국인 셰프 코리 리가 한식에서 영감을 얻은 음식들을 내놓는 이 식당의 정체성을 표현하는 데 있어서 최고의 장식품이 아닌가 싶다. 나는 딱 한 번 베누에서 식사를 해봤는데, 모든 면에서 대단히 훌륭한 최고의 레스토랑이라는 데 동의한다. 하지만 다시 방문하지는 못할 듯하다. 정말 비싸기 때문이다. (이 책이 성공하면 한번 더 갈까?)

먼길을 돌아왔다. 이렇게 어렵게 만들어지는 된장을 베이스로 해서 끓인 스튜가 바로 된장찌개다. 된장찌개에 들어가는 채소는 감자, 호박, 양파, 당근, 고추 등이 가장 일반적이며, 육수의 재료로는 마른멸치와 소고기가 대표적이다. 된장찌개는 맵지 않은 것이 보통이지만, 고추장이나 고춧가루를 조금 추가하여 약간 맵게 만드는 경우도 있다. 두부도 흔히 첨가되는 재료이며, 다양한 해산물도 얼마든지 추가될 수 있다. 된장을 많이, 물을 조금만 넣어 끓이는 경우도 있고 반대로 된장을 조금, 물을 많이 넣어서 국물이 많은 경우도 있다. 당신이 어떤 된장찌개를 맛보게 될지 모르지만 무엇을 먹든 상당히 인상적인 경험이 될 것이다.

된장찌개 및 김치찌개와 가장 잘 어울리는 짝은 밥이다. 한국인의 주식은 밥이다. 밥은 쌀로만 짓기도 하지만 보리, 현미, 콩, 팥 등 다양한 곡식을 조금 섞어서 짓기도 한다. 한국인이라고 해서 모든 끼니에 밥을 먹지는 않는다. 면도 많이 먹고 빵을 곁들이는 서양식 식사도 흔하다. 하지만 밥과 몇 가지 반찬, 그리고 찌개와 같이 국물이 있는 요리를 함께 먹는 것이 한국인의 가장 평범한 식탁 위의 모습이다. 물론 삼겹살을 먹을 때처럼 밥이 없는 상태에서 찌개를 먹는 경우도 없지 않지만, 찌개의 참맛을 즐기려면 밥과 함께 먹는 것이 가장 좋다. 된장찌개에 유난히 수분이 없는 경우라면, 밥에 슥슥 비벼 먹는 것도 훌륭한 선택이다.

김치는 기본적인 반찬인 동시에 여러 요리의 핵심 재료라고 이미 설명했다. 하지만 된장은 그 자체로 좋은 반찬이나 어떤 음식의 핵심 재료가 되지는 않는다. 대신 수많은 요리를 만드는 데 반드시 들어가야 하는 양념이다. 그리고 된장은 '쌈장'이라고 하는 또다른 놀라운 양념의 기초가 된다. 삼겹살이나 생선회를 먹을 때 곁들이면 놀라운 풍미를 만들어내는 그 독특한 소스는 된장에 마늘, 고추장, 참기름 등을 섞은 것이다.

고추장도 비슷하다. 채소에 찍어 먹거나 비빔밥에 곁들일 때처럼 고추장 자체가 눈에 보이는 경우도 적지 않지만, 여러 양념들과 각기 다른 비율로 섞이면서 다양한 음식을 만드는 기본 재료로 활용되는 경우가 훨씬 많다. 고추장은 수많은 한국 음식에 감칠맛을 더해주는데, 최근에는 점점 더 많은 외국인이 고추장의 매력을 발견하고 있다.

간장에 대해서는 할 이야기가 더 많다. 사실 간장은 된장이나 고추장에 비하면 당신에게 훨씬 익숙할 것이다. 여러 나라에 있는 일본 식당에서 경험해봤을 것이기 때문이다. 하지만 일본 간장은 앞에서 길게 설명한 것과는 다른 방식으로 만들어진다. 한국 간장과 일본 간장이, 한국 된장과 일본 된장이 어떻게 다른지는 나중에 다시 설명할 것이다(한국인은 두 종류의 간장과 된장을 다 즐겨 먹는다).

당신은 아마도 박찬욱 감독의 영화 〈올드보이〉를 보았을 것이다(아직 안 보았다면 꼭 보시라. 최고의 한국 영화 중 하나임에 틀림없다). 〈올드보이〉의 주인공 최민식은 이유를 모른 채 골방에 갇혀 15년 동안 군만두만 먹는다. 하지만 군만두가 아니라 김치찌개나 된장찌개였다면 어땠을까? 한국인 관객들은 아주 조금은 덜 끔찍하게 느꼈을 것이고, 영화적 긴장감이 약간은 감소했을 것이다. 한국인이라고 해서 언제나 김치찌개 혹은 된장찌개만 먹으면서 사는 것을 좋아할 사람은 없겠지만, 15년간 모든 끼니를 한 가지 메뉴만 먹을 수 있다면 무엇을 택하겠느냐고 묻는다면 십중팔구는 김치찌개 아니면 된장찌개를 택할 수밖에 없을 것이다(오랜 고민 끝에 결국은 김치찌개를 고르는 사람이 훨씬 많을 것으로 생각한다). 김치찌개와 된장찌개야말로 진정한 한국인의 솔푸드다. 당신이라면, 15년간 한 가지 음식만 먹을 수 있다면 무엇을 고르겠는가? 아마도 그 음식이 당신네 나라 국민의 솔 푸드이리라.

8.

알고 보면 놀라운 한국의 역사

앞에서 야구 이야기를 할 때, 두산베어스라는 팀이 '끈기 있는 팀'으로 유명하다고 했다. 이건 실제로 그 팀의 플레이가 그런 특성을 갖고 있기 때문이기도 하지만, 팀의 상징 동물인 '곰'이 주는 이미지 때문이기도 하다. 곰은 적어도 한국에서는 '인내'의 상징이다.

곰은 인류 문명에서 꽤 중요한 위치를 차지하고 있어서, 여러 문화권에 걸쳐 신화, 미술, 문학, 민속 등 다양한 분야에서 인기 있는 주제였다. 독일의 베를린이나 스위스의 베른처럼 도시의 이름 자체가 위풍당당한 곰에서 비롯된 경우도 있다. 인간의 상상력은 곰을 밤하늘의 별자리로 영원히 남겨놓기도 했다. 또한 곰돌이 푸나 테디 베어와 같은 친숙한 캐릭터로도 많이 활용되어왔다.

하지만 곰이 인내의 상징으로 활용되는 문화권은 한국 말고는 없는 듯하다. 곰을 뜻하는 단어와 '견디다'를 뜻하는 단어의 스펠링이 똑같은 영미 문화권에서조차 곰의 이미지는 난폭하거나 헌신적이거나 귀엽거나 하지 '인내심이 강한' 느낌은 아니지 않나.

모든 한국인이 알고 있는 한국의 건국 신화는 이런 내용이다(여러 가지 버전이 있지만, 가장 널리 알려진 것만 소개한다). 먼 옛날, 천제 환인의 아들 환웅이 3천 명의 무리를 이끌고 하늘에서 내려와 백두산 어귀에 도시를 세웠다. 이때 곰과 호랑이가 찾아와 사람이 되고 싶다고 청했고, 환웅은 곰과 호랑이에게 쑥과 마늘을 주면서 백 일 동안 햇빛을 보지 말고 쑥과 마늘만 먹으며 동굴 속에서 생활하면 사람으로 만들어주겠다고 약속한다. 호랑이는 중도에 포기하였으나, 곰은 백 일을 잘 견뎌 '웅녀'라는 여인이 된다. 나중에 환웅과 웅녀가 결혼하여 낳은 아들인 '단군'이 고조선이라는 나라를 세웠는데, 기원전 2333년 10월 3일의 일이다(지금도 10월 3일은 한국의 국경일이다. 토요일이나 일요일에 걸리면 다음 월요일을 대신 쉴 정도로 나름 중요한 날이다. 물론 단군 할아버지가 정말로 이날 나라를 세웠다는 증거는 없다).

그러니까 건국신화에 따르면, 한국인은 모두 곰의 자손

인 셈이다. 곰은 인내심이 많은 동물이고, 곰의 자손인 한국인들도 인내심이 많다. 쑥과 마늘만 먹으며 동굴 속에서 백 일 동안 살 수도 있고, 군만두만 먹으며 15년을 버틸 수도 있는 민족이다. (그런데 왜 한국인의 성격은 이토록 급한 것일까? 평소에는 급하지만 위기 상황이 왔을 때는 잘 견디는 오묘한 캐릭터인가?)

신화는 신화일 뿐, 실제로 기원전 2333년에 제대로 모습을 갖춘 '국가'가 생겼다고 볼 근거는 별로 없다. 고조선이 실제로 존재했던 나라이고, 꽤 오랫동안 유지되어오다가 기원전 108년 무렵에 멸망했다는 것은 비교적 확실한 사실로 알려져 있다. 하지만 정확히 언제부터 국가의 형태를 갖추었는지, 수도가 어디였는지 등은 명확히 확인되지 않았다. 아무튼, 한국인들은 한국이 5천 년 정도의 역사를 가진 나라라고 학교에서 배운다.

고조선 다음은 삼국시대다. 고구려, 백제, 신라의 세 나라가 수백 년 동안 한반도와 지금의 중국 북동부 일대까지를 나누어 차지했던 시기가 있다. 여러 차례의 전투 끝에 신라가 최종 승자가 되고, 그 이후는 통일신라시대로 불린다. '신라'라는 나라는 명목상으론 천 년 동안(실제로는 6백~7백 년일 것으로 추정되지만) 지속되었고, 화려한 불교 문화를 꽃피웠다. 이후 잠시 동안 다시 세 개의 나라가 존재하던 시기를 거쳐 '고려'와 '조선'으로 왕조가 이어진다. 고려는 918년부터 1392년까지 500년 가까이 존속한 왕조이며, 조선은 1392년부터 1910년까지 500년 넘게 존속한 왕조이다. (좀 지루하게 느껴질 수 있겠지만, 재미없는 설명은 곧 끝난다. 잠시만 기다려주시라.)

1910년부터 1945년까지 35년간 한국은 일본의 식민지였고, 1945년의 해방 직후 남북으로 분단되어 혼란의 시기를 겪다가 1948년에 남쪽과 북쪽에 각각 정부가 수립되었고, 1950년부터 3년간은 한국전쟁을 치렀다. 1953년의 휴전 무렵에는 남북이 모두 세계에서 가장 가난한 나라에 속했고, 이후 70년이 지난 지금 남쪽은 당신이 제법 잘 알고 있는 그 한국이 되었고, 북쪽은 역시 당신이 (전혀 다른 느낌으로) 잘 알고 있는 그 북한이 되었다.

복잡해 보이지만, 단순히 말하면 지난 2천 년 동안 '삼국–통일신라–고려–조선–대한민국', 이렇게 연결된다고 보면 된다. 당신이 한국인 귀화 시험을 준비할 게 아니라면, 더 자세한 내용까지 알 필요는 없을 것이다. 그러니 한국 여행을 조금 더 재미있게 만드는 데 도움이 될 만한 역사적 맥락들만 조금 살펴보자.

첫째, 명칭부터 알아보자. 지금 당신이 알고 있는 '코리아'라는 명칭은 '고려'왕조의 이름에서 비롯됐다. 그 무렵에 한국의 존재가 외국에 알려졌기 때문이다. 20세기 초반까지 5백 년 넘게 지속된 왕조의 이름은 '조선'인데, 이는 사실 기원전에 존재했던 나라의 이름을 그대로 다시 가져온 것이다. 그래서 구별을 위해 과거의 조선은 '오래된 조선'이라는 뜻의 '고조선'이라 부르게 되었다.

남한과 북한 두 나라는 모두 영어 명칭에 '코리아'가 포함된다(남한은 Republic of Korea, 북한은 Democratic People's Republic of Korea). 하지만 공식적인 한국어 국호는 완전히 다르다. 남한의 명칭에는 '대한'이라는 단어가, 북한의 명칭에는 '조선'이라는 단어가 들어간다.

조선왕조는 1910년에 끝났는데, 그 직전인 1897년에 나라의 이름을 한 번 바꾸었다(당시의 왕이 '제국'을 선포하며 스스로를 황제로 칭하기 시작했다). 그 이름에 쓰였던 단어가 '대한'이었다. 몇십 년이 지나 남한은 새로 바뀐 이름을 선택했고 북한은 5백 년 전부터 쓰인 왕조의 이름을 선택한 셈인데, 그래서인지 북한은 아직도 '(김씨)왕조'의 성격을 띠고 있다. 당신이 아마도 그 이름을 들어보았을 북한의 지도자 김정은은 북한의 창시자라고 할 수 있는 김일성의 손자이자 직전 지도자 김정일의 아들이다.

한반도에 존재했던 몇몇 나라 이름은 지금도 흔히 쓰이는 고유명사다. 신라는 호텔과 대학 이름으로, 고려는 대학과 철강회사와 제약회사 이름으로, 조선은 신문, 호텔, 대학 등의 이름으로, 대한은 항공사, 보험회사, 물류회사, 밀가루회사 등의 이름으로 폭넓게 쓰인다. 작은 기업이나 음식점 등의 이름에 이들이 사용되는 경우는 더욱 많아서, 신라, 고려, 조선, 대한 등은 매우 흔한 상호이다(고려대학교는 영어 표기에 'Goryeo'가 아니라 'Korea'를 사용하긴 한다).

둘째, 한국은 상당히 오랜 역사에도 불구하고 중세 유럽과 같은 형태의 봉건제 국가였던 적이 한 번도 없다. 언제나 강력한 왕권을 바탕으로 한 중앙집권제 국가를 유지해온 것이다. 왕권이 특히 강했던 시기와 유난히 약했던 시기가 있기는 하지만, 왕의 권한이 약했던 시절에도 그 권력을 나누어 가진 것은 각 지역의 맹주가 아니라 중앙정부의 고위관료들이었다. 물론 일부 지방 관리들이 권한을 남용하는 경우가 없지 않았지만, 그래봐야 왕의 대리인이자 부패한 공무원일 뿐이었다(이들을 견제할 수 있는 여러 장치도 마련되어 있었다). 역사학자가 아닌 나로서는 이러한 사실의 의미를 제대로 해석할 능력이 없지만, 호시탐탐 권력의 확대를 도모하는 각 지역의 맹주들이 아예 존재하지 않았으니, 한국사에는 내전이라고 할 만한 사건이 벌어진 적이 없다. 그저 규모가 크지 않은 반란이 몇 차례 있었을 뿐이다. 모든 시대에 걸쳐 문화예술이 매우 높은 수준으로 발달한 것도 중앙정부와 소수 지배계급의 권력이 막강했던 사실과 관련이 있다고 볼 수 있다. 서울에 유난히 많은 사람이 모여 살고, 모든 면에서 서울과 지방의 격차가 큰 것도 이런 역사와 무관하지 않다. 심지어 '말은 나면 제주도로 보내고 사람은 나면 서울로 보내라'라는 속담이 있을 정도다.

하지만 외국의 침략에 의한 전쟁은 몇 차례 경험했다. 13세기에는 몽골제국과의 전쟁이 수십 년 동안 이어졌고, 16세기에는 일본과의 전쟁이 7년간 벌어졌다. 몽골과의 전쟁에서는 패배하여 한동안 몽골의 눈치를 많이 보아야 했고, 일본과의 전쟁에서는 적군을 성공적으로 물리쳤으나 동시에 엄청난 피해를 보았다. 일본과의 전쟁을 승리로 이끈 영웅인 이순신 장군은 한국에서 가장 존경받는 인물 중의 하나다. 반대로 한국이 외국을 침략한 역사는 없다. 다른 나라로 진출할 만큼 국력이 강하지 않았기 때문일 수 있겠지만, 교과서에는 '한국인들이 평화를 사랑하는 온순한 민족이기 때문'으로 기술되어 있다.

셋째, 한국은 특이하게도 근대화 과정을 제대로 겪지 않았다. 극적인 시민혁명으로 왕정을 공화정으로 바꾼 경험도 없고, 18~19세기에는 쇄국정책을 펴면서 외국과의 교류가 극히 제한적이었기 때문에 근대적인 기술이나 제도의 도입도 늦었다. 그러다가 국력이 약해져서 20세기 초에는 일본의 식민지가 되었다. 이후 근대화가 진행되긴 했지만 그것은 일본의 지배를 용이하게 하기 위한 수단이었기 때문에, 비정상적인 측면이 많았다.

식민지에서 벗어난 이후의 70년 역사는 그야말로 격랑이었다. 천 년 이상 유지되던 하나의 나라가 둘로 쪼개졌고, 3년간 치열하게 전쟁을 벌였고, 이후에는 시민들이 독재자들과 싸우며 민주주의를 발전시키는 동시에 세계 최고의 교육열과 근면함으로 경제발전을 이루었다. 단순히 부유한 나라가 된 것을 넘어 K팝으로 대표되는 '힙한' 나라의 반열에까지 올랐다. 다른 나라가 백 년이나 2백 년에 걸쳐 경험했던 수많은 일을 한국은 50년 동안 압축적으로 겪었다고도 할 수 있다.

한국의 경제성장이 얼마나 놀라운 것인지를 보여주는 단적인 사례가 있다. 한국전쟁이 끝난 직후 당시 연합군 총사령관이었던 맥아더 장군은 "한국의 재건에는 최소 백 년이 필요할 것"이라고 말했다. 얼마나 상황이 심각했던지, 미국을 비롯한 여러 나라가 한국에 원조 자금을 지원했다. 한국이 수십 년에 걸쳐 받은 해외 원조는 6백억 달러에 달하는 것으로 추산된다. 한때는 해외 원조가 국가 예산의 4분의 1에 이르기도 했다. 하지만 한국은 1990년대 이후 다른 나라를 돕는 나라로 변신했다. 원조를 받던 나라가 원조를 주는 나라로 바뀐 사례는 한국이 유일하다. 한국은 2021년에만 28.6억 달러를 외국에 지원하여, OECD 산하 개발원조위원회(DAC) 29개 회원국 중에서 열다섯번째로 많은 금액을 지원했다(하지만 GNI 대비 원조 비율은 0.16퍼센트로, DAC 회원국 평균의 절반 수준에 불과하다. 한국 정부와 많은 한국인은 앞으로 이 비율을 더 높여야 한다고 생각하고 있다).

넷째, 한국은 중국과 특수한 역사적 관계가 있다. 중국은 지금도 거대한 나라지만 과거 동아시아에서는 그 영향력이 더욱 컸다. 한국은 한자를 비롯하여 중국의 선진 문화를 많이 받아들였고, '중국이 세상의 중심'이라는 중국인들의 중화사상에 동조하는 지식인도 많았다. 한국은 중국의 식민지가 된 적은 없지만, 오랫동안 중국의 눈치를 보며 살았다. 힘세고 부유한 형에게 주눅든 동생과 비슷했다고 할 수도 있겠다. 16세기에 일본이 한국을 침략했을 때는 중국이 군대를 파견하기도 했는데, 당시 전사한 중국 군인의 수가 3만 명에 달했다고 한다. 17세기부터 2백여 년 동안 수백 차례의 특별 사신을 중국에 파견하며 공물을 바치기도 했고, 자주 찾아오는 중국 사신들을 최대한 융숭히 대접해야만 했다. 19세기 말 일본이 중국과의 전쟁에서 승리하고 20세기 초에 한국을 병합하면서, 중국과 한국은 동병상련의 처지가 됐다.

20세기 중반 이후는 더욱 복잡하다. 북한의 기습 공격으로 시작된 한국전쟁은 짧은 시일 내에 북한의 완승으로 끝날 뻔했지만, 미국을 비롯한 UN군의 참전으로 전세가 완전히 역전되어 남한의 승리 직전까지 갔다. 하지만 그때 중국이 참전했고, 전쟁은 오랫동안 교착상태에 빠져 있다가 결국 전쟁 이전과 비슷하게 분단된 채 끝났다. 이후 중국이 별로 발전하지 않는 동안 한국은 놀랍도록 빠르게 발전했고, 한동안 한국인들은 중국과 중국인을 은근히 무시하는 태도를 보이기도 했다. 하지만 수출로 먹고사는 나라인 한국에게 중국은 경제적 측면에서 결코 무시할 수 없는 나라였고, 중국의 파워가 점점 강해지고 북한이 핵실험을 계속하는 등 복잡한 국제정세 속에서 한국은 여러모로 중국의 눈치를 보지 않을 수 없게 되었다.

중국에 물건은 많이 팔고 싶고 중국인 관광객이 한국에 와서 돈을 많이 쓰는 것도 원하지만, 한편으론 중국인들이 한국의 부동산을 자꾸 사들이고 한국인의 일자리를 빼앗는 것을 싫어하는 이율배반적인 정서가 한국인들의 마음속에 자리잡은 것이다. 하지만 한중 관계의 악화, 더 정확히 말하면 한국인들의 중국인에 대한 감정이 악화된 결정적인 계기는 역사 왜곡이었다. 21세기에 접어든 이후 중국은 신라, 백제와 함께 삼국시대를 이루었던 고구려를 중국의 일부였다고 주장하기 시작했고, 한국인의 상징과도 같은 김치를 중국 음식이라고 주장하기도 했고, 한국의 고유 의상인 한복을 중국 의상이라 주장하기도 했다. 이러한 주장들은 모두 한국인의 반중 정서를 크게 자극했다(이건 스페인이 스스로를 피자의 발상지라고 주장한다거나 독일이 스스로를 샴페인의 원조라고 주장하는 것과 비슷하다고 할 수 있다).

게다가 인기 있는 한국의 TV 프로그램을 저작권료 지불 없이 베낀다거나 유명한 한국 제품들의 짝퉁을 무단으로 생산하는 일도 빈번하게 일어났다. 한국 드라마의 방영이나 한국 가수의 중국 공연을 중국 정부가 금지하기도 했다. 최근에는 코로나19 팬데믹도 반중 정서에 영향을 끼쳤다. 실제로 미국의 퓨 리서치 센터의 조사에 의하면, 한국인 중에서 중국에 대해 부정적 인식을 갖고 있는 사람의 비율은 2022년에 80퍼센트에 달했다. 그 비율이 2002년에는 31퍼센트에 불과했던 것을 생각하면 놀라운 변화다(반중 여론은 팬데믹 이후 다른 여러 나라에서도 높아졌지만, 한국의 경우는 특히 독보적이다).

다섯째, 한국과 일본의 역사적 관계를 살펴보자. 두 나라는 고대부터 오랫동안 다양한 방식으로 관계를 맺어왔다. 유라시아 대륙의 동북쪽 끝에 한반도가 있고, 그 바깥에 일본이 있으며, 일본의 동쪽에는 태평양이 놓여 있는 지정학적 특성을 생각하면 당연한 일이라 할 수 있다. 다양한 문화와 적지 않은 사람이 한국에서 일본으로 건너갔다. 심지어 현재 일본의 왕이 백제 왕실의 후손이라는 기록도 있으며, 2001년에는 당시의 일본 왕이 이러한 사실을 직접 밝히기도 했다.

중세의 한일 관계는 특별히 우호적이지도 적대적이지도 않았던 것으로 보이지만, 한국인들에게 일본은 일종의 골칫거리였다. 13세기부터 수백 년 동안 일본인 해적들이 자주 한국의 해안에서 약탈 행위를 했기 때문이다. 하지만 한일 관계가 결정적으로 틀어진 것은 16세기 말이다. 일본이 한국을 침략하여 7년간 전쟁이 벌어졌고, 한국인들이 이루 말할 수 없는 고초를 겪었기 때문이다. 그로부터 약 3세기가 흐른 후, 일본은 한국을 병합한다. 한국이 외국과의 교류를 최소화하면서 정체되어 있는 동안 해외의 선진 문물을 적극적으로 받아들인 일본의 국력이 매우 강해졌기 때문이다.

35년간의 일제강점기는 한국인에게 매우 가혹했다. 무고한 사람들이 고문을 당하고 감옥에 갇히고 목숨을 잃었다. 곡식과 지하자원을 비롯한 물자를 빼앗겼다. 이름을 일본식으로 바꿀 것을 강요받았고, 한국어 교육도 금지됐다. 수많은 사람이 일본으로 끌려가 강제노동에 시달렸고, 2차세계대전중에는 수많은 여성이 위안부라는 이름으로 끌려갔다.

일제강점기가 끝나고 80년 가까운 세월이 흐르는 동안 많은 변화가 있었다. 지금은 두 나라가 모두 선진국이 되었고, 거의 모든 분야에서 엄청나게 많은 교류와 협력이 이뤄지고 있다. 양국 국민들은 상대방 국가의 음식이나 문화에 관심이 많고, 서로에게 매우 인기 있는 관광지이기도 하다. 물론 임진왜란과 35년 식민 지배의 아픔을 가진 한국인들은 지금도 일본을 '반드시 극복해야 할 대상'으로 생각하는 편이다. 두 나라의 축구 경기는 그야말로 전쟁이다. 선수들이나 국민들이나, 다른 나라에 지는 것은 괜찮아도 일본에는 결코 져서는 안 된다는 생각을 갖고 있기 때문이다. 또한 한국인들은 특히 다음 두 가지 이슈 때문에 일본에 대해 부정적인 인식을 지우지 못한다. 하나는 위안부 문제이고, 다른 하나는 독도 문제이다.

일본은 2차세계대전중에 아시아 전역에서 여성들을 납치하여 여러 전장의 군 위안소에서 성노예로 일하게 했다. UN은 이러한 여성의 숫자가 약 21만 명에 달한다고 추산하고 있는데(일본 정부는 5만 명 정도라고 주장한다), 그중 약 70퍼센트가 한국인이었다. 그들 중 소수는 아직 생존해 있으며, 일본의 만행을 생생히 기억하고 증언한다. 그럼에도 불구하고 일본 정부는 아직도 사실을 부인하거나 왜곡하고 있으며, 적절한 보상이나 사과를 하지 않았다. 유태인 학살 등 과거의 잘못을 적극적으로 반성하고 지금도 전범들을 법정에 세우고 있는 독일과 비교하며, 많은 한국인은 일본의 태도에 아쉬움을 느끼고 있다.

독도는 한국의 동쪽 끝에 있는 매우 작은 섬이지만, 한국인들에게는 대단히 중요한 곳이다. 단순한 섬이 아니라 주권의 상징이라고 해도 과언이 아니다. 면적은 0.2제곱킬로미터도 안 된다. 수많은 역사적 기록이나 고지도에 한국의 영토로 표기되어 있고, 지금도 한국의 영토이며, 약 50명의 한국인이 거주하고 있다. 그런데 언제부터인가 일본이 영유권을 주장하기 시작했고, 21세기 들어서는 교과서에 이를 명기하는 등 더욱 빈번하게 논란을 일으키고 있다.

한국인들의 독도 사랑은 아주 특별하다. 많은 한국인들이 독도의 정확한 위치(동경 132도 북위 37도)는 물론, 평균기온, 강수량, 면적, 우물의 개수, 인근에서 잘 잡히는 어종 등을 쉽게 말할 수 있다. 심지어 어느 역사책 몇 페이지 몇째 줄에 독도가 한국 땅이라고 쓰여 있는지도 기억한다. 결코 농담이 아니다. 어떻게 이런 일이 가능할까. 그건 1980년대에 발표되어 지금까지 널리 불리는 대중가요가 있기 때문이다. 〈독도는 우리땅〉이라는 제목의 그 노래

가사에 위에 말한 독도 관련 정보들이 모두 들어 있다. 놀랍게도, 이 노래의 첫 부분 멜로디는 당신도 알고 있는 것이다. 영화 〈기생충〉에 나오는 그 유명한 '제시카 송'의 원곡이 바로 이 노래이기 때문이다. "제시카 외동딸 일리노이 시카고 과 선배는 김진모 그는 네 사촌(Jessica, Only child, Illinois, Chicago, Classmate Kim Jin-mo. He's your cousin)." 실제로 많은 한국인은 뭔가 긴 내용을 암기해야 할 때 이 단순하고 중독성 있는 멜로디를 활용하곤 한다(당신도 한번 해보라. 암기가 잘된다).

당신이 한국을 방문한다면, '독도'라는 이름은 기억하는 것이 좋다. 식당에서 '독도는 한국 땅'이라고 외치면 공짜 음식을 제공받게 될지도 모르며, 뭔가 곤란한 상황에 처했을 때 이 문장을 먼저 말한 다음 도움을 청하면 한국인들이 훨씬 적극적으로 도와줄 것이기 때문이다.

9.

이런 것들은 한국이 세계에서 1등

어떤 민족의 습속을 결정하는 데 있어서는 분명히 유전적인 요인도 중요하다. 하지만 최근 몇 세대에 걸치는 기간 동안 사회 구성원 전체가 공통적으로 겪은 체험도 매우 중요한 역할을 할 것이다. 한국인들이 최근 백여 년 동안 겪은 엄청나게 많은 일도 한국인들의 특성에 큰 영향을 주었음이 분명하다.

한국인들은 19세기 말까지 수백 년 동안 충효를 중시하는 유교적 전통 속에서 살았다. 그리 부유한 나라는 아니었지만, 고유의 언어와 문화를 가진 안정적인 국가였다. 신분제 사회라서 양반이 아닌 대다수 평민의 삶은 고단했겠지만, 주어진 운명에 비교적 순응하는 편이었다. 농경사회를 기본으로 했기에 사람들 사이에는 공동체 문화가 잘 형성되어 있었고, 국왕으로 대표되는 정치 시스템은 국민의 안녕과 행복을 위해 노력하는 존재로 (어느 정도는) 받아들여졌다.

그러던 중 19세기 말부터 격동의 시기가 시작됐고, 20세기 초에는 나라가 망했다. 아무런 잘못이 없었던 국민들은 무능한 지도자들로 인해 식민지 백성이 되어 고초를 겪었다. 끈질긴 저항 끝에 나라를 되찾았지만 우여곡절 끝에 분단과 전쟁이 이어졌다. 정부가 국민을 지켜줄 것이라는 믿음이 깨진 것이다. 망국과 혼란과 전쟁과 빈곤을 겪으면서, 국민들은 생각했다. 나를 지켜줄 수 있는 존재는 어디에도 없다. 아무도 믿을 수 없다(타인이든 타국이든 마찬가지다). 나의 살길은 내가 알아서 찾아야 한다. 또 생각했다. 명분보다는 실리가 중요하다. 현대 사회에서는 지식이 중요하고, 그래서 교육이 중요하다. 힘을 기르지 않으면 당한다. 이런 생각은 개인적 차원에서도 널리 퍼졌고, 국가적 차원에서도 마찬가지였다.

이러한 문화 속에서 자연스럽게 생겨난 두 가지 키워드는 '각자도생'과 '국뽕'이다. 각자도생은 '제각기 스스로 살길을 찾는다'는 뜻이다. 공동체 의식의 붕괴를 뜻하는 서글픈 말인 동시에 나 아닌 모든 사람을 경쟁자로 생각해야 하는 피곤한 말이다. 국뽕은 국가와 필로폰을 뜻하는 한국어 단어를 조합한 말로, 극단적이고 무비판적인 애국심을 부정적으로 지칭하는 말이다. 애국심을 매우 강조하는 사회가 오래 지속되는 과정에서 생겨난 단어라 할 수 있다.

다행스럽게도 각자도생의 문화는 점차 옅어지고 있다. 나라가 점차 부유해지면서 과거에 취약했던 복지 시스템이 상당히 많이 정비되었고, 국민들도 여유가 생기면서 사회적 약자를 배려하는 문화가 (조금씩이나마) 형성되고 있는 것이다. 다른 사람들과의 경쟁에서 이기는 것보다 자신의 행복이 더 중요하다는 당연한 생각이 퍼졌고, 오로지 양적 성장에만 집착하던 과거와 달리 분배나 형평과 같은 가치에도 눈을 돌리기 시작했다. (옅어지고 있다고는 했지만, 각자도생의 분위기는 한국 사회에 여전히 꽤 만연해 있다.)

국뽕은 최근 10여 년 사이에 널리 쓰이는 단어다. 어느 나라 국민이나 애국심이 있겠지만, 한국인의 애국심은 남다르다. 고유의 언어와 문화를 유지하면서, 국경의 변화도 거의 없으면서, 인종적으로도 별로 섞이지 않은 채 천 년 이상 유지된 나라는 많지 않다. 전쟁과 같은 국가적 위기를 맞을 때마다 한국인들은 자발적으로 군대를 조직하여 외세와 맞서 싸웠다. 한국인들은 평소에는 한국 정부의 무능이나 한국의 좋지 않은 관습에 대해 흔히 자조적으로 폄하하지만, 외국인들이 똑같은 비판을 하면 발끈하는 경향이 있다(나는 우리나라를 욕할 수 있지만 외국인이 우리나라 욕하는 건 못 참는다!).

또한 한국인들은 외국인들이 우리를 어떻게 생각하는지에 대해서 매우 큰 관심이 있다. 소위 '글로벌 스탠더드'를 매우 중요하게 생각하고, 'OECD 평균'과 같은 수치들에 과도하게 집착한다. 이런 건 아마도 19세기 말까지 수백 년 동안 외국과의 교류 없이 '우물 안 개구리'로 살다가 큰 낭패를 본 경험 때문이기도 할 것이고, 최근 몇십 년 동안 놀라운 발전을 거듭하면서는 '도대체 우리가 얼마나 발전한 것인지?' 객관적으로 알아보고 싶기 때문이기도 할 것이다. 마치 공부를 아주 열심히 한 학생이 다음 시험 날짜를 기다리는 것처럼 말이다.

이런 경향이 강하게 드러난 사례가 외국인에게 '두 유 노우 ○○○?'라는 질문을 (맥락 없이) 던지는 것이다. ○○○에 흔히 들어가는 단어로는 싸이 혹은 강남스타일, 김연아, 김치 등이 있다(요즘은 〈기생충〉이나 〈오징어 게임〉 등도 추가됐다. BTS는 잘 묻지 않는다. 당연히 모두가 알 것이라고 생각하기 때문이다). 외국인이 안다고 대답하면 기뻐하고, 너무 좋아한다며 호들갑스럽게 반응하면 격하게 기뻐하는 식이다. 평범한 사람들이 거리에서 만난 외국인에게 이런 질문을 하기도 하지만, 한국을 방문한 외국의 셀럽을 인터뷰하는 리포터가 TV 카메라 앞에서 이런 질문을 하기도 한다(대체로 무례한 행동으로 여겨지지만, 종종 발생한다).

사실 이 책도 국뽕 논란을 일으킬 가능성이 있다. 내가 한국에 대해 긍정적으로 기술한 부분을 두고 국뽕을 경계하는 사람들이 비판할 수도 있고, 부정적으로 기술한 부분에 대해서는 국뽕에 취해 있는 사람들이 비판할 수도 있기 때문이다(물론 나는 최대한 객관적으로 서술하기 위해 노력했다).

아무튼 한국인들은 여러 항목에서 국가별 순위에 집착한다. 좋은 쪽으로 높은 순위에 올라 있는 항목에 대해서는 더 높이기 위해 노력하고, 나쁜 쪽으로 높은 순위에 올라 있는 항목은 개선하기 위해 노력한다. 한국이 얼마나 독특한 나라인지 이해하는 데 도움이 되는 몇 가지 순위를 살펴보자.

첫째, 한국의 문맹률은 전 세계에서 가장 낮은 편이고, 대학 진학률은 전 세계에서 가장 높은 편이다. 한국은 고유의 언어와 고유의 문자를 갖고 있는데, 나중에 자세히 살펴볼 '한글'이라는 문자는 배우고 사용하기가 매우 쉽다. 한글을 읽지 못하는 한국인은 거의 없다고 해도 과언이 아니다. 소위 기본 문맹률은 제로에 가깝다는 뜻이다. 또한 한국의 대학 진학률은 거의 70퍼센트에 달한다(OECD 평균은

40퍼센트 정도다). 앞에서 설명했지만 한국인들은 가난에서 벗어나기 위해 자녀 교육에 목숨을 걸었다. 점차 감소하고 있기는 하지만, 대학을 졸업한 사람과 그렇지 못한 사람 사이의 임금 격차도 큰 편이었다.

하지만 이게 무조건 좋은 것은 아니다. 단순히 문자를 읽고 쓸 수 있는 기본 문해율은 매우 높지만, 사회생활에 실제로 필요한 능력을 의미하는 실질 문해율은 전혀 높지 않은 것으로 나타나고 있기 때문이다. OECD가 실시하는 국제성인문해조사(IALS, International Adult Literacy Surveys)에서는 산문 문해(prose literacy), 문서 문해(document literacy), 수량 문해(quantitative literacy)를 측정하는데, 한국은 세 부문 모두 OECD 국가 중 중하위권에 머물렀다. 대학 진학률이 높기 때문이기는 하겠으나, 대학 졸업자끼리 비교했을 때는 성적이 더 나빴다. 논리적 사고력보다는 지식의 습득과 암기를 더 중요하게 평가하는 한국의 교육 및 평가 시스템 탓이기도 할 것이고, 독서 인구가 적기 때문이기도 할 것이다 (한국인들은 책을 많이 읽지 않는 편이다. 내가 오죽하면 외국인을 대상으로 하는 책을 썼겠나. 과거에 나름대로 좋은 책을 몇 권 썼는데, 좋은 평판에도 불구하고 한국에서는 그리 많이 팔리지 않았기 때문이다). 또한 대학 졸업자 비율이 너무 높다보니 취업 시장에서 수요와 공급의 불균형이 발생하는 문제도 있다. 화이트칼라 직종에서는 구직자에 비해 일자리가 턱없이 부족하고, 블루칼라 직종에서는 정반대의 현상이 나타나는 것이다.

둘째, 한국이 기적과 같은 경제성장을 하는 데 밑거름이 된 몇 가지 산업 분야에서 세계 최고 수준을 자랑한다. 우선 IT 강국답게 인터넷 속도와 스마트폰 보급률 등에서도 세계 최고 수준이다. 조사 기관이나 시점에 따라 차이는 있지만, 한국의 인터넷 속도는 세계 평균보다 3~4배는 빠른 것으로 정평이 나 있다. 스마트폰 보급률은 95퍼센트 수준이며, 5G 기술의 상용화 측면에서 세계에서 가장 앞서 있다. 온라인 게임 산업은 물론, 프로 게이머들이 격돌하는 e-스포츠 분야에서도 세계 최고 수준이다. 메모리 반도체 분야도 세계 1위로, 삼성전자와 SK 하이닉스 두 회사의 점유율을 더하면 약 70퍼센트에 이른다. 조선업도 매우 발달하여, 세계 시장 점유율에서 1, 2위를 다투고 있다. 전 세계에서 만들어지는 선박 중 40퍼센트 이상이 한국에서 만들어진다. 철강산업도 발달했다. 세계 시장 점유율 1위는 아니지만, 세계에서 가장 큰 제철소와 두번째로 큰 제철소가 모두 한국에 있다. 당신도 잘 알고 있는 콘텐츠 산업은 최근에 한국이 두각을 나타내는 분야다. 영화, 드라마, 대중음악 등 여러 분야에서 한국의 약진은 두드러진다.

셋째, 한국은 탄소중립과 관련해서 아주 재미있는 나라다. 우선 쓰레기 분리수거 분야는 독일과 세계 최고를 다투고 있다. 한국은 오래전부터 재활용이 불가능한 쓰레기를 버릴 때는 반드시 정부가 지정한 (제법 비싼) 쓰레기봉투를 사용해야 하는 정책을 펴왔기 때문이다. 하지만 그 외 지표는 어둡다. 재활용이 가능한 쓰레기를 버리는 데는 돈이 들지 않기 때문인지, 한국인의 플라스틱 배출량은 매우 많다. 한국의 1인당 연간 플라스틱 배출량은 88킬로그램으로, 미국(130킬로그램), 영국(99킬로그램)에 이어 세번째로 많다(배달 문화가 특히 발달한 것도 관련이 있을 것이다). 한국인은 전기도 많이 쓴다. 1인당 전기 사용량은 OECD 34개 회원국 중 캐나다와 미국에 이어 3위다. 이는 가정용 전기요금이 너무 싼 것이 주요한 원인일 것이다(OECD 34개 회원국 중에서 31위다). 당연히 탄소 배출량도 많다. 총량 기준으로도 세계 10위권에 해당하고, 1인당 배출량으로는 전 세계 평균치의 두 배가 넘는다(나름대로 여러 가지 노력을 하고 있긴 한데, 수출 위주의 산업 구조 등 여러 이유로 인해 탄소중립으로 가는 길이 험난한 편이다).

넷째, 한국인은 전 세계에서 가장 오래 일한다. OECD에 따르면 2020년 기준 한국의 연간 근로시간은 평균 1,908시간이다(이것도 과거에 비하면 많이 줄어든 것이긴 하다). 멕시코(2,124시간)와 코스타리카(1,913시간)에 이어서 세번째이고, OECD 평균인 1,687시간보다 221시간이나 길다. 출근하는 거의 모든 날에 한 시간씩 일을 더 하는 셈이다. 파트타임 근로자의 비율이나 자영업자의 비중 등 여러 변수가 있기는 하지만, 한국인이 미국이나 유럽 선진국들 사람들보다 오래 일하는 것은 분명해 보인다. 이에 더해 출퇴근에 걸리는 시간도 한국이 가장 길다. 통근 시간의 OECD 평균은 28분인데, 한국 근로자의 평균 통근 시간은 58분으로 조사됐다. 근로시간도 길고 통근 시간도 기니, 휴식이나 여가활동에 쓸 시간은 그만큼 부족할 수밖에 없다.

그런데 안타까운 것은, 한국의 노동생산성이 OECD 회원국 중에서 매우 낮다는 사실이다. 근무시간이 너무 길다보니 일을 덜 열심히 하기 때문일까? 그런 측면도 없지는 않을 것이다. 실제로 대부분의 한국 근로자는 점심시간 한 시간은 확실히 쉰다. 한 시간을 조금 넘겨 회사에 복귀하는 것도 흔히 용인된다. 퇴근 시간을 넘겨 일하는 경우가 흔하기 때문이다(낮잠을 자거나 하지는 않는다). 하지만 더 중요한 이유가 있다. 노동생산성이라는 것은 근로자가 생산한 물품의 양을 측정하는 것이 아니라 근로자가 생산하는 부가가치를 돈으로 환산하는 것이므로, 결국 근로자의 임금 수준과 밀접한 관련이 있다. 같은 일을 하더라도 그가 받는 임금이 두 배라면 생산성이 두 배 높은 것으로 측정되는 방식이다. 당연히 평균 임금이 높은 나라가 생산성도 높다. 한국은 자영업자 비율이 높고, 서비스업 종사자 비율이 높은 나라다. 그들의 평균 임금 수준이 낮기 때문에 생산성이 낮은 것으로 집계되는 측면도 분명히 존재한다.

다섯째, 한국은 성평등 지수가 낮은 편이다. 세계경제포럼이 발표하는 성격차지수(Gender Gap Index, GGI)에서 한국은 조사 대상 146개국 중 99위였다. 유엔개발계획(UNDP)이 발표하는 성개발지수(Gender Development Index, GDI)로 보아도 한국은 조사 대상 62개국 중에서 57위였다. 영국 매체 『이코노미스트』가 발표하는 유리천장지수(Glass-ceiling Index)에서는 아예 꼴찌다. UNDP가 발표하는 성불평등지수(Gender Inequality Index, GII)에서는 189개국 중 11위로 매우 높지만, 이 지수는 의료나 교육 인프라에 크게 좌우되는 지표이므로 한국에 성차별이 없다는 뜻으로 해석하기는 어렵다. 한국이 여성으로 살기에 매우 좋은 나라는 아니라고 보는 게 맞다. 한편 가부장적인 문화, 성범죄나 스토킹 관련 법규의 내용, 남자에게만 적용되는 병역 의무 등 여러 이유로 특히 젊은 세대에서는 젠더 갈등이 제법 심한 편이다.

빈부격차가 큰 것도 사회문제 중의 하나다. 중위소득의

50퍼센트 이하의 소득을 올리는 가구의 비율을 의미하는 상대적빈곤율은 15퍼센트 수준으로, OECD 국가 중에서 미국 다음으로 높다. 노인들의 경우 빈곤율이 더욱 높아서, 사회경제적으로 큰 문제가 되고 있다.

여섯째, 한국은 세계 최저의 출산율과 세계 최고의 고령화 속도가 나타나는 나라다. 특히 저출산 문제는 정말로 심각한 수준이다. 한국의 출산율은 전 세계에서 가장 낮다. 2022년 한국의 합계출산율(total fertility rate, TFR)은 0.78에 불과하다(만성적인 저출산으로 고민하는 일본도 2022년 기준 1.26은 된다). 한국도 한때는 인구 급증을 막기 위해 산아제한 정책을 펴던 나라였다. 한국전쟁 직후인 1950년대에는 베이비붐 현상으로 출산율이 6.0을 넘기도 했기 때문이다. 1960년대 초반부터 1980년대 초반까지 매우 강력한 출산 억제 정책이 실시됐고, 그 결과 1983년에는 출산율이 인구 대체 수준인 2.1 밑으로 감소했다. 이후로도 감소세는 지속됐다. 1997년의 외환위기와 2009년의 세계금융위기, 여성의 사회 진출 증가 등 여러 요인이 작용한 것으로 보이지만, 가장 큰 문제는 한국이 '아이 키우기 힘든 나라'이기 때문이다. 한국 정부가 출산 장려 정책을 펴기 시작한 2003년 이후에도 출산율은 꾸준히 내려가서, 2018년에는 0.98을 기록했다. 전 세계에서 출산율이 1.0 미만을 기록한 것은 당시 한국이 최초다. 이후 4년 동안 더욱 떨어져 급기야 0.78까지 내려갔으니, 이제는 '국가 소멸'을 걱정해야 하는 수준이 되었다.

평균수명이 늘어나는 것에 낮은 출산율이 더해지니, 한국의 고령화 속도는 정말 무서울 지경이다. 2022년 현재 한국의 65세 이상 고령인구의 비율은 17.5퍼센트이다. 이보다 높은 나라도 많으니, 그 자체로 특별히 심각한 것은 아닐지도 모른다. 하지만 증가 추세가 문제다. 현재의 추세가 지속되면 한국은 2025년에 고령인구 비율 20퍼센트를 넘겨 초고령사회가 되고, 2045년에는 고령인구 비율이 37퍼센트에 도달, 세계에서 가장 늙은 나라가 될 전망이다.

일곱째, 앞에서 국뽕이라는 단어를 설명했지만, 이와 정반대에 놓여 있는 단어가 '헬조선'이다. 조선왕조의 이름에 지옥을 붙인 이 단어는, 현재의 대한민국이 '너무너무 살기 힘든 곳'이라는 자조적인 의미를 담고 있다. 긴 근로시간, 지나치게 경쟁적인 문화, 심한 빈부격차, 터무니없이 높은 부동산 가격, 양질의 일자리 부족 등 수많은 요인 탓이다. 같은 맥락에서 한국은 세계에서 가장 자살률이 높은 나라이기도 하다. 10만 명당 자살자 수가 연간 24.6명으로, OECD 평균 11.3명의 두 배가 넘는다.

사실 '헬조선'은 이미 안정적인 기반을 구축한 기성세대보다는 아직 가진 것이 별로 없는 젊은이들이 더 많이 쓰는 말이다. 경제 상황 등을 종합적으로 고려할 때, 현재 한국의 젊은 세대는 '역사상 처음으로 아버지 세대보다 못사는 세대'가 될 것이라는 전망이 많다. 그 와중에 베이비붐 시대에 태어난 앞 세대를 부양해야 하는 책임까지 짊어져야 한다. 아이를 낳아야 하는 연령대의 한국인들이 '내 아이가 (앞으로 더 나빠질 것 같은) 이 나라에서 힘들게 살게 하고 싶지 않다'는 생각들을 하니, 정부의 온갖 출산 장려 정책에도 불구하고 출산율이 올라갈 줄을 모르는 것이다. 같은 이유로 한국에서는 세대 갈등도 점차 고조되는 중이다.

이렇게 나열하다보니 한국이 정말로 '나쁜' 나라처럼 보일까봐 걱정이 된다. 사실 그렇게 나쁘지는 않다. 숫자로 설명하기는 어렵지만, 좋은 점도 정말 많다(이 책의 나머지 부분에서 좋은 점들을 숱하게 이야기하고 있지 않나). 사회의 거의 모든 시스템은 매우 효율적으로 돌아가고, 치안 수준도 매우 높으며, 사람들은 전반적으로 밝고 따뜻한 품성을 갖고 있다. 좁고 자원이 없는 나라에서 아등바등 사느라고 다들 좀 피곤에 절어 있지만, 놀 때는 없는 힘을 짜내어 신나게 잘 노는 민족이다. 고대의 역사책에도 '음주가무'에 능한 민족이라고 명시되어 있다. 그리고 무엇보다, 외국인에게 친절하다. 당신은 한국에 와서 좋은 것들만 경험하고 가면 된다. 골치 아픈 문제들은 우리가 어떻게든 해볼 테니까.

끝으로 재미있는 사실 두 가지만 더 언급한다. 한국은 도안이나 액면가 등이 새겨지지 않은 동전의 재료 생산에서도 세계 1위다. 40여 개국에 수출하며 세계 시장 점유율은 50퍼센트 수준이다. 미국, 유럽, 호주 등의 여러 나라에서 쓰이는 동전의 상당수는 알고 보면 한국 출신이다.

한국 여권의 파워도 굉장하다. 2022년 현재 한국 여권으로는 무려 192개 나라에 비자 없이 입국할 수 있다. 193개 나라에 무비자 입국이 가능한 일본에 이어 세계 2위다(1개 나라의 차이는 중국 때문이다. 중국은 아직도 한국인에게 비자 발급을 요구하고 있다. 중국에 대한 한국인의 부정적 인식에 이것도 아주 조금은 영향을 미칠 것이다. 아, 물론 중국인도 비자를 받아야만 한국에 들어올 수 있다). 반대로 한국에 무비자로 입국할 수 있는 국가의 수는 104개국이다. 192개국에 비하면 훨씬 적지만, 이는 전 세계에서 서른일곱번째로 많은 것이다.

10.
오직 한국에만,
오직 한국인만

당신의 나라에서는 산모가 아이를 낳은 직후에 무엇을 먹게 하는지? 오랫동안 못 마셨던 맥주? 기운을 차려야 하니까 스테이크? 당신이 네덜란드 사람이라면 모이쉐스 비스킷(beschuit met muisjes)을 떠올릴 것이고, 당신이 튀르키예 사람이라면 로후사 서르베티(lohusa serbeti)를 떠올릴 것이다. 다른 나라에도 이와 같은 특별한 음식들은 제법 존재한다. 하지만 대부분의 경우 이런 음식들은 하나의 '상징'이므로, 한두 번 먹으면 그만이다. 한국은 다르다. 한국의 산모들은 출산 직후 약 2~3주 동안(!) 모든 끼니에서 같은 음식을 먹는다. 미역국이라는 음식이다.

당신의 나라에서는 생일날 먹는 특별한 음식이 있는지?

당신이 호주나 뉴질랜드 사람이라면 요정 빵(fairy bread)을 떠올릴 것이고, 당신이 스웨덴 사람이라면 공주 케이크(princess cake)를 떠올릴 것이다. 중국에서는 장수면이라 불리는 국수를 먹지만, 대부분의 나라에서 생일날 먹는 특별한 음식은 주로 디저트 계열이다. 한국은 다르다. 한국인들은 생일날 반드시 미역국을 먹어야 한다. '미역국도 못 먹었어'라는 말은 한국에서 '쓸쓸한 생일', '제대로 축하받지 못한 생일'을 보냈다는 관용적인 표현이다.

미역은 해조류의 일종이다. 전 세계의 바다에는 다양한 해조류가 있다. 그중 일부는 여러 나라에서 식용으로 사용된다. 하지만 한국인만큼 해조류를 많이 먹는 나라는 없을 것이다. 여러 종류를 먹고, 많이도 먹는다. 미역이 대표적이고, 그 외에도 여러 가지가 있다. 외국에 널리 알려진 또 다른 한국의 해조류 중에는 김이 있다(김에 관해서는 나중에 다시 이야기한다).

미역으로 미역국만 끓이는 건 아니다. 미역은 바다에서 건진 후 바로 먹을 수도 있다. 고추장에 설탕과 식초를 섞은 초고추장이라고 하는 디핑 소스에 찍어 먹는 것이 보통이다(초고추장은 한국식 생선회를 먹을 때도 흔히 곁들여진다. 보기엔 케첩과 비슷하지만 맵다). 적당한 소스를 넣어 샐러드처럼 만들어 먹기도 한다. 하지만 가장 대표적인 방법은 미역국을 끓이는 것이다. 미역국은 생미역을 쓰는 게 아니라 말린 미역을 다시 불려서 만든다. 소고기를 같이 넣고 끓이는 것이 가장 일반적이지만, 조개, 전복, 굴, 생선 등을 활용하는 레시피도 있다.

출산 이후 몇십 번의 끼니 동안 내내 미역국을 먹는 것도 특이한 문화지만, 더욱 특이한 것은 이 음식을 먹는 장소다. 한국의 산모들도 대부분 병원에서 아이를 낳는데, 퇴원 후에 가는 곳은 집이 아니라 산후조리원이다. 대략 80퍼센트의 한국 산모들은 이곳에서 2~3주를 보낸 다음 집으로 간다.

산후조리는 출산 직후의 산모가 몇 주 동안 푹 쉬면서 몸을 추스르는 일련의 과정을 통칭하는 말이다. 한국에서는 전통적으로 이를 매우 중요하게 여겼다. 산후조리를 제대로 하지 않으면 산모의 몸이 망가져 나중에 여러 가지 질병에 시달리게 된다는 속설 때문이었다(과학적 근거는 별로 없다). 이 기간 동안 산모는 당연히 가사노동에서 해방되었고, 아이를 직접 돌볼 필요도 없었다. 아이와 산모를 돌보는 것은 가족들 모두의 몫이었다. 이런 풍습 때문에 산모들은 자신의 회복과 아이와의 유대관계 형성에 집중할 수 있었다(물론 모두가 그랬던 것은 아니다. 경제적 여유가 없거나 남편이나 시부모가 배려라고는 모르는 사람들일 경우엔 출산 후 며칠 만에 온갖 노동에 내몰리기도 했다).

하지만 핵가족 시대가 되면서 산후조리를 도와줄 사람을 찾기가 어려워졌고, 그 대안으로 등장한 것이 산후조리원이다. 산후조리원은 1990년대 중반에 처음 생겨난 이후 급속도로 확산됐다. 산모들은 여기에 머물면서 휴식도 취하고 아이에게 젖을 먹이고 운동도 하고 마사지도 받는다. 그리고 친구(역시 최근에 아이를 낳은 사람들)도 사귄다(이들은 나중에 산후조리원 동창회도 여는 등 관계를 지속한다. 그 관계가 아주 오래 지속되는 경우도 있다). 남편은 퇴근하고 이곳에 들러 아이와 산모를 만난다. 이 서비스는 당연히 유료이며, 정부 지원이나 보험 적용이 안 되므로 개인이 전액 부담해야 한다. 비용은 얼마나 들까? 숙박비, 하루 세끼 식비, 아이를 돌보는 비용, 추가적인 여러 서비스가 모두 제공되니, 호텔 숙박비보다는 당연히 비싸다. 2주간 이곳에 머무는 비용은, 지역이나 시설에 따라 편차가 크지만, 대체로 2천 달러 내외다. 스위트룸을 선택하면 3천 달러를 훌쩍 넘고, 아주 비싼 곳은 1만 달러를 넘어가는 곳도 있다.

당신도 한국에서 미역국을 맛볼 기회가 있을까? 이건 운에 달렸다. 여러 종류의 미역국을 주된 메뉴로 판매하는 독특한 식당들이 있기는 한데, 그 수가 많지 않고 그나마 서울이 아닌 해안가 도시들에 주로 위치하고 있기 때문이다.

대신 꽤 많은 식당에서 다양한 반찬 중의 하나로 미역국이 나오기도 한다(이 경우는 양이 많지 않고, 맛도 그리 훌륭한 편은 아니다). 아무튼, 미역국은 한국인이 매우 좋아하는 음식 중의 하나이고, 생일이 아닌 평소에도 즐겨 먹는 음식이다. 그 맛이 정말 궁금한데 먹어볼 기회가 없다면, 편의점에서 파는 즉석 미역국을 구입하는 방법도 있다. 뜨거운 물만 붓거나 전자레인지에 잠깐 돌리면 바로 먹을 수 있는 미역국 상품들이 편의점에 있다.

한국 산모들의 미역국 사랑은 특별하다. 평소에 좋아하지 않던 사람들도 꾸역꾸역 먹는다. 막 태어난 아기의 건강과 행복을 기원하는 일종의 의식과도 같은 행위일지도 모른다. 하나의 산부인과 클리닉에서 출발하여 지금은 여러 개의 대형 병원과 의과대학과 관련 기업 들까지 거느린 차병원 그룹의 성공 비결이 산모들에게 제공된 '맛있는 미역국'이었다는 전설과 같은 이야기도 있다(차병원은 미국 로스앤젤레스에도 분원이 있는데, 그곳에서도 산모들에게는 미역국을 제공한다).

그런데 산모들에게 왜 굳이 미역국을 그렇게나 많이 먹이는 것일까? 그러한 전통이 생겨난 이유는 불확실하지만, 요오드 함량이 높아서 산모와 아이 모두의 건강에 좋기 때문이라는 설명이 있기는 하다. 하지만 의사들은 과도한 요오드 섭취가 오히려 갑상선 질환 등을 유발하거나 악화시킬 수 있다고 경고한다. 어쩌면 몇 주 동안 산모의 밥상을 차려야 하는 누군가(주로 친정 엄마 아니면 시어머니)가 매번 새로운 반찬을 만들기 귀찮아서 지어낸 말일지도 모른다.

재미있는 것은, 시험을 앞둔 시기에는 절대로 미역국을 먹지 않는 문화도 있다는 사실이다. 미역은 미끈거리는 성상을 갖고 있는데, 한국어에서 '미끄러지다'라는 단어는 시험에서 떨어진다는 의미를 함께 갖고 있기 때문이다. 대신 시험을 앞두고는 입에 잘 들러붙는 음식인 찹쌀떡이나 엿을 먹는다. '붙다'라는 한국어 단어에는 시험에 합격한다는 의미가 있기 때문이다.

한국의 결혼식과 장례식 문화도 좀 독특하다. 일단 두 의식 모두, 참석자들이 돈을 낸다. 축하 혹은 위로의 뜻을 현금으로 전하는 것이다(직접 가지 못하는 경우에는 다른 참석자를 통해 전달하거나 온라인으로 돈을 부친다). 친소 관계나 경제적 여력에 따라 다르지만, 대체로 50달러 아니면 백 달러 정도를 봉투에 넣어 전달하는 것이 일반적이다. 참석 인원도 다른 나라에 비해 많은 편이다. 수백 명이 모이는 것은 보통이고, 신랑 신부의 부모나 고인 혹은 고인의 자제들의 사회적 지위가 높은 경우에는 천 명이 넘게 모이기도 한다. (결혼식은 한 시간 걸리는 행사이니 아주 넓은 공간이 필요하고,

장례식은 2박 3일에 걸쳐 진행되기 때문에 그렇게 큰 공간이 필요하지는 않다.) 예식의 규모가 크기 때문에 당연히 비용도 많이 드니, 보통 사람들에게는 큰 부담이 된다. 그래서 지인들이 그 비용을 조금씩 부담하는 문화가 생긴 것으로 생각된다(예식을 소규모로 하고 서로 주고받지 않는 방법도 있긴 한데, 한번 형성된 문화가 쉽게 바뀌지는 않는다).

결혼식과 관련해서 또다른 특이한 점으로는 '하객 알바'가 존재한다는 사실이다. 한국인들은 결혼식에 참석하는 손님이 너무 적은 것을 '체면이 깎이는 일'로 받아들이는 편이다. 그래서 (이런 저런 사정으로) 초청할 사람이 너무 적을 경우, 약간의 돈을 지불하고 가짜 손님을 부르기도 한다. 아주 흔한 일은 아니지만, 아주 드문 일도 아니다. 영화 〈기생충〉에서도 배우 박소담이 과거에 '결혼식 하객 알바'를 많이 했었다는 대사가 나온다.

장례식과 관련해서 또다른 특이한 점도 있다. 대부분의 장례식장이 병원 내에 있다는 사실이다. 한국은 장례를 사흘에 걸쳐 치르는 나라이고, 앞에서 설명했듯이 많은 손님이 조문을 위해 찾아온다. 오래전에는 각자의 집에서 장례를 치렀지만 현대 사회에서는 그게 매우 어려운 일이니, 장례식만을 위한 별도의 시설이 생겨난 것이다. 그런데 대부분의 사람들이 병원에서 사망하는 시대가 되고 보니, 장례식장이 병원 내에 있는 것이 여러모로 가장 편리하다. 병원과 장례식장이 같은 공간에 있는 것을 기괴하다고 생각하는 외국인도 많지만, 한국인들은 매우 자연스럽게 받아들이고 있다(물론 눈에 잘 띄지 않는 곳에 숨어 있기는 하다).

한국에만 존재하는 아주 특이한 문화 중에는 '전세'라는 부동산 임대 방식도 있다. 한국에는 두 종류의 주택 임대 방법이 있다. 그중 하나는 월세인데, 이는 외국에도 흔한 방식이니 전혀 신기할 것이 없다. 하지만 전세는 집값의 절반이 넘는 큰돈을 보증금으로 집주인에게 맡겨놓는 대신 월세를 한 푼도 내지 않는 방식이다. 대체로 2년인 계약 기간이 끝나면 맡겨놓았던 보증금을 전액 돌려받는다. 집값이 백만 달러라면, 보증금은 50만~70만 달러 정도 된다(예를 든 집값 백만 달러가 너무 큰 금액으로 느껴지는가? 땅이 좁고 인구가 많은 한국은 부동산 가격이 높은 편이며, 특히 서울의 주택 가격은 어마어마하다. 백 제곱미터 정도 되는 작은 아파트의 가격이 백만 달러를 넘는 것은 매우 흔하며, 지역에 따라 3백만~4백만 달러인 집도 많다). 간단해 보이지만, 서울과 같이 주택이 부족하고 부동산 가격이 지속적으로 상승하는 곳에서는 여러 가지 복잡한 문제가 생긴다. 최근 수십 년 동안 한국 정부는 전세 관련 제도를 여러 차례 손보았지만, 논란은 끊이지 않고 있다.

부동산 분야에서 특이한 다른 한 가지는 '반지하'라는 주거 형태다. 영화 〈기생충〉의 주인공 가족이 살던 그 집, 바닥이 지면보다 1미터 이상 아래에 있지만 창문이 위에 있어서 바깥이 살짝 내다보이는 그런 집이 반지하다. 빈곤층이 거주하는, 축축하고 곰팡이가 피는, 그래서 특유의 '냄새'가 옷과 몸에 밸 수 있는 그런 집이 반지하다.

사실 반지하도 역사적 · 문화적 맥락이 있다. 1968년, 북한의 특수 부대원들이 대통령 암살을 목적으로 서울에 침투한 적이 있다. 31명의 공작원 중에 28명이 사살되었고 두 명은 북으로 도주했고 한 명은 생포되었다(그 사람은 나중에 한국으로 귀순했고, 목사가 되었다. 80세를 넘긴 지금도 한국에서 살고 있다). 작전은 실패했지만 이 사건은 한국 사회에 큰 충격을 주었다. 이후 남북한 사이의 긴장이 이어지던 1970년대(외국인들은 지금도 그러하다고 느끼겠지만, 당시는 지금보다 훨씬 긴장이 높았다), 한국 정부는 전쟁 발발 가능성을 대비해 주택마다 지하실을 만들 것을 법제화했다. 유사시에 방공호로 활용하기 위한 목적이었다. 당시에는 이 지하 공간을 따로 임대하는 것을 불법으로 규정했지만, 1980년대에 들어 주택 부족이 심해지자 규제를 완화했고, 그 이후 반지하는 가난한 사람들의 터전이 되었다.

반지하는 점차 감소하고 있지만, 여전히 한국에는 32만 가구에 달하는 반지하 주택이 있다. 그중 60퍼센트가 넘는 20만 가구가 서울에 있다. 2022년 여름에는 서울에 백여 년 만에 가장 많은 비가 내려 큰 피해가 발생했다. 반지하 주택들의 침수 피해가 특히 심해서, 사망자까지 발생했다. 영화 〈기생충〉에서 한국 사회의 양극화를 은유적으로 보여줬던 물난리 장면이 현실에서 발생한 것이다.

한국의 독특한 문화 중에 '대리운전'도 빼놓을 수 없다. 술을 마신 운전자를 대신해서 자동차를 운전해주는 서비스이다. 음주에 비교적 관용적인 한국에서 이 서비스는 매우 활성화되어 있다. 요금은 편도 택시요금보다는 비싸고 왕복 택시요금보다는 저렴한 것이 보통이다. 직장 앞에서 술을 마셨을 경우, 차를 세워놓고 택시로 퇴근했다가 다음날 아침에 택시로 출근하는 것보다는 대리운전 서비스를 이용하는 것이 경제적인 선택이 된다. 스마트폰이 없던 시절에는 전화로 기사를 호출했고, 지금은 대부분의 사람들이 앱을 이용한다. 밤 10시에서 자정 사이에는 수요가 몰려 기사를 구하기 어렵다. 대리운전 서비스는 일본의 오키나와를 비롯하여 일부 외국에도 존재하기는 하지만, 한국처럼 보편화된 나라는 없다.

음주와 관련한 독특한 풍속도 다양하다. 한국인들은 술은 반드시 서로에게 따라줘야 한다고 생각한다. 상대방 술잔이 비었는데 얼른 다시 채워주지 않는 행위나 스스로 자신의 잔에 술을 따르는 행위는 뭔지 모르게 예의 없는 행동으로 간주된다(술집에서 누군가가 상대방에게 갑자기 '바쁘냐?'라고 묻기도 하는데, 이럴 때 상대방은 곧바로 알아듣고 술병을 집어든다. '술 한잔 따라줄 시간이 없을 만큼 바쁘냐?'라는 농담이기 때문이다). 또한 누군가가 술을 따라줄 때는 반드시 술잔을 든 채 받아야 한다. 친구들끼리는 술을 따르는 사람이나 받는 사람이나 한 손으로 해도 되지만, 윗사람에게 술을 따르거나 윗사람으로부터 술을 받을 때는 두 손으로 해야 한다. 지금은 위생상의 문제로 점차 사라지고 있는 문화이지만, '술잔 돌리기'라는 관습도 있었다. 자신의 잔을 비우고 나서 (티슈 등으로 슥, 형식적으로 닦는 척을 한 다음) 그 잔을 상대방에게 내밀면서 술을 따라주는 행동이다. 친밀한 관계임을 확인하는 행위로 해석되지만, 이를 극혐하는 사람도 많다.

놀랍게도 전 세계에서 한국인만 먹는 음식도 꽤 여러 가지다(전 세계 어느 나라 사람들도 먹지 않는데 당신의 나라에서만 먹는 음식이 혹시 있을까? 대부분의 경우 단 한 개도 떠오르지 않을 텐데, 한국에는 이런 음식이 여러 개 있다. 한국의 식문화는 얼마나 다양한가!). 모양이나 맛이 꽤 특이하여 외국인이 도전하기 쉽지 않은 것도 있기는 하지만, 대부분은 처음 보는 사람도 별다른 거부감 없이 시도해볼 수 있는 것들이다.

우선, 과일 중에는 참외가 있다. 이건 한국의 멜론이다. 껍질은 노랗고 과육은 하얗다. 멜론보다는 조금 작고, 사과보다는 조금 크다. 먹어보면 멜론의 일종이라는 걸 느낄 수 있지만, 멜론과는 확실히 느낌이 다르다. 참외는 한국 외의 지역에서는 찾아보기 어렵고, 일부 국가에서 혹시 보인다면 한국이 수출한 것일 가능성이 높다. 당신이 여름철에 한국을 방문한다면 반드시 맛보아야 한다.

다음으로 깻잎이 있다. 참깨를 모르는 사람은 아마 없을 것이다. 천일야화 중 「알리바바와 40인의 도둑」 이야기에 나오는 "열려라 참깨"를 어릴 적에 한번쯤 외쳐보지 않은 사람은 없을 테니 말이다(전 세계적으로 히트한 어린이 프로그램 〈세서미 스트리트〉도 있다). 참깨는 인류가 기름을 얻기 위해 재배한 첫번째 작물로 추정될 만큼 오래전부터 이용됐다. 참기름은 서양에서는 그리 흔한 식재료가 아니지만, 동양에서는 꽤 많이 쓰이고, 특히 한국에서는 정말 중요한 향신료 중의 하나다(당신이 먹어볼 가능성이 제법 높은 비빔밥을 비롯한 수많은 한국 음식에 첨가된다).

한국인만 먹는 식재료 중에서 빼놓을 수 없는 것은 참깨와 비슷한 들깨다(모양이 비슷하고 한국어 이름도 비슷하지만, 분류학적으로는 상당히 다른 종류라고 한다). 일본에서 먹는 시소와도 다르고 동남아 음식에 흔히 들어가는 고수와도 많이 다르다. 들깨는 정말 특이한 식물이다. 참깨는 씨를 먹거나 기름을 짠다. 시소나 고수는 잎을 먹는다. 그런데 들깨는 씨도 먹고 기름도 짜고 잎도 먹는다. 볶은 들깨로 만드는 들기름은 참기름과 더불어 다양한 한국 요리에 쓰이며, 가루로 만든 들깨 역시 다양한 음식을 위한 향신료로 활용된다. 하지만 가장 중요한 들깨의 용도는 잎을 먹는 것이다. 깻잎이란 들깨의 잎을 의미한다. 한국인들은 다양한 방법으로 정말 많이 먹지만, 한국인 말고는 전 세계의 누구도 이걸 먹지 않는다(심지어 이런 사실을 아는 한국인도 많지 않다. 워낙 자주 먹는 풀이라, 당연히 외국에도 있으려니 생각한다. 또한, 많은 한국인은 깻잎이 들깨가 아니라 참깨의 잎이라고 잘못 알고 있기도 하다. 들기름보다는 참기름이 훨씬 더 많이 쓰이기 때문이리라. 하지만 참깨 잎은 한국인도 먹지 않는다).

깻잎이라는 단어를 어디선가 들어본 듯하다는 느낌이 든다면, 당신은 이 책을 정말 열심히 읽고 있는 것이다. 어느 부분에서 보았는지까지 생각이 난다면, 당신은 정말 훌륭한 기억력의 소유자다. 깻잎은 삼겹살에 흔히 곁들여 먹는 채소 중의 하나로 이미 언급됐다. 깻잎은 시소나 고수에 비하면 훨씬 향이 약하다(물론 일본인이나 베트남인은 다르게 생각할 수도 있다). 타임, 로즈마리, 파슬리, 바질 등의 서양 허브에 비해서도 향이 약하다(물론 서양인들은 다르게 생각할 수도 있다). 처음 먹어보면 그냥 나뭇잎을 씹는 것처럼 느껴질지도 모른다(이걸 왜 먹지?). 하지만 잘 음미해보면 약간의 민트 향과 약간의 쓴맛이 어우러진 오묘한 맛을 느낄 수 있다. 전혀 위험하지 않으니, 눈에 띄기만 하면 한 번 시도해보길 바란다.

한국인들은 깻잎을 매우 다양한 방식으로 즐긴다. 일단 구운 고기나 생선회 등의 풍미를 더하기 위해 함께 먹는다. 샐러드나 국물 요리에 넣기도 하고, 김치나 장아찌 형태로 만들어 반찬으로 조금씩 먹기도 한다. 당신이 방문한 한국 음식점에서 우연히 접할 가능성도 꽤 된다.

이것 말고도 한국인만 먹는 특별한 음식은 더 많다. 골뱅이라는 것도 술안주로 꽤 인기가 있는데, 한국식 달팽이 요리라고 생각하면 된다. 외국에서는 다람쥐나 먹는 것으로 알려진 도토리도 한국인들은 묵으로 만들어서 즐겨 먹는다. 도토리묵은 반찬으로도 먹고 술안주로도 먹는다. 외국인들의 눈에는 갈색 푸딩처럼 보일 텐데, 한국인들은 이걸 젓가락으로 집어 먹는다(전 세계에서 한국인이 젓가락질을 가장 잘한다). 콩나물도 한국을 제외한 나라에서는 거의 먹지 않지만, 한국인들은 엄청나게 자주 먹는 음식이다. 제법 많은 나라에서 먹는 숙주나물과 비슷하지만 좀더 단단한 편이다. 물론 한국인은 숙주나물도 먹는다. 그 외에도 수없이 많은 풀이나 나뭇잎을 한국인은 음식으로 먹는다.

한국인이 가끔이라도 먹는 채소의 종류는 3백 가지가 넘는다. 한국인이 전혀 먹지 않는 풀은 독초라고 생각하면 된다는 농담도 있다. 종류만 많은 것이 아니라 채소의 섭취량도 많다. 고기도 상당히 많이 먹는 한국인의 비만율이 다른 나라에 비해 현저히 낮은 것도 이와 관련이 있을 것이다.

어쩌면 외국인들은 의아해할지도 모르겠다. 인간이 어떻게 그렇게 다양한 식물을 먹을 수 있느냐고. 비결은 채소와 함께 먹는 다양한 양념들에 있다. 평범하고 특별한 맛이 없는 채소도 앞에서 설명한 쌈장이나 고추장에 찍어 먹으면 이야기가 달라진다. (한국인은 심지어 삶은 양배추도 잘 먹는다. 쌈장만 있으면. 한국인은 심지어 브로콜리도 잘 먹는다. 초고추장만 있으면.) 거기에 참기름을 섞으면 더욱 맛있다.

여기서 '나물'이라고 하는 단어를 설명해야겠다. 나물은 사람이 먹을 수 있는 풀이나 나뭇잎 혹은 그것을 삶거나 볶거나 날것으로 양념하여 무친 음식을 통칭하는 단어다. 웬만한 채소는 살짝 데친 다음 된장 혹은 간장과 참기름을 넣고 버무리면 그럴듯한 반찬이 된다. (나중에 다시 설명할 비빔밥은 사실 여러 종류의 나물에 밥을 더한 다음, 거기에 다시 고추장이나 참기름을 추가하여 비벼 먹는 음식이다.)

끝으로 아마도 당신이 쉽게 접하기 힘들거나 혹시 발견하더라도 쉽게 먹기 힘든 '한국인만 먹는' 음식 몇 가지를 소개한다. 우선 미더덕이라는 것이 있다. 해안에 서식하는 무척추동물이며, 모양이나 식감은 별로지만 특유의 바다 냄새 때문에 좋아하는 사람이 제법 있다. 해물찜 등에 흔히 넣으며, 된장찌개에 넣기도 한다. 그리고 외국인들은 대개 질겁하지만 한국인들이 길거리 음식이나 술안주로 즐기는 번데기가 있다. 모든 곤충의 번데기를 다 먹는 것이 아니라 딱 한 종류, 누에나방의 번데기만 먹는다. 모양이 벌레 같아서 그렇지(뭐, 실제로 벌레이긴 하지만), 모르고 먹으면 맛은 꽤 좋다(하지만 한국인 중에도 안 먹는 사람이 꽤 있다).

영화 〈올드보이〉에 등장하여 유명해진 산낙지도 있다. 영화에서처럼 먹는 한국인은 아무도 없고, 잘게 잘라서 참기름과 소금을 적당히 뿌린 다음 먹는다. 실제로 살아 있는 것은 아니니, 움직이는 것을 먹기가 꺼려진다면 움직임이 멈출 때까지 기다렸다가 먹으면 된다(생각보다 금방 멈춘다). 낙지는 말하자면 작은 문어다. 문어를 '악마의 물고기'라고 부르며 기피하는 나라도 많지만, 한국에서 문어는 상당히 귀한 음식으로 취급된다. 심지어 이름 자체가 '문학 물고기'다. 오징어는 당연히 한국에서도 인기 있는 해산물이며, 크기가 아주 작은 주꾸미라는 것도 있다. 한국인들은 이걸

다 좋아한다. 문어와 낙지는 상당히 비싼 편이고, 오징어와 주꾸미는 훨씬 저렴하다. 산낙지는 굳이 도전하지 않아도 좋지만, 낙지를 매운 양념에 볶은 '낙지볶음'은 추천하고 싶다. 당신에게 멋진 추억(?)을 만들어줄 만큼 충분히 맵다.

진짜 마지막으로, 넷플릭스 시리즈 〈수리남〉(외교적 문제로 인해 영문 제목은 'Narco-Saints', 그러니까 '마약상 성자'로 바뀌었다)에 등장하는 홍어가 있다(실제로는 수리남이 아니라 칠레나 아르헨티나에서 많이 수입한다. 한국산 홍어는 정말 비싸서, 8킬로그램 한 마리에 수백 달러다). 홍어는 한국 음식 중에서 가장 강력하고도 독특한 향이 난다. 날로 먹어도 향이 강하지만, 이것을 발효시켜 향을 더 강하게 만들어서 먹기도 한다. 중국의 취두부, 동남아의 두리안, 북유럽의 루테피스크(lutefisk), 스웨덴의 수르스트뢰밍(surströmming) 등을 먹을 수 있는 사람이면 한국의 홍어도 먹을 수 있다. 한국인들은 삭힌 홍어를 삶은 돼지고기와 많이 숙성된 김치와 함께 먹는 것을 선호하며, 세 가지를 모았다는 의미의 '삼합'이라 부른다. 한국인의 40퍼센트는 삭힌 홍어를 좋아하고, 30퍼센트는 가끔 먹기는 하지만 즐기지는 않고, 30퍼센트는 한 번도 먹어보지 않은 것으로 추산된다(그냥 나의 짐작이다). 당신은 어디까지 도전해보고 싶은가?

11.

한글, 발명자가 알려진 유일한 알파벳

알파벳은 누가 만들었나? 세르게이 브린(Sergey Brin)과 래리 페이지(Larry Page)가 창고에서 함께 만들었다고? 그 알파벳 말고 진짜 알파벳을 처음 고안한 사람은 누구일까? 당연히 우리는 그게 누군지 모른다. 아주 오래전에 페니키아(Phoenicia) 문자의 영향을 받아 그리스문자가 생겨나고, 그것이 영어를 비롯한 여러 언어 알파벳의 기원이라는 것을 알 뿐이다.

그럼 중국의 문자인 한자는 누가 만들었나? 이 질문도 복잡한 한자의 모양처럼 어려운 것이다. 아주 오래전에 상형문자가 있었고, 그것이 점차 발전하여 복잡한 문자 체계가 만들어졌다고 짐작할 뿐이다. '가나'라고 부르는 일본의 문자 역시 한자의 획 일부를 활용하여 만들어진 것이라는 사실을 알 뿐, 언제 누가 개발했는지는 알 수가 없다. 다른 여러 언어권의 문자나 아라비아 숫자도 마찬가지다.

한글이라고 부르는 한국어 알파벳만이 예외다. 한글은 1443년에 세종대왕이 창제한 문자다. 물론 혼자 해낸 일은 아니고, 세종의 지시를 받은 여러 학자가 오랜 기간 노력한 끝에 만든 것이긴 하다. 그러나 새로운 문자 체계를 만든다는 혁명적인 시도는 왕의 결단과 후원이 없이는 불가능한 일이기에, '세종대왕이 한글을 발명했다'는 표현은 결코 과장이 아니다. 실제로 세종은 한글의 개발 과정에 깊숙이 관여한 것으로 전해진다.

한국인은 아주 오래전부터 고유의 언어를 사용했지만, 고유의 문자를 갖지는 못했다. 그럼 15세기까지는 어떤 문자를 썼을까. 소수의 지식인은 한자를 사용했고, 나머지 대다수 백성은 문자를 사용하지 못했다. 하지만 한자를 공부한 사람들도 그것을 이용하여 한국어를 그대로 표기할 수 있었던 것은 아니다. 중국어와 한국어는 완전히 다른 언어이기 때문이다. 당연히 모든 한국인의 언어생활은 대단히 불편했다.

당시의 지식인들은 현대인이 외국어를 공부하듯 어릴 때부터 한자를 배웠고, 한자로 쓰인 문장을 해독하고 한자로 자신의 생각을 기록할 수 있는 능력을 갖추고 있었다. 즉 말하기와 듣기는 한국어로 하고, 읽기와 쓰기는 중국어로 했다고도 할 수 있다. 하지만 중국어로 대화를 할 수 있는 사람은 소수에 불과했다. 한자로 기록된 문서를 읽을 때는 한국식 발음으로 읽었다. 모든 한자에는 (중국인의 발음과는 다른) 한국식 발음이 정해져 있었던 것이다. 관리를 뽑는 시험도 한자로 치러졌고, 국가의 모든 문서는 한자로 기록되었다. 시도 중국 문자로 썼고, 소설도 중국 문자로 썼다. 한자를 배울 기회를 얻지 못한 대다수 백성은 무언가를 새로 배우기도 쉽지 않았고, 자신의 생각을 다른 사람에게 전달하기도 쉽지 않았다.

조선왕조의 네번째 왕인 세종대왕은 이런 상황을 타개하고자 했다. 모든 백성이 쉽게 읽고 쓸 수 있는 문자를 새로 만들 생각을 한 것이다. 하지만 당시의 지식인들 대부분은 이러한 시도에 격렬하게 저항했다. 언제나 눈치를 보며 살았던 중국의 심기를 거스르지 않을까 하는 외교적(?) 고려도 없지 않았겠지만, 다른 이유도 있었을 것이다.

읽기와 쓰기를 할 수 없는 대다수 백성은 매우 불편했겠지만, 한자를 아는 지식인들의 불편은 사실 그리 크지 않았다. 오히려 한자를 이해하는 능력은 일종의 특권이었고, 한자 사용 능력은 지배계급의 상징인 동시에 신분 사회의 질서를 유지하는 장치였던 것이다. 모든 사람이 문자를 알게 되어 지식수준이 높아지면, 자신들이 누리고 있는 기득권을 조금이나마 내려놓아야 할지도 모른다는 불안감이 저항의 이유였다.

그러나 세종은 강력한 추진력을 발휘했고, 마침내 한국어에 가장 잘 어울리는 새로운 문자를 만들어냈다. 당시의 이름은 '훈민정음'이었는데, '백성을 가르치는 바른 소리'라는 뜻이다. 당시 왕의 이름으로 발표된 창제의 이유는 세종의 정신을 잘 드러내고 있다.

"나라의 말이 중국과 달라서 (중국의) 문자와는 서로 맞지 아니하여, 백성들이 말하고자 하는 바가 있어도 자신의 뜻을 제대로 펼치지 못하는 경우가 많다. 내가 이를 안타깝게 생각하여 새로 스물여덟 글자를 만드니, 모든 사람이 쉽게 익혀서 날마다 편안하게 사용하기를 바란다."

그렇다. 한글은 처음 만들어질 때는 스물여덟 글자였다. 자음이 17개, 모음이 11개였다. 이후 네 개의 글자는 사용하지 않게 되어, 지금은 자음 14개에 모음 10개, 총 스물네 글자로 이루어져 있다. 영어 알파벳보다 글자 수가 두 개 적지만, 이것을 조합하여 정말 다양한 소리를 표기할 수 있다. (자음을 두 개 붙여서 쓰거나 모음을 두 개 이상 붙여서 쓰는 방식이 존재하기 때문에, 실제 사용되는 자음과 모음의 개수는 좀

더 많다.)

한국어는 외국인이 배우기 쉽지 않은 언어다. 영어권 사람들에게는 특히 어렵다. 하지만 한글은 의외로 쉽다. 당신도 일주일만 공부하면 한글을 읽을 수는 있게 된다. 진짜다. (물론 그 의미를 이해할 수는 없고, 그저 발음을 할 줄 알게 된다는 뜻이다.)

이게 가능한 이유는, 한글은 모든 글자가 똑같은 구조를 갖고 있기 때문이다. 자음과 모음을 결합하여 하나의 글자를 만드는 방식인데, 둘 중 하나다. 자음 더하기 모음, 아니면 자음 더하기 모음 더하기 자음. 그래서 모든 글자가 네모반듯하다. 네모반듯한 것은 한자와 비슷하지만, 그보다 훨씬 간단하다. 외국인들의 눈에 한자가 복잡한 그림이나 암호처럼 느껴진다면, 한글은 기호나 로고처럼 느껴진다고나 할까.

10여 년 전, 브리트니 스피어스가 한글이 새겨진 드레스를 입은 모습이 한국인들 사이에서 큰 화제가 된 적이 있는데, 아마도 그녀의 눈에는 한글이 독특한 디자인 요소로 보였기 때문이지 싶다(그 옷에 적힌 일곱 글자의 내용이 아주 독특해서 더욱 화제가 되었다. 억지로 비유하자면 이런 뜻이었다. '할리우드에 사는 플로리다 태생들의 친목 모임.' 물론 실제로는 할리우드나 플로리다가 아니라 한국의 지명이었다. 외국에도 이런 모임이 많이 있는지는 모르겠으나, 출신 지역이 같은 것을 큰 인연으로 생각하는 경향이 있는 한국인들은 이런 종류의 모임을 많이 만드는 편이다). 최근에는 한글이 디자인 요소로 들어간 패션 아이템을 찾는 외국인들이 점차 늘어나는 추세이다.

또한 한글은 컴퓨터나 스마트폰에 글자를 입력할 때 아주 편리하다. 알파벳을 이루는 글자 수가 24개밖에 되지 않고, 자음과 모음이 계속 반복되는 방식을 가졌기 때문이다. 먼저 키보드를 생각해보자. 영어 알파벳 26개 자리에 각각 한글의 자음이나 모음을 하나씩 배열하고 나면 두 자리가 남는다. 그 자리에는 모음을 두 개 붙여서 쓰는 경우 중에서 가장 자주 쓰이는 것을 배치해놓았다. 입력을 할 때는 그냥 필요한 글자들을 고르기만 하면 된다. 한글은 대문자 소문자 구별이 없고, 유럽 문자들에 흔히 등장하는 복잡한 첨가 기호가 전혀 없어서 더욱 편하다. 키보드의 한정된 공간에 모든 주요 문자들을 전부 대응시킬 수 없어서 자국의 문자를 영어식으로 발음하면서 여러 번 변환키를 눌러야 하는 언어들에 비하면 한글은 키보드 입력 분야에서는 거의 최고의 효율을 자랑한다.

자음과 모음을 반복해서 입력하는 것도 타이핑 속도를 높이는 요소가 된다. 한글 키보드에서 자음은 대부분 왼손으로, 모음은 대부분 오른손으로 입력하게 되어 있다. 때문에 한글 타자에서는 왼손 혹은 오른손을 세 번 이상 연속해서 사용하는 경우가 거의 없다. 다른 문자를 입력할 때는 왼손과 오른손의 사용 빈도가 불규칙적인 것이 보통이고, water나 million과 같이 한쪽 손만 써서 입력하는 단어도 제법 있다(영어 단어 중에는 무려 열두 번이나 연속해서 한쪽 손을 사용해야 하는 단어도 있다. stewardesses).

스마트폰을 이용할 때는 한글의 이러한 장점이 더욱 빛난다. 키보드 입력과 비슷한 방식으로 입력하는 것도 물론 가능하지만, 다른 방법도 있다. 자음은 그대로 14개가 필요하지만, 기본만 10개이고 실제로는 훨씬 여러 개인 모음 모두를 단 세 개의 자판만 사용해서 입력할 수도 있기 때문이다. 그것은 세종대왕이 한글을 처음 만들 때부터 모음은 점, 가로선, 세로선, 이렇게 세 가지 요소를 조합하여 만드는 방식을 택했기 때문이다(점은 하늘, 가로선은 땅, 세로선은 사람을 뜻한다). 처음 보면 한글의 모음은 가로선과 세로선의 복잡한 조합으로 이루어져 있는 것처럼 보이지만, 사실 짧은 선과 긴 선이 있다. 가로 혹은 세로로 그어진 하나의 긴 선을 제외한 나머지 짧은 선들은 사실은 '점'이라고 할 수도 있다. (쉽게 설명하려고 정말 열심히 노력하고 있지만, 외국인들은 도대체 이게 뭔 소린가 싶을 것 같긴 하다. 궁금한 분들은 알파벳의 자회사 구글에 접속하여 'korean alphabet'을 검색해

보기 바란다.) 실제로 많은 한국인은 단 세 개의 자판만으로 모든 모음을 만들어내면서 놀랍도록 빠른 속도로 문자메시지를 보낼 수 있다.

한글은 한국인들이 매우 자랑스럽게 생각하는 문화유산 중의 하나다. 세종대왕이 한글을 창제하지 않았더라면, 한국인들은 지금도 듣기와 말하기에 사용하는 언어와 쓰기와 읽기에 사용하는 문자가 서로 맞지 아니하여 큰 불편과 혼란을 겪었을 가능성이 크다. 아마도 거기에 영어까지 배워야 하는 삼중고에 시달렸을 것이고. 그래서 세종대왕은 한국인이 가장 존경하는 두 인물 중의 하나다. 다른 한 사람은 16세기 일본의 침략을 막아내는 데 혁혁한 공을 세운 이순신 장군이다. 한국에서 아주 중요한 장소라 할 수 있는 광화문 광장에는 이렇게 딱 두 사람의 동상이 있다(장군은 서 있고, 왕은 앉아 있다). 2009년에 5만 원권 지폐가 등장하기 전까지 오랫동안 가장 고액의 지폐였던 만 원권 지폐에 그려져 있는 인물도 세종대왕이다. 이순신 장군은 지금은 쓰이지 않는 5백 원권 지폐의 도안에 사용됐다.

말이 나온 김에 다른 지폐에 등장하는 인물도 잠시 살펴보자. 천 원권에는 조선시대의 학자 퇴계 이황, 5천 원권에는 역시 조선시대의 학자인 율곡 이이, 5만 원권에는 한국 역사상 최고로 훌륭한 어머니로 손꼽히는 신사임당의 얼굴이 그려져 있다. 신사임당은 시인이자 화가이자 서예가로 이름을 떨쳤으며, 율곡의 어머니로 더욱 유명하다. 어머니와 아들이 모두 지폐의 도안으로 활용된 사례는 전 세계에서 유일하다[어머니와 아들이 모두 노벨상을 받은 경우도 없다. 어머니와 딸이 모두 노벨상을 받은 경우는 마리 퀴리(Marie Curie)와 그녀의 딸 이레네 졸리오 퀴리(Irène Joliot-Curie)가 있다]. 당신이 혹시 한국의 배우 소지섭의 팬이라면, 천 원권 지폐를 기념으로 하나쯤 챙겨도 좋겠다. 퇴계의 초상화가 소지섭과 제법 닮은 것으로 화제가 된 적이 있기 때문이다(특히 눈 부분은 정말 닮았다).

세종대왕의 업적은 한글 창제만 있는 것이 아니다. 32년의 재위 기간(1418~1450) 동안 정말 어마어마하게 많은 일을 했다. 북쪽으로 영토를 조금 확장하여 지금의 한반도 전체에 해당하는 국경을 확정했고, 다양한 법령을 정비하였으며, 농업과 과학기술의 발전에도 상당한 기여를 했다. 세계 최초의 측우기도 세종 시절에 만들어졌고, 한국의 독특한 부동산 임대 제도인 전세 제도도 세종 때에 확립되었다. 국민 전체를 상대로 설문조사를 실시하기도 하는 등 백성들의 인권 신장에도 크게 기여했다. 한마디로 건국 초기였던 조선이라는 나라의 수준을 한 번에 여러 단계 끌어올린 왕으로 평가받고 있다. 많은 한국인이 세종대왕과 같은 왕이 한두 명만 더 있었더라면 조선의 역사가 크게 달라졌을 것이라 생각한다.

때문에 '세종'이라는 이름은 매우 중요한 의미를 지니며, 지금도 여러 곳에 쓰인다. 광화문 앞 넓은 도로의 이름이 세종로이고, 그곳에 있는 대형 극장의 이름도 세종문화회관이며, 한국의 주요 정부기관이 여럿 밀집해 있는 신도시의 이름 역시 세종특별자치시다. 그 외에도 대학, 호텔 등의 이름에 널리 쓰인다.

그런데 이처럼 훌륭한 세종대왕도 미처 생각하지 못한 것이 하나 있었다. 그것은 바로 띄어쓰기였다. 단어와 단어 사이에 여백을 둘 생각을 하지 못한 것이다. 아마도 여백이란 것이 거의 없는 중국어의 영향이었을 것이다. 한글이 창제 이후 수백 년 동안 세종의 기대만큼 널리 쓰이지 못한 이유 중에는 띄어쓰기가 없었던 것도 한몫했을 것이다(다른 중요한 이유는 지배계급의 의도적 무시였다). 한글 표기에서 띄어쓰기가 시작된 것은 창제 이후 4백 년 이상의 시간이 흐른 19세기 후반이고, 그 이후 한글은 모든 한국인에게 널리 사용되기 시작했다.

한글에 대한 이야기를 마치기 전에, 한국어의 중요한 특징 한 가지만 더 언급한다. 한국어는 존댓말이 매우 발달했다. 다른 언어에도 존댓말이 없지 않지만, 한국어만큼 그것이 발달한 언어는 없을 것이다. 우선 사용하는 단어 자체가 달라지는 경우가 매우 많다. 예를 들어 나이, 이름, 생일, 식사 등 수많은 단어에서, 반말과 존댓말 어휘는 완전히 다르다. 명사만 그런 것도 아니다. 먹다, 묻다, 자다, 주다, 죽다, 말하다 등의 동사도 마찬가지이고, 배고프다와 같은 일부 형용사도 그렇고, 인칭대명사나 호칭도 상대에 따라 다르게 써야 한다. 심지어 같은 단어에 대한 경어 표현이 여러 개인 경우도 있다. 조선시대에는 왕에게만 쓸 수 있는 특별한 경어가 별도로 존재하기도 했고, 지금도 상대방이 얼마나 높은 사람이냐에 따라(회장님이냐 부장님이냐, 할아버지냐 삼촌이냐 등등) 적절한 경어 표현이 달라진다.

별개의 단어가 존재하지 않는 경우에도 경어 표현은 다양하게 가능하다. 명사 뒤에 흔히 따라오는 조사도 경어가 있고, 동사나 형용사의 뒷부분을 조금씩 변화시키는 방법으로도 경어를 만들 수 있다. 한마디로 엄청나게 어렵다(물론 한국인들은 어려워하지 않는다). 그래서 한국인들은 존댓말을 완벽하게 사용하는 외국인을 보면 깜짝 놀란다.

한국인들은 아주 가까운 관계일 때만 반말을 사용하고, 그렇지 않은 대부분의 관계에서는 서로가 존댓말을 사용하는 것이 일반적이다. 처음 만난 사람에게 반말을 쓰는 것은 나이나 지위의 차이가 클 경우에도 무례한 행동으로 받아들여진다. 낯선 사람에게 반말을 쓰는 경우는 불량배가 시비를 걸 때, 강도질을 할 때, 평생의 원수를 맞닥뜨렸을 때 등 극히 제한적이다. 때문에 여행 가이드북 등에 나와 있는 간단한 한국어 표현들도 대부분 존댓말이다. 안녕하세요, 감사합니다, 주세요 등이 다 그렇다(하지만 외국인이 반말을 쓰면, 그 말을 들은 한국인들은 대체로 즐거워한다. 싸우자는 뜻이 아니라 한국어가 서툰 것임을 충분히 알기 때문이다).

존댓말이 이렇게 발달한 것은 위계질서를 중시하는 한국 문화의 특징 때문으로 보인다. 한국은 오랫동안 신분제 사회였고, 같은 신분이라도 나이에 따른 서열을 매우 중시해 왔다. 좀 과장해서 말하면, 한국인들은 낯선 사람을 만나면 일단 나이를 확인함으로써 서열을 정하려 하는 경향이 있다. 나이가 많은 사람은 반말을 해도 되고, 나이가 어린 사람은 존댓말을 해야 하기 때문이다. 물론 현대 사회에서는 나이 차이가 나더라도 아주 가까운 사이이거나 나이가 어린 쪽이 먼저 허락했을 때가 아니면 서로가 존댓말을 사용한다.

끝으로, 간단한 인사말을 제외하고, 한국을 여행하는 외국인이 한 번쯤 써보면 재미있을 것 같은 한국어 표현 몇 개만 소개한다(앞에서 이미 '테슬라'와 '아무거나' 등의 표현도 알려준 바 있다).

먼저, '여기요'라는 단어가 있다. '여기'는 'here'이며, '요'는 존댓말을 만들 때 흔히 덧붙이는 말이다. 이 표현은 식당에서 직원을 부를 때(왜 불러야 하는지는 다음 글에서 자세히 설명한다), 혹은 낯선 사람에게 말을 걸 때 'Excuse me'와 비슷한 느낌으로 쓸 수 있는 표현이다. '여기 있는 나에게 관심 좀 가져달라'는 의미가 되겠다.

다음으로 '맛집'이라는 단어가 있다. 직역하면 'taste-house'가 되는 이 표현은, '맛있는 음식을 판매하는 식당'을 지칭한다. 당신이 식당에서 먹은 음식이 매우 맛있을 때, 종업원에게 '여기 맛집이네'라고 말하면 주변의 한국인들이 당신의 한국어 실력에 놀라면서 활짝 웃을 것이다. 엄지손가락을 치켜들면서 말하면 더욱 좋겠다. 이것이야말로 한국에서의 미식 경험을 가장 즐겁고도 완벽하게 표현하는 수단이다.

'대박'이라는 표현도 써볼 수 있겠다. 이 단어는 '대단하다' '잭팟' '놀랍다' 등의 뜻을 담고 있는 말이니, 한국 여행 중 뭔가 멋진 경험을 했을 때 사용하면 적절하다. '대'를 길게 끌면서 발음하면 더욱 강력한 표현이 된다. 당신이 맛있게 음식을 먹은 다음 식당을 나설 때, 평범한 인사말(이게 더 암기하기 어렵다) 대신 '대박 나세요'라고 말하면서 떠날 수도 있겠다(장사가 아주 잘되기를 바란다는 뜻이다).

모쪼록 당신이 한국에서 매우 많은 맛집을 방문하기를, 매우 여러 번 '대박'이라고 외치게 되기를 희망한다. 또한 당신의 인생에 여러 번의 '대박'이 찾아오기를 기원할 터이니, 당신은 이 책이 '대박' 나기를 기원해주기 바란다.

12.
알고 보면 신기한 한국의 식당 문화

한국 식당에 존재하는 특이한 점 중에서 몇 가지는 이미 말했다. 식당의 테이블 아랫면에 부착된 서랍에 숟가락과 젓가락이 숨어 있다거나, 테이블 가운데에 숯불이나 버너를 두고 음식을 직접 구워 먹는다거나, 주문하지도 않은 다양한 음식들이 반찬이라는 이름으로 무제한 제공된다거나 하는 것만 해도 충분히 신기하지만, 여기서 끝이 아니다. 한국의 식당 문화는 정말 독특하다. 이제부터 하나씩 살펴보자.

한국인은 오랫동안 유교적 전통을 지키며 살아왔다. 학문이자 철학이면서 종교이기도 한 유교는 동양 문화 전반에 큰 영향을 끼쳤지만, 사람들의 실생활에 미친 영향은 발상지인 중국보다 오히려 한국에서 더 컸다고 할 수 있다. 5백 년 넘게 지속된 조선 왕조가 유교를 국가의 통치 이념으로 삼은 것과 관련이 있다.

유교는 인본주의를 근간에 두고 있는 이념이지만, 가부장적 특성이 매우 강했고, 각종 의식(ritual)을 매우 중요하게 생각했다. 결혼식이나 장례식과 같은 예식을 치르는 절차와 방식이 까다롭게 정해져 있었고, 조상의 영혼을 기리는 제사를 1년에 몇 번씩이나 지내야 했다. 그 외에도 왜 그렇게 해야 하는지는 아무도 모르지만 '이럴 때는 이렇게 해야 한다', '저럴 때는 저렇게 해야 한다'는 식의 규율이 엄청나게 많았다. 하지만 이러한 규율 중에서 대부분은 현대 사회에서 불필요하고 불합리했다. 때문에 20세기 중반 이후 한국 정부는 불필요한 각종 절차들을 '허례허식'이라 규정하며, 이를 줄이기 위한 여러 가지 정책을 펴기도 했다. 점차 줄어들고는 있지만, 이런 전통은 아직 한국 사회 곳곳에 꽤 많이 남아 있다.

하지만 유교적 전통에 따른 의식을 철저히 지키는 것은 지배계급(이들을 '양반'이라 불렀다)에 국한되었던 것도 사실이다. 백성의 대다수를 차지했던 평범한 사람들은 그렇게까지 엄격하게 규율에 얽매이지 않았다. 각종 의식을 제대로 치르는 데 필요한 경제적 여유가 없기도 했고, 법률이 아닌 관습으로 요구되는 각종 규칙들을 굳이 지켜야 할 이유가 없기 때문이기도 했다. 유교적 전통에 매몰되어 있던 지배계급과 달리 평범한 한국인들은 지극히 실용주의적 관점을 견지했다고 할 수 있다. 오히려 보통의 한국인들은 '왜 안 되는데?' 정신을 발휘하여, 새로운 생활양식을 만들어냈고 필요한 도구들을 만들어 사용했다.

한국인이 개발한 도구 중에 가장 널리 알려진 것은 '호미'다. 호미는 정원을 가꾸는 데 아주 유용한 도구이다. 가장 빨리 데워지고 빠르게 식는 양은냄비나, 정반대로 천천히 데워지지만 한번 달궈지면 오랫동안 열을 품고 있는 돌솥도 한국인이 만들어서 점차 해외로 퍼지고 있는 도구이다. 유명해지지 않았을 뿐, 자신의 작업에 가장 적합한 도구를 스스로 만들어 사용하는 한국인은 의외로 많다. 한국인은 리얼 호모 파베르다.

한국인들이 그렇게 다양한 채소들을 먹게 된 것도, 외국에 비해 훨씬 많은 종류의 해산물을 먹게 된 것도, 부족한 식량 사정을 타개하기 위해 스스로 찾아낸 방편이었을지도 모른다(이건 순전히 나의 개인적인 견해이며, 아무런 학문적 근거가 없는 주장이다). 즉 한국인의 유전자에는 좋게 말해 실용주의적 태도가, 나쁘게 말하면 생존에 필요한 각종 꼼수를 발휘하는 능력이 내재되어 있다는 뜻이다.

한국의 독특한 식당 문화는 '효율성'을 높이기 위한 수많은 술책의 누적으로 형성된 결과라는 말이다. 앞에서도 여러 번 설명했지만, 한국은 수십 년 전만 해도 무척이나 가난한 나라였다. 한끼를 해결하기 위해 지불할 수 있는 금액이 그리 크지 않았던 시절이 길었다는 뜻이다. 사람들은 낮은 가격에 상대적으로 질 높은 식사를 원했고, 식당 주인들은 같은 음식이라도 최대한 싸게 팔아야 더 많은 손님을 끌어올 수 있었다.

생각해보라. 손님이 올 때마다 포크, 나이프, 스푼을 근사하게 배열하는 것보다 그것들을 미리 테이블에 잔뜩 놓아두고 손님이 알아서 필요한 도구들을 사용하게 하는 것이 당연히 비용이 적게 드는 방법이다. 실제로 한국의 식당들은 수저를 플라스틱이나 나무로 만든 상자에 여러 개 넣어두는 방식을 주로 택했다. 뚜껑이 없는 길쭉한 원통에 수저를 여러 개 세로로 꽂아두는 경우도 있었다. 이 방식은 효율적이긴 한데, 두 가지 문제가 있다. (특히 뚜껑이 없는 용기에 담아두었을 때는) 위생 측면에서 나쁘고, 커다란 수저통이 놓여 있으니 테이블이 복잡해진다. 누군지는 모르지만, 어떤 한국인이 어느 날 묘수를 찾았다. 테이블 밑면에 수저통을 숨기는 방법 말이다. 처음에는 숟가락과 젓가락만 테이블 아래에 있었지만, 굳이 그래야 할 이유는 없다. 또 누군가의 아이디어로, 테이블 아래 박스가 커졌고, 거기에는 냅킨이나 병따개 같은 것들이 함께 자리를 잡기 시작했다. 한국인들은 좋은 아이디어를 수용하는 데 적극적이다. 순식간에 이런 방식이 널리 퍼졌고, 지금은 허다한 식당에서 이렇게 생긴 테이블을 사용한다.

가위를 사용하는 것도 효율성을 위해서다. 커다란 삼겹살덩어리를 불에 구운 다음, 우리가 선택할 수 있는 방법들을 생각해보자. 한국인들은 숟가락과 젓가락을 주로 쓰기에, 고기를 자르기 위해 별도의 포크와 나이프를 사용하는 건 별로 좋은 생각이 아니다. 워낙 많은 반찬이 놓여 있기 때문에 그럴 만한 여유 공간도 없다. 적당히 익은 고기를 종업원이 가져가서 주방에서 자른 다음 다시 가져다주는 건 어떤가? 이것도 매우 번거롭다. 처음부터 한입에 먹을 수 있을 정도로 잘게 잘라서 내놓는 건 어떤가? 일부 삼겹살집에서는 이런 방식을 택하기도 하지만, 작은 고기 조각들을 일일이 뒤집어가며 익히려면 귀찮다.

가위를 쓰면 모든 문제가 해결된다. 적당히 익은 큰 고깃덩어리를 가위를 사용해서 자른 다음 조금 더 익혀서 먹으면 간편하다. 고급 식당에서는, 또한 불 위에 놓인 고기가 상당히 비싼 것일 때는, 손님이 아니라 종업원이 (전문가의 솜씨로) 가위질을 해주며, 저렴한 대중식당에서는 손님이 직접 가위질을 하는 것이 보통이다.

가위만 있다고 고기를 자를 수 있는 것은 아니니, 당연히 집게도 사용된다. 가위는 헝겊이나 종이를 자를 때나 쓰는 도구라는 생각에서 벗어나면, 그 용도는 다른 차원으로 확장된다. 한국인들이 하나의 가위로 가죽도 자르고 철사도 자르고 삼겹살도 자르는 것은 물론 아니다. 음식을 자르는 가위로는 음식만 자른다. 심지어 음식을 자르기에 가장 적합하게 가위의 모양도 살짝 변형되어 있다. 끝이 뾰족하지 않고 뭉툭하게 처리되어 있으며, 날이 약간 휘어져 있는 경우가 많다. 그러니 당신이 한국의 고깃집을 방문했을 때, 조금도 주저하지 말고 가위로 고기를 자르는 모험을 즐기면 된다.

효율성을 추구하는 문화가 만들어낸 최고의 작품은 호출벨이다. 전부는 아니지만 상당히 많은 식당에는 테이블 위 어딘가에 (혹은 벽면 어딘가에) 작은 버튼이 설치되어 있다. 고기를 추가로 주문하고 싶을 때, 소주를 더 시키고 싶을 때, 김치 그릇이 비었을 때, 그걸 누르면 종업원이 온다. 손님도 편하고 종업원도 편하다.

식당의 손님은 밥을 먹는 동안 종업원에게 요청할 일이 많다. 그래서 고급 음식점에서는 서빙을 하는 사람들이 수시로 자신이 담당한 테이블의 상황을 체크한다. 그러다가 알아서 물이나 와인을 따라주기도 하고, 포크를 떨어뜨리는 손님이 있으면 즉시 새것을 가져다준다. 빈 접시가 생기면 얼른 치우고, 테이블 위에 떨어진 빵 부스러기가 있으면 그것도 치워준다. 눈만 마주쳐도 다가오고, 요청하지 않아도 수시로 찾아온다. 음식 맛은 괜찮은지, 불편한 것은 없는지, 더 주문할 것은 없는지 반복해서 묻는다. 물론 환하게 웃으면서. 그게 좋은 서비스이기 때문이기도 하고, 그렇게 해야 자신이 받을 수 있는 팁의 액수가 늘어나기 때문이기도 하다. 하지만 이런 훌륭한 서비스는 결코 공짜가 아니다. 팁의 형태로든 비싼 음식 가격의 형태로든, 대가를 지불해야 한다.

하지만 한국의 식당들은 호출 벨을 설치함으로써 인력 운용의 효율을 높인다. 종업원들이 손님들을 자주 쳐다보는 시간을 아껴서 다른 일을 할 수 있다. 손님들은 종업원들과 눈을 맞추기 위해 애쓸 필요가 없고, 필요한 것이 생기면 벨을 누르는 방법으로 종업원을 쉽게 부를 수 있다. 호출 벨이 설치되어 있지 않은 곳이면 어떻게 하느냐고? 앞의 글에서 이미 알려주었다. '여기요'라고 하면 된다.

한국은 팁 문화가 없다(어쩌면 그래서 종업원들이 손님을 계속 주시하지 않는 것인지도 모른다. 닭이 먼저냐 달걀이 먼저냐 하는 문제이긴 하지만). 식당에서도 팁을 줄 필요가 없고, 택시에서도 팁을 줄 필요가 없다. 과거 현금을 사용하던 시절에는 "거스름돈은 가지세요"라고 말하는 것이 흔한 일이기는 했지만, 그 액수는 대체로 적어서 기껏해야 50센트 내외의 소액이었다. 지금은 현금을 거의 사용하지 않으니 이런 소액의 팁도 거의 사라졌다. 호텔 방에서 나올 때 메이드를 위해 1달러를 놓아두는 문화도 없다. 호텔에서 짐을 옮겨준 직원에게 팁을 주는 경우도 별로 없다(물론 줘도 된다). 결혼식이나 장례식에 참석할 때는 반드시 현금을 주고받는 것이 한국인인데, 팁 문화는 생겨나지 않았다. 내 생각엔 그냥 복잡한 것을 싫어하는 성향이 반영된 게 아닐까 싶다.

팁을 주는 행위는 사실 복잡하다. 얼마를 줄지 미리 생각해야 하고, 지갑을 열어 돈을 꺼내야 하고, 너무 적게 줘서 무언의 비난을 받지 않을지, 너무 많이 줘서 쓸데없이 돈을 낭비하지 않을지 고민스럽다. 15퍼센트든 18퍼센트든 비율을 정해놓고 주려 하면 계산이 복잡해져서 또 싫다. 그냥 업주들이 미리 정해놓은 액수를 딱 그대로 지불하는 게 깔끔하다. 받는 입장에서도 기대보다 팁이 적어서 속상할 일도 없고, 팁을 더 받기 위해 손님의 눈치를 살피는 피곤함을 감수하지 않아도 된다.

팁 문화가 없는 한국의 식당에서는 손님과 담당 종업원이 정확하게 지정되어 있지 않으니, 상황에 따라 누구든 필요한 서비스를 제공할 수 있어서 효율이 더 올라간다. 팁의 전부 혹은 대부분을 전적으로 담당 서버가 가져가는 나라의 경우를 생각해보면 쉽다. 그런 나라의 식당에서는 내 옆에 아무리 많은 직원이 오가더라도(심지어 그들이 매우 한가하더라도), 내 담당 서버가 나타나지 않으면 문제 해결이 안 되지 않나. 하지만 한국의 식당에서는 모든 종업원들이 하나의 팀으로 유기적으로 움직인다. 필요한 것을 누구에게 말해도 다 해결이 된다는 뜻이다.

물론 한국인들도 팁 문화가 있는 외국에 나가면 팁을 준다. 로마에 가면 로마법을 따라야 하니까. 하지만 언제나 낯설어한다. 메뉴판에 있는 가격을 보고 대략 환율 계산을 한 다음 거기에 다시 팁을 추가해야 하니, 내가 주문할 음식의 가격이 얼마인지 파악하기가 쉽지 않아서다. 신용카드 영수증에 자신이 지불할 팁의 액수를 직접 적어 넣는 방식도 썩 내키지 않는다. 계산도 복잡할뿐더러, 한국에는 없는 팁을 많게는 20퍼센트까지 지불하게 되면 뭔지 모르게 바가지를 쓰는 기분을 느끼기 때문이다.

아무튼, 당신은 한국 여행중에 단 한 번도 팁을 주지 않아도 된다. 하지만 한국에 팁 문화가 아예 없는 것은 아니다. 특급 호텔 식당을 비롯한 소수의 식당은 10퍼센트 정도의 팁을 반드시 지불하도록 아예 메뉴판에 명기해놓았다.

그 외에는 다음과 같은 경우에 드물게 팁을 주기도 한다(팁 문화가 없는 나라이기 때문에 받는 사람이 매우 고마워한다). 고급 미장원에서 마음에 드는 서비스를 받았을 때, 매우 비싼 고깃집에서 종업원이 예술적으로 고기를 구워줄 때, 고급 스시 레스토랑에서 오너 셰프가 직접 찾아와서 정중히 인사를 건넬 때, 음식이나 서비스가 정말로 감동적이어서 그것을 표현하고 싶을 때, 그리고 데이트나 비즈니스 미팅을 할 때 자신을 좀더 친절하고 너그럽고 부유한 사람으로 포장하고 싶을 때 등등(물론 이런 목적으로 팁을 줄 때 너무 거만한 태도를 보이면 오히려 감점이다).

한국의 일부 식당에는 테이블 위에 두루마리 휴지가 놓여 있기도 하다. 화장실에 놓여 있어야 할 물건이 음식들과 나란히 존재하는 것이 매우 어색하기는 한데, 이것은 과거 한국이 매우 가난하던 시절의 흔적이 아직도 남아 있는 것이다. 몇십 년 전의 한국인들은 화장실에서는 신문지 따위를 쓰고 두루마리 휴지를 거실이나 식탁에 두고 사용하곤 했다. 지금은 가정집이라면 이런 일이 거의 없지만, 원가를 절감하려는 일부 저렴한 식당들은 아직도 냅킨 대신 두루마리 휴지를 비치해놓고 있다(그러니 혹시 발견하더라도 너무 놀라지 마시라).

역시 원가 절감의 차원에서, 한국의 식당에서는 '셀프

서비스' 방식이 제법 많이 남아 있다. 음식은 가져다주지만 물은 손님이 알아서 정수기를 이용해야 하는 경우는 꽤 흔하고, 김치와 같은 반찬들은 뷔페 방식으로 알아서 가져다 먹게 하는 식당도 많다. 식사를 마친 후에 커피나 아이스크림 등을 알아서 챙겨 먹도록 하는 경우도 제법 있다. 다른 손님들의 행동을 잘 관찰하여, 당신도 눈치껏 가져다 먹으면 된다.

당신이 스스로 해야 하는 일들 중에 가장 중요한 것은 숟가락과 젓가락 세팅이다. 서양 음식을 파는 식당에서는 포크와 나이프 등의 도구가 가지런히 놓여 있는 것이 일반적이다. 한국 음식을 파는 고급 식당에도 숟가락과 젓가락이 미리 세팅되어 있다. 하지만 그 외 대부분의 음식점들, 그러니까 테이블 아래 숨어 있는 박스 안에 숟가락과 젓가락이 비치되어 있는 경우라면, 그것을 꺼내어 정리하는 것은 당신의 몫이다. 그냥 꺼내놓기만 하면 될까? 아니다. 99퍼센트 이상의 한국인들은 냅킨을 한 장 뽑아서 테이블에 놓은 다음 그 위에 수저를 놓는다. 한식당에서는 손님이 바뀔 때마다 테이블보 혹은 테이블 매트를 바꾸는 경우가 드물고, 주로 행주로 닦는 것이 전부다(알코올 스프레이 등을 함께 사용하는 집도 많다). 뭔지 모르게 테이블이 깨끗하게 느껴지지 않기 때문에, 냅킨을 일회용 테이블 매트처럼 사용하는 것이다. 당신도 그렇게 하면 된다.

그런데 재미있는 것은 여러 사람이 식당에 갔을 때 최연소자가 모든 사람의 수저 세팅을 도맡아 하는 경우가 흔하다는 사실이다. 반드시 그래야 하는 것은 아니지만, 많은 한국인이 이를 자연스럽게 받아들인다. 연장자를 공경하는 유교적 전통이 현대에 남긴 문화라 할 수 있다(하지만 연장자는 이를 너무 당연한 것으로 여기면 안 된다. 그러면 '꼰대' 소리를 듣는다. 본인이 스스로 하려는 척이라도 하든지, 신경써줘서 고맙다는 표시는 해야 한다). 고깃집에서 고기를 굽고 자르는 것도 주로는 막내의 몫이다(물론 자신이 굽는 것을 좋아하는 꼰대도 있다. 그럴 때는 "부장님, 정말 고기를 잘 구우시네요"라고 옆에서 한마디 해줘야 한다).

자, 당신도 한국에서는 한국식 식당 문화를 모두 체험해보자. 테이블에 앉자마자, 주문을 하기도 전에, 테이블 아래에 숨어 있는 냅킨과 숟가락과 젓가락을 꺼내어 예쁘게 놓아보자. 그리고 가위로 음식을 자르는 경험도 해보자. 소주 한 병을 추가 주문하기 위해 호출 벨도 눌러보자(정말 순식간에 사람이 나타난다). 식당을 나올 때 팁은 안 줘도 된다. 팁을 주고 싶을 만큼 만족스러운 식사였다면, 팁 대신, 앞에서 배운 한국어를 써먹으면 된다. "대박! 여기 맛집이네!"

13.

한국인의 못 말리는 국수와 국물 사랑

2022년 6월, 한국의 신문들에 다음과 같은 내용의 기사가 실렸다. "한국인의 1인당 라면 소비량이 세계 2위로 나타났다. 세계라면협회(World Instant Noodles Association, WINA)의 2021년 자료에 따르면, 한국인은 연간 1인당 73개의 라면을 먹는다. 1위는 87개의 베트남이고, 3위는 55개의 네팔이다. 한국은 관련 통계가 시작된 2013년 이후 줄곧 1위였으나, 이번에 2위로 내려앉았다."

재미있는 것은 이 기사에 달린 댓글들이다. '이상하게 열받네' '오늘부터 반 개씩 더 먹겠다' '분하다' '분발해야겠다' '오늘 점심은 라면이다' 등등. 한국인들에게 라면이 얼마나 중요한 음식인지 잘 보여주는 사례다. 한국인들은,

라면에 관해서라면, 누구나 할말이 아주 많다. 한국인은 라면에 진심이다.

라면은 중국에서 출발했지만 일본에서 변형되며 큰 인기를 끌었다. 주로 전문 식당에서 만들어 팔던 라면은 1958년에 처음으로 인스턴트로 나오면서 집에서도 간편하게 끓여 먹을 수 있는 음식이 되었다. 1960년대에는 한국의 한 회사가 일본의 기술을 들여왔고, 저렴하게 한끼를 해결할 수 있는 방법으로 엄청난 인기를 끌었다. 이후 한국의 인스턴트 라면은 맛과 다양성 측면에서 지속적으로 발전했다. 한국인의 입맛에 맞게끔 변화를 거듭한 결과, 한국의 인스턴트 라면은 일본의 그것보다 훨씬 덜 느끼하고 대체로 더 매운 쪽으로 진화했다(자 이제부터 일본의 것은 '라멘'으로, 한국의 것은 '라면'으로 표기한다. 실제로 한국인들은 일본의 것은 라멘이라 부르고, 한국의 것은 라면이라 부른다).

한국은 인스턴트 라면의 천국이다. 단종된 것을 제외하고 현재 시중에 팔리고 있는 것만 해도 5백 종류가 넘는다. 면의 굵기도 다양하고, 수프의 맛은 더욱 다양하고, 국물의 양도 천차만별이고, 중국이나 동남아 요리의 풍미가 더해진 것들도 있다. 4분 내외의 시간 동안 끓여 먹는 것이 표준이지만, 뜨거운 물만 부어서 3분 정도 기다리면 바로 먹을 수 있는 컵라면의 종류도 부지기수다. 전혀 맵지 않은 것부터 어마어마하게 매운 것까지 매운 정도도 제각각이다.

한국 라면은 해외로도 많이 수출되고 있다. 2021년에는 7억 달러 가까이 수출됐고, 2023년에는 9억 달러를 넘었다. 몰라서 그렇지 한번 먹어보면 은근히 중독성이 있기 때문이기도 할 것이고, 한국 콘텐츠가 세계적 인기를 끌면서 한국 음식에 대한 관심이 점차 높아지기 때문이기도 할 것이다. 라면은 여러 가지로 변형도 가능한데, 영화 〈기생충〉에 등장한 '짜파구리'처럼, 두 가지 종류의 라면을 섞어서 조리함으로써 독특한 풍미를 만들어내는 경우도 있다.

한국인이 라면을 사랑하는 것은 어쩌면 당연한 결과다. 한국인이 정말 좋아하는 요소들이 전부 포함되어 있기 때문이다. 일단, 한국인은 원래 국수를 좋아한다. 나중에 다시 자세히 설명할 냉면을 포함해서, 수많은 종류의 면요리가 존재한다. 한국인은 '국물'을 너무도 사랑하는 사람들이다. '국물'은 BTS 멤버 진이 키우는 다람쥐의 이름으로도 유명하지만, 원래는 국에 물이 더해진 말로, 찌개나 국과 같이 수분이 많이 포함된 음식에서 건더기를 뺀 물을 가리키는 말이다.

한국인은 식사를 할 때 국물이 전혀 없으면 뭔가 허전함을 느낀다. 서양인들과 달리 식사 도중에 물을 거의 마시지 않는 것도(물론 술은 마실 수 있지만), 대부분의 한국 음식에는 많든 적든 국물이 곁들여지기 때문이다. 또한 서양의 수프에 비해 한국인이 즐기는 국의 염도가 낮은 편이지만(실제로 많은 한국인이 해외여행중에 먹게 되는 서양식 수프가 짜다고 느낀다), 전체 소금 섭취량이 오히려 많은 것도 워낙 국물을 많이 마시기 때문이다(한국인의 소금 섭취량은 WHO 권장량의 두 배 이상으로, 세계 최고 수준이다).

'국물이 맛있는 국수'라는 사실에 더해, 라면이 가진 최고의 장점은 값이 싸고 조리 시간이 매우 짧다는 데 있다. '빨리빨리'라는 말을 입에 달고 사는 성격 급한 한국인들에게 매우 잘 어울리며, 가난한 사람들도 라면 덕분에 굶지 않을 수 있었다. 또한 라면은 봉지에 들어 있는 면과 수프만 넣어 끓여도 맛있지만, 기호에 따라 계란, 파, 햄, 치즈, 떡, 만두 등 다양한 재료를 첨가하여 먹을 수 있다. 김치와 매우 환상적인 궁합을 보이기도 한다. 면을 전부 건져 먹은 후 남은 국물에 약간의 밥을 넣어 먹는 것도 많은 한국인이 라면을 즐기는 방법이다.

한국인들은 가끔씩 라면을 끓이지 않고 그냥 먹기도 한다. 면 위에 수프를 살짝 뿌려서 간식이나 술안주로 먹는 것이다. 사실 라면은 공장에서 한번 익힌 다음 말려서 판매하는 것이므로, 그냥 먹어도 된다. 드라마 〈오징어 게임〉에서 배우 이정재와 오영수가 편의점 앞에서 소주를 마실 때 함께 먹던 것이 바로 이것이다.

영어의 "넷플릭스 같이 볼래?(Do you want to Netflix and chill?)"의 한국어 표현에도 라면이 들어간다. 그건 "(우리 집에 가서) 라면 먹고 갈래요?"다. 드라마 〈대장금〉과 영화 〈친절한 금자씨〉 등으로 유명한 배우 이영애가 영화 〈봄날은 간다〉에서 이 말을 한 이후에 유명해졌다(이 말을 들은 사람은 영화 〈올드보이〉에 나오는 배우 유지태다. 그 두 사람은 결국 라면만 먹지는 않았다).

당신이 한국에 머무르는 짧은 기간 동안 맛보아야 할 한국 음식이 너무도 많기에, 굳이 그중 한끼를 라면으로 해결하라고 조언하고 싶지는 않다. 그러니 치킨을 야식으로 먹는 것처럼, 숙소로 돌아가는 길에 편의점에서 컵라면을 하나 사서 야식으로 맛보는 것이 좋겠다. 편의점에 라면 종류가 너무 많아서 고르기 힘들다면, 한국 라면 중에서도 최고의 판매량을 보이는 '신라면'을 선택하면 된다(정말 한국인처럼 먹고 싶으면 가장 작은 사이즈의 미니 김치도 함께 구입하면 좋다). 마음에 들거든, 당신이 모국으로 돌아간 후에 잘 찾아보시라. 꽤 큰 슈퍼마켓이나 아시안 푸드 마켓 같은 곳에 가면 한국 라면이 제법 있을 것이다(신라면은 조금 매운 편이니, 당신이 매운 음식을 못 먹는 편이라면 두번째로 잘 팔리는 '진라면'을 택하면 되겠다).

라면 외에 한국인이 사랑하는 국수 요리나 국물 요리는 정말로 많다. 그중에서도 가장 중요한 것은 '냉면'이다. 냉면은 차가운 육수와 메밀로 만든 국수로 이루어진 음식이다. 전 세계에 정말 다양한 면요리가 있지만, 차갑게 먹는 국수는 흔하지 않으며, 냉면처럼 대중에게 사랑을 받는 경우는 없다고 해도 과언이 아니다(물론 일본에서 소바나 우동을 차갑게 먹는 경우가 흔하기는 하지만, 그 경우는 '국물'이 없다. 동남아에서 볼 수 있는 몇몇 차가운 국수 요리도 마찬가지다).

냉면을 파는 식당은 정말 많다. 냉면만 파는 식당도 없지는 않지만 고기를 비롯한 다른 음식을 함께 파는 경우가 많아서 정확한 숫자는 파악하기 어려운데, 냉면을 비롯한 국수 요리를 파는 식당은 전국에 2만 개가 넘는 것으로 추산된다. 그들 중 상당수는 '공장'에서 만들어서 공급되는 육수를 사용하지만, 장사가 잘되는 유명한 냉면집들은 대부분 각자의 비법으로 육수를 만들고 면을 뽑아낸다. 냉면 육수를 만드는 데는 소고기가 가장 중요한 재료이지만, 일부 식당은 닭고기, 닭뼈, 돼지고기 등을 조금 섞기도 한다. 고기류 외에 다양한 채소나 과일이 부차적인 재료로 활용되기도 하며, 고춧가루를 넣지 않고 무를 주재료로 만든 물김치의 국물이 첨가되기도 한다. 그래서 식당마다 맛이 다 다르고, 냉면을 사랑하는 많은 사람에게 다양한 미식 경험을 제공한다.

사실 냉면이라는 음식은 여러 종류다. 앞에서 길게 설명한 냉면의 정확한 명칭은 '평양냉면'이다. 맞다. 평양은 북한의 수도 이름이다. 그곳에서 처음 탄생했기 때문이다. 평양냉면의 가장 큰 특징은 국물이 '밍밍하다'는 것이다. 한국인들도 처음으로 이 음식을 먹으면 '아무 맛도 느껴지지 않는다'거나 '만들다 만 것 같은 맛'이라고 느낄 정도다. 식당마다 맛이 다르다고 했는데, 특히 어떤 식당들은 그 밍밍함의 정도가 놀라울 정도다. 하지만 자꾸 먹다 보면 이 옅은 국물에 점점 빠져들게 되고, 결국에는 냉면 마니아가 된다. 거의 매주 한두 번씩은 냉면을 먹는 사람도 많고, 전국의 유명 냉면집을 순례하는 것을 취미로 갖고 있는 사람도 많다. '당신은 어느 식당의 평양냉면을 가장 좋아하느냐?'라는 질문은 한국인들 사이에 아이스브레이킹을 위한 유용한 질문으로 활용되며, 서로 다른 취향을 가진 사람들끼리 치열한(?) 논쟁을 벌이기도 한다. 아마도 한 번만 먹어서는 그 맛을 충분히 느끼기 어렵겠지만, 원래 면요리를 좋아한다면 한번쯤 시도해보길 바란다. 특히 유명한 냉면집 목록은 이 책의 뒷부분에 따로 정리해 놓았다.

다른 종류의 냉면들도 있다. 대표적인 것은 비빔냉면이다. 국물 없이 메밀 면 위에 매운 양념을 얹은 것으로, 면과 양념을 골고루 비벼 먹으면 된다. '비빔'은 '비빔밥'에 쓰이는 바로 그 단어로, 섞고 문지른다는 뜻이다. 회냉면이라고, 양념에 버무린 생선회를 추가한 비빔냉면의 변형도 있다. 이런 것들은 당신이 한국을 두번째 방문했을 때 맛보아도 된다.

한국인이 즐겨 먹는 또다른 국수 요리로는 칼국수가 있다. 이 단어는 칼과 국수가 더해진 것인데, 기계로 만든 것이 아니라 사람이 칼로 잘라서 만든 국수라는 의미를 담고 있다(물론 요즘은 기계로 만든 국수가 더 많이 쓰인다). 밀가루를 반죽해서 넓게 편 다음 밀가루를 묻혀가며 적당히 접은 다음 칼로 자르는 방식이라, 면의 굵기가 조금 굵은 편이다. 국물의 재료로는 소고기, 닭고기, 조개류가 가장 흔히 쓰인다.

칼국수와 비슷한 듯하지만 한국인들은 완전히 다른 음식으로 생각하는 수제비라는 것도 있다. 이것은 엄밀히 말하면 국수가 아니다. 두 시간 이상 숙성시킨 밀가루 반죽을 손으로 얇게 펴면서 적당한 크기로 떼어내 끓는 물에 바로 넣고 익히는 음식이다. 라자냐를 손으로 만든다고 생각하면 비슷하겠다(반죽에 달걀을 넣지 않는다는 점에서는 라자냐와 다르다). 매끈매끈한 식감이 독특하며, 국물은 칼국수를 만들 때와 거의 같은 방식으로 만든다. 하지만 칼국수는 면에 묻어 있는 밀가루가 국물에 섞여 들어가기 때문에 수제비에 비해 국물이 걸쭉한 편이다.

콩국수라는 것도 한국인만 먹는 아주 특이한 국수다. 면은 평범하지만, 국물이 특별하다. 콩을 삶아서 소량의 물과 함께 믹서(과거에는 맷돌)에 갈아서 만든 것이기 때문이다. 역시 처음 먹으면 당황스러운 맛이지만, 많은 한국인은 오랜 전통을 가진 이 음식을 별미로 생각한다. 차갑게 먹는 국수라서 특히 여름철에 높은 인기를 누린다.

국물 요리도 매우 많다. (앞에서 설명한 김치찌개나 된장찌개에도 국물이 있지만, 여기서 말하는 국물 요리는 국물의 양이 좀더 많은 것들이다.) 대표적인 것은 곰탕과 설렁탕이다. 둘 다 소고기를 오랫동안 삶아서 우려낸 국물에 밥을 말아 먹는 것인데, 곰탕은 소고기만 사용하고 설렁탕은 소고기, 소의 내장, 소뼈 등 여러 가지를 모두 사용하는 것이 다르다. 그래서 곰탕은 국물이 맑고 설렁탕은 탁하다. 소의 꼬리나 양과 같이 특정한 부위만을 이용해서 끓인 곰탕도 있다.

또다른 대표적인 국물 요리는 해장국이다. 이름부터 '숙취 해소를 위한 국'이라서, 음주 다음날에 먹기 좋은 음식이다. 해장국은 어떤 재료로 끓였느냐에 따라서 매우 다양한 종류가 있는데, 흔히 쓰이는 재료로는 콩나물, 우거지, 선지 등이 있다(그렇다. 한국인은 소의 피도 굳혀서 먹는다. 당황스러울지 모르지만, 꽤 맛있다. 의외로 외국인들도 좋아하는 사람이 많다).

해산물을 넣고 끓여서 먹는 음식도 여러 가지다. 꽃게를 넣고 끓이면 꽃게탕이고, 조개를 넣고 끓이면 조개탕이며, 여러 종류의 해물을 넣고 끓이면 해물탕이다. '해물'은 해산물을 통칭하는 단어다. 복어, 대구, 명태 등 다양한 물고기를 주된 재료로 하는 국물 요리도 별미다. 해산물을 넣고 끓이는 국물 요리에는 비린내를 없애기 위하여 다양한 채소들이 활용되는데, 그중 대표적인 것이 미나리다. 영화 제목에 쓰인 그 단어 맞다. 미나리는 영어로 dropwort, water parsley, water celery 등으로 번역되는데, 한국인 외에는 이 풀을 즐겨 먹는 사람들이 별로 없다.

그 외에도 여러 국물 요리가 있다. 감자탕은 돼지의 척추뼈와 감자와 채소를 넣고 끓인 음식이고, 삼계탕은 닭과 인삼을 넣고 끓인 음식이다. 감자탕은 소주에 정말 잘 어울리는 음식이니 당신이 소주를 사랑하게 되었다면 한번 시도해볼 만하다. 삼계탕은 작은 크기의 닭 한 마리가 통째로 뚝배기라고 불리는 돌솥에 담긴 채로 전달되기 때문에, 처음 보면 놀랄 수도 있다. 하지만 닭이 원래 그렇게 생겼다는 것은 당신도 이미 알고 있는 사실이지 않나(다행히 머리는 없다). 맛은 정말 끝내준다. 한국인들은 이 음식을 1년 내내 먹지만, 특히 지치기 쉬운 한여름에 많이 먹는다. 원기 회복에 도움이 된다고 생각하기 때문이다.

순두부찌개도 빼놓을 수 없다. 보통의 두부보다 훨씬 부드러운 순두부를 주재료로 매콤하게 끓인 찌개다. 한국인들이 가장 사랑하는 찌개를 세 가지 꼽으라면, 김치찌개와 된장찌개에 이어 세번째 순위를 차지할 정도로 대중적인 음식이다. 순두부 외에 어떤 재료가 들어가느냐에 따라 여러 종류가 있는데, 소고기, 돼지고기, 새우, 굴, 조개, 낙지 등이 주로 활용된다. 한국의 다른 찌개들과 구별되는 것은 달걀을 넣어서 먹는다는 점이다. 한국 음식점에서는 주요리가 나오기 전에 여러 가지 반찬들이 먼저 제공된다고 이미 말했는데, 순두부찌개 전문점에서는 그때 날달걀을 하나 가져다준다. 삶은 달걀인 줄 알고 깨뜨리면 안 되고, 그냥 먹어도 안 된다. 뚝배기에 담겨 펄펄 끓고 있는 상태의 찌개가 나오면, 그때 깨뜨려 넣어야 한다. 뜨거운 국물에 달걀이 살짝 익으면서, 원래 맛있는 순두부찌개가 더욱 부드러운 맛으로 업그레이드된다.

육개장도 한국인들이 사랑하는 국물 요리 중의 하나다. 소고기와 여러 채소를 넣고 맵게 끓인 음식인데, 육개장에 반드시 들어가는 채소 중의 하나가 고사리다. 고사리도 오직 한국인만 먹는 채소 중의 하나로, 독성이 있기 때문에 아주 어린 줄기만 골라서 반드시 익혀 먹어야 한다. 한국인은 나물로도 먹고, 비빔밥이나 육개장에 넣기도 한다.

너무 많은 음식을 한꺼번에 소개하여 혼란스러울 것이다. 그러나 이것도 줄이고 줄여서 대표적인 것들만 고른 것이다. 짧은 한국 방문 중에 모두 다 먹어볼 수는 없을 테고, 이들 중 과연 무엇을 맛봐야 할까. 핵심을 말하자면 다음과 같다.

이 글에 등장한 수많은 음식 중에서 최우선적으로 맛보아야 하는 음식은 아무래도 '냉면'이다. 이왕이면 유명한 곳에 가서 제대로 된 냉면을 맛보길 바란다. 그다음으로는 뭘 먹을까? 당신이 비프 콘소메를 좋아한다면 곰탕을 맛보시길. 당신이 포크 스튜를 좋아한다면 감자탕을 맛보시길. 당신이 국수 마니아인데 여름에 한국을 방문했다면 콩국수를 맛보시길. 당신이 어제 소주를 너무 많이 마셨다면, 해장국을 맛보시길. 한 번도 먹어보지 않은 특이한 재료를 경험하고 싶다면, 그중에서도 '선지'가 들어간 해장국을 맛보시길. 당신이 매운 음식을 좋아한다면, 육개장이나 순두부찌개를 맛보시길. 인스타그램에 올리기 좋은 특이한 음식 사진을 원하신다면, 삼계탕을 맛보시길(삼계탕은 한국인이 외국인에게 가장 많이 추천하는 한국 음식이기도 하다). 아, 라면은 언제 먹지?

이미 먹고 싶은 음식이 너무 많아서 뭘 골라야 할지 모르는 상태겠지만, 아직 이 책에 등장하지 않은 멋진 한국 음식들은 더 많다(그중 일부는 뒤에 설명할 것이다). 결정 장애에 빠진 당신에게 충고한다. 한국 체류 기간을 하루만이라도 늘리시라. 그럼 최소 세 가지 음식은 더 맛볼 수 있다.

14.

비빔밥과 길거리 음식들

한국 음식에 대해 조금은 알고 있는 독자라면 의아해할 수도 있겠다. 지금까지 그렇게 많은 음식 이야기를 했는데, 정작 가장 유명한 한식인 불고기, 갈비, 비빔밥이 등장하지 않았기 때문이다. 사실 이들을 먼저 소개하지 않은 것은 이유가 있다. 불고기, 갈비, 비빔밥은 자세한 설명이 필요 없을 정도로 외국인들에게 널리 알려져 있고, 세계 곳곳에 퍼져 있는 한국 식당에 가면 손쉽게 먹을 수 있기 때문이다. 굳이 한국에서 먹을 필요가 없다는 뜻이다(물론 한국에서 먹는 것이 외국의 한국 식당에서 먹는 것보다 맛있지만). 이번 글에서는 그것들을 포함하여, 아직도 남아 있는 한국 음식 이야기들을 마무리해보자.

먼저 불고기. 불고기는 이름 자체가 불에 구운 고기라는 뜻이다. 불에 고기를 굽는 것은 세계 어디에서나 사용하는 방법일 터이니 특별할 것이 없다. 하지만 한국의 불고기는 얇게 썬 고기를 '간장 베이스의 양념'에 재워놓았다가 먹는다는 점이 특징이다. 짠맛과 단맛이 절묘하게 어우러지기 때문에 외국인들이 선호하는 한국 음식 중의 하나다.

원래는 소고기로 만들지만 돼지고기로 만들기도 하는데, 이때는 혼동을 피하기 위해 돼지불고기라고 부르며 양념도 고추장을 베이스로 하는 경우가 보통이다. 대중적인 식당에서 제육볶음이라는 메뉴를 발견할 수 있는데, 이것이 돼지불고기와 매우 비슷하다(제육볶음은 한국인에게는 싼 가격에 한끼를 때우는 데 적당한 평범한 음식이지만, 몇몇 외국인은 의외로 이 음식에 열광하는 경우가 있다. 이걸 자신이 먹어본 한식 중 최고로 꼽는 사람도 있었다).

재미있는 것은 음식 이름 앞에 '불'이라는 말이 붙어 있는 한국 음식이 여러 가지가 있지만, 맵지 않은 것은 불고기 외에는 거의 없다는 사실이다. 불고기의 불은 불에 굽는다는 의미이지만, 다른 음식에서 불은 '입에 불이 날 정도로 맵다'는 뜻이다. 정말 상당히 맵기 때문에 한국인 중에도 이런 음식은 피하는 사람이 적지 않다. 그러니 메뉴판에서 '불'로 시작하는 음식을 발견하고 이것도 불고기와 비슷한 것이려니 하고 주문했다가는 소방차를 불러야 할지도 모른다(한국의 화재 신고 전화번호는 119다). 하지 말라고 하면 더 하고 싶은 것이 인간의 마음이니, 당신이 '불'로 시작하는 음식에 도전하고 싶을 수도 있겠다. 도전하는 것은 말리지 않지만, 그전에 의료비가 보장되는 여행자보험에 꼭 가입하기를 바란다.

갈비는 사람이나 동물의 신체 부위 이름인 동시에 음식의 이름이다. 엄밀히 말하면 갈비는 뼈의 이름이지만, 음식을 말할 때는 갈비뼈 근처의 고기를 뜻하고, 많은 경우에 뼈와 고기가 붙어 있는 모양 그대로 서빙된다. 대부분은 전혀 익히지 않은 고기가 나오고, 삼겹살집에서 그렇게 하듯 테이블 위의 불판에서 구워 먹는다.

그냥 갈비라고만 하면 소갈비를 뜻하는 경우가 많고, 돼지나 양이나 닭 등의 다른 동물의 갈비는 그 앞에 동물 이름을 붙여서 구별한다. 갈비는 크게 생갈비와 양념갈비로 나뉘는데, 상대적으로 더 좋은 품질의 고기는 양념을 하지 않고 그냥 구워 먹는 편이다. 때문에 대부분의 식당에서 생갈비가 조금 더 비싸다. 하지만 외국에 널리 알려진 한국의 갈비는 주로 양념갈비로, 소갈비나 돼지갈비 모두 한국인이 사랑하는 구이 요리이다.

갈비는 안심이나 등심에 비하면 조금 질기지만, 특유의

커팅 방법과 칼집 내기를 통해 먹기에 적당한 식감을 만들어낸다. 또한 양념에 재우는 과정에서 연육 작용이 일어나기 때문에 양념갈비는 조금 더 부드럽다.

한국에서 소갈비는 정말 비싸다(안심과 등심도 물론 비싸다). 비교적 저렴한 식당도 없지 않지만, 고급 식당의 경우는 정말 놀랄 정도로 비싸다(저렴한 식당은 미국이나 호주산 소고기를 쓰고, 비싼 식당은 한국산 소고기를 쓴다). 한 사람이 먹기에 조금 부족한 1인분의 가격이 40~70달러인 경우가 흔하며, 최고급 식당에서는 백 달러 이상의 가격이 책정되기도 한다. 정말 비싸지만, 정말 입에서 살살 녹는다. 이렇게 비싸기 때문에, 삼겹살과 달리 고급 소고기 구이의 경우 종업원이 조심스럽게 구워주는 경우가 많다. 양념갈비는 양념 때문에 쉽게 타버리므로, 대부분은 종업원이 구워준다(전문가가 구워도 고기 일부분이 타는 경우가 흔한데, 이때도 가위가 유용하게 사용된다. 버리는 부분이 최소화되도록, 못 먹게 된 부위만을 화려한 가위 기술로 잘라내는 것이다). 삼겹살과 마찬가지로, 그냥 고기만 먹는 것이 아니라 여러 채소와 다양한 반찬들과 함께 먹으며, 고기를 다 먹은 다음에는 냉면이나 찌개로 마무리하는 것이 일반적이다.

비빔밥은 밥 위에 다양한 음식들을 예쁘게 올린 다음 골고루 비벼 먹는 음식이다. 비빔밥을 만들 수 있는 재료는 무궁무진한데, 가장 기본적인 것이 나물이다. 고기나 달걀이 포함되는 경우도 아주 흔하다. 그 외에도 취향에 따라 다양한 재료가 첨가될 수 있다. 약간의 고추장이나 간장을 넣어서 먹는 경우가 많지만, 넣지 않을 수도 있다. 참기름은 거의 반드시 들어가는 재료다. 즉 비빔밥의 조리법은 하나로 정해져 있는 것이 없다. 그런 면에서는 샌드위치와도 비슷하다고 하겠다.

사실 비빔밥은 '일종의' 패스트푸드라고도 할 수 있다. 상당히 많은 재료가 들어가고 각각의 재료를 따로따로 조리해야 한다는 점을 생각하면 패스트푸드와 정반대 성격을 갖고 있지만, 그 재료 중 다수가 한국인들이 반찬이라고 부르는 것들, 그러니까 한 번에 많이 만든 다음 냉장고에 보관하며 여러 번에 걸쳐 조금씩 먹는 음식들이기 때문이다. 그러니 가령 혼자 사는 사람이 집에서 식사를 준비할 때, 주요리를 만들 만한 재료가 없거나 시간이 없을 때, 피곤하고 귀찮아서 요리를 하고 싶은 마음이 전혀 들지 않을 때, 냉장고에 있는 몇 가지 반찬을 대충 모아서 밥에 올린 다음 참기름과 고추장을 넣고 비벼 먹으면 그게 바로 비빔밥이다. 달걀프라이를 하나 추가하면 더 좋다. 밥은 어디 있느냐고? 한국인의 가정에는 냉동실에 얼려놓은 밥이나 진공포장 상태로 판매되는 즉석 밥이 언제나 있다. 전자레인지에 데우면 끝이다. (집에서 가족들이 함께 밥을 먹는데 메뉴가 비빔밥이라면, 엄마 혹은 식사 담당자의 그날 컨디션이 별로 좋지 않아서일 수도 있다.)

물론 비빔밥은 고급 음식의 성격도 갖고 있다. 정말 좋은 재료들로 정성껏 만들면 매우 훌륭한 주요리가 될 수 있다. 게다가 매우 아름답다. 처음부터 배열까지 고려하여 재료를 선택하고 손질하는 경우가 많아서, 미적 측면에서만 보면 한국 음식 중에 최고라 할 수도 있다. 하지만 아름다운 모양을 망가뜨리지 않고 먹을 방법은 없다. 얼른 스마트폰을 꺼내 사진부터 찍은 다음, 용감하게 모두 섞어서 먹으면 된다.

비빔밥이 집에서 만들어 먹는 '패스트푸드'라면, 식당에서 사 먹는 한국인의 진짜 패스트푸드는 김밥이다. 김은 한국인이 엄청나게 많이 먹는 해조류 중에서도 미역, 다시마와 더불어 가장 중요하다. 김은 바다에 서식하는 해조류의 이름이기도 한데, 음식 이름으로 사용될 때는 그것을 건져서 종이와 같이 얇고 넓게 펴서 말린 것을 말한다. 한국인들이 워낙 김을 좋아하기 때문에, 양식을 통해 대규모로 생산된다. 주로 한반도의 남쪽 해안에서 양식하는데, 김·미역·다시마 양식장은 위성사진에서도 보일 정도로 큰 규모다. 김을 양식하는 나라는 한국·중국·일본 세 나라뿐인데, 한국산 김의 품질이 특히 좋아서 연간 7억 달러 정도를 외국에 수출하고 있기도 하다. (한국인들은 김밥의 재료로 쓰거나 기름을 바르고 소금을 살짝 뿌려서 구운 다음 주로 반찬으로 먹지만, 외국인들은 이를 술안주나 스낵으로 많이 먹는다.)

해조류는 대기에서 탄소를 제거하고 바닷물의 산성도를 낮춰서 환경보호에 매우 큰 도움이 된다고 알려져 있다. 플라스틱과 에너지 소비량에서 세계 최고 수준인 한국인들은 해조류를 많이 먹음으로써 지구에 대한 미안한 감정을 조금이나마 상쇄하고 있는 셈이다(세계에서 가장 낮은 한국의 출산율도 한국에는 나쁜 일이지만 지구에게는 좋은 일이다).

김밥은 김 위에 밥을 얇게 편 다음 여러 가지 재료를 놓고 돌돌 말아서 원기둥 모양을 만든 다음 한입 크기로 썰면 완성된다. 일반적으로 대여섯 가지 정도의 재료를 넣지만, 더 다양한 재료를 쓰기도 한다. 역시 샌드위치처럼 수많은 변형이 가능해서, 한국의 음식점에서 판매하는 김밥의 종류는 수십 가지에 달한다. 밥과 반찬이 합쳐져 있는 형태이고, 젓가락이 없으면 손으로 집어먹을 수도 있어서 매우 편리하다. 자동차나 기차에서도 먹을 수 있고, 사무실에서 일하면서도 먹을 수 있다.

김밥은 사 먹을 때는 매우 편리하지만 집에서 직접 만들려고 하면 상당히 많은 시간이 걸린다(엄청난 슬로푸드다).

그래서 한국인들은 자녀들이 학교에서 소풍을 갈 때, 아니면 온 가족이 멀리 여행을 떠날 때와 같이 특별한 날에만 집에서 김밥을 만든다. 김밥은 한 줄에 3~4달러 정도면 먹을 수 있다. 여러 사람이 조금씩 나눠 먹기도 편리한 음식이니, 혹시 김밥을 판매하는 식당을 방문하게 되거든 여러 종류를 시켜서 모두 맛보기를 권한다.

김밥은 마키 혹은 노리마키라고 부르는 일본의 음식과 비슷하지만 차이가 좀 있다. 마키는 밥 외에 한 가지 혹은 두세 가지 재료만 들어가서 크기가 작지만 김밥은 훨씬 여러 종류가 들어가고 크기도 좀 크다. 마키에는 참치나 연어를 비롯한 다양한 생선이 주로 들어가지만, 김밥에는 생선이 들어가는 경우가 많지 않다(참치김밥이라는 게 있기는 한데, 일본은 생참치를 사용하지만 한국에서는 익혀서 통조림에 담아 판매하는 참치를 사용한다). 그럼 어느 쪽이 원조일까? 두 나라 모두 오래전부터 김을 먹었던 나라라서 우연히 비슷한 음식이 생겨났다는 설도 있고, 일본의 마키가 한국에 소개된 이후에 변형되었다는 설도 있다. 하지만 일본의 마키가 아주 오래전에 한국에서 전파된 것이라는 설도 있다. 어쨌든 지금은 김밥과 노리마키가 상당히 다른 음식이다(캘리포니아롤은 노리마키가 미국식으로 변형된 것이다).

한국은 채식주의자가 살기 힘든 나라다. 엄격한 비건은

더 힘들다. 식당에서 파는 음식들 중에 고기가 전혀 들어가지 않는 음식이 드물기 때문이다. 눈으로 보기에는 고기가 없어도 국물을 내는 재료로 고기가 사용된 경우도 매우 많다. 김밥과 비빔밥은 채식주의자들이 선택할 수 있는 좋은 옵션이 된다. 여러 가지 김밥 중에는 고기가 들어가지 않은 김밥이 꽤 있다(고기는 없어도 달걀은 대부분 들어간다). 또한 비빔밥 중에도 고기가 없는 것들이 꽤 있으며, 비빔밥을 주문할 때 '고기를 빼달라'고 말하면 그렇게 해준다. 따라서 채식주의자들이 꼭 알아야 할 한국어로는 '고기 빼주세요'가 있겠다.

길거리 음식의 종류도 엄청나게 많다. 가장 대표적인 것은 떡볶이다. 떡은 곡식의 가루를 찌거나 삶아서 모양을 빚어 먹는 음식으로, 간식이나 디저트로 먹기도 하고 주요리의 재료로도 사용된다. 떡의 종류는 굉장히 많은데, 그중에서 가장 단순한 가래떡으로 만드는 것이 떡볶이다. 고추장과 설탕 등을 이용한 양념에 볶는 것이라 외국인이 먹기엔 매운 편이지만, 특별히 매운 맛으로 유명한 가게가 아닌 이상 못 먹을 정도는 아니다. 떡 외에 어묵이나 채소, 삶은 달걀 등이 곁들여지는 경우가 많다(라면을 넣기도 한다. 수프는 빼고).

순대라는 음식도 있다. 이건 아이스크림이 아니고 한국

식 소시지다. 돼지의 창자에 채소와 당면 등을 돼지 피와 함께 넣어서 만든다. 수증기에 쪄서 그냥 먹는 것이 가장 흔하며, 볶음이나 국의 형태로 먹기도 한다.

호떡은 녹인 설탕과 잘게 부순 견과류가 속에 들어 있는 팬케이크라고 할 수 있는데, 특히 겨울철에 한국인들이 정말로 사랑하는 간식이다. 역시 겨울철에 인기 있는 간식 중에는 붕어빵이라는 것도 있다. 생선이 들어가는 것이 아니라 생선 모양의 틀에 구워내기 때문에 이런 이름이 붙었다. 밀가루 속에 들어 있는 것은 주로 팥을 설탕과 함께 으깬 것이다.

당신이 여름철에 한국을 방문하여 무더위에 직면한다면, 꼭 먹어보아야 할 간식은 팥빙수다. 물 혹은 우유를 얼린 다음 곱게 갈고, 그 위에 설탕을 넣어 끓인 팥을 올린 간식이다. 빙수는 얼음물이라는 뜻인데, 팥 대신 과일이나 다른 재료를 이용한 빙수들도 있지만, 그래도 최고의 인기를 누리는 것은 역시 팥빙수다. 팥은 대부분의 나라에서 흔히 먹는 곡식이 아니지만, 한국인들은 매우 다양한 방식으로 즐겨 먹는다. 얼음 위에 팥만 올리면 당연히 맛이 없겠지만, 팥빙수에 올라가는 팥은 엄청나게 많은 설탕과 함께 오랫동안 졸인 것이라 달콤한 맛이 일품이다.

아직 끝이 아니다. 호두과자는 밀가루 반죽에 호두와 팥을 넣어 호두 모양의 틀에서 구워내는 일종의 쿠키 혹은 빵이다. 과거에는 고속도로 휴게소에서 주로 팔리는 간식이었지만, 지금은 전국 곳곳에서 쉽게 먹을 수 있다. 식은 것보다는 갓 구운 호두과자가 훨씬 맛있지만, 한 번에 크게 베어 물면 화상을 입을 수 있으니 조심해야 한다. 호두과자, 붕어빵, 호떡 등은 모두 서양식 빵 문화가 없던 한국에서 생겨난 간식들로, 한국식 빵이라고 해도 크게 틀리지 않는다.

당신이 한국에서 맛보면 좋은 음식 중의 하나는 회다. 소고기를 날것으로 먹기도 하지만, 날것으로 먹는 가장 대표적인 음식은 생선회다. 앞에서 한국의 간장과 일본의 간장이 다르다고 했다. 두 나라 모두 간장 문화가 매우 발달하여, 만드는 방법과 숙성 기간에 따라 상당히 많은 종류의 간장이 있다. 하지만 근본적인 차이는 콩만을 이용해서 만드는 한국의 간장과 달리, 일본의 간장은 콩 외에 밀이나 보리를 함께 사용하여 만든다는 데 있다. 또한 한국의 간장은 메주를 이용하지만 일본의 간장은 메주 대신 특유의 곰팡이균을 넣어준다는 점도 다르다. 한국은 간장을 만들고 나서 남는 것이 곧 된장이 되지만, 일본은 간장 제조 후에 남는 것은 그냥 버린다. (한국 간장은 기계를 쓰지 않아도 되기에 가정에서도 만들 수 있지만, 일본 간장은 압축 과정이 필요해서 특별한 설비를 갖춘 공장에서 만드는 점도 다르긴 하다. 압축을 하기 때문에 남는 것이 별로 없는 것이다.) 하지만 일본에도 '미소'라고 불리는 된장이 있다. 이건 기본 재료인 콩에다 쌀, 보리, 밀가루 등을 적당히 섞어서 별도로 만든다.

비슷해 보이지만 한국과 일본의 간장이나 된장이 제법 다른 것처럼, 생선을 날로 먹는 방법 역시 한국과 일본이 비슷하면서도 다르다. 일본의 사시미와 한국의 생선회의 가장 큰 차이는 숙성 여부다. 한국의 회는 살아 있는 생선을 잡아 회를 뜬 후 '즉시' 먹는 것이고, 일본의 사시미는 하루나 이틀 정도 숙성시킨 다음 먹는 것이다. 이런 차이로 인해 한국의 회는 훨씬 쫄깃쫄깃한 식감을 보이고, 일본의 사시미는 부드럽고 풍부한 맛이 느껴진다. 일본의 사시미는 간장과 고추냉이 외에는 아무것도 첨가하지 않고 먹는 것이 일반적이지만, 한국의 회는 간장(이건 일본 간장이다)과 고추냉이 외에 초고추장, 쌈장 등 여러 가지 양념에 찍어 먹고, 깻잎이나 상추 등의 채소와 함께 먹는 경우가 더 많다(한국의 회는 소주와 어울리고 일본의 사시미는 사케와 어울린다).

앞에서 한국인이 사랑하는 다양한 면요리를 소개했지만, 사실 하나 빼놓은 것이 있다. 그것은 한국의 중국 식당에서 판매하는 짜장면이다. 짜장면은 잘게 자른 돼지고기와 양파를 비롯한 여러 채소에 중국의 첨면장과 비슷한 춘장이라는 소스를 넣고 센 불에 볶은 다음 삶은 국수에 비벼 먹는 음식이다. 짜장면은 중식당에서 팔지만, 사실 한국인의 솔 푸드 중의 하나다. 김치찌개나 된장찌개나 라면을 이길 수는 없겠지만, 최소한 10등 안에는 들어가는 음식이다. 음식 배달의 원조가 중식당이라 짜장면은 이삿날 배달시켜 먹는 음식으로도 유명하고, 지금보다 훨씬 가난했던 시절에는 서민들의 대표적인 외식 메뉴이기도 했다. 영화 〈올드보이〉에서 주인공이 15년간 군만두가 아니라 짜장면만 먹었다면, 역시 조금은 긴장감이 덜했을 것이다(갇혀 있는 주인공의 상황에는 물론 '만두'가 더 어울린다).

짜장면은 1905년에 인천 차이나타운의 한 중국 식당에서 처음 만들어서 팔기 시작한 것으로 알려져 있다. 중국 음식이라기보다는 한국에서 개발된 중국풍 음식이라는 뜻이다. 실제로 비슷한 것은 있어도 짜장면과 완전히 똑같은 음식은 중국에 아예 없다.

짜장면만 그런 것이 아니다. 한국에 있는 대부분의 중국 식당은 전통적인 중국 음식을 파는 것이 아니라 한국인의 입맛에 맞게 변형된 음식들을 판매한다. 물론 중국 현지의 음식을 거의 똑같이 만들어내는 식당도 없지 않지만, 한국에 있는 2만 개가 넘는 중국 식당 대부분은 한국식 중국 식당이다. 당신이 만약 평소 중국 음식을 즐긴다면, 그리고 한국 영화나 드라마에 흔히 등장하는 시커먼 국수가 어떤 맛인지 궁금하다면, 한 번쯤은 중국 식당을 방문해도 좋겠다. 아무래도 한국 체류 기간을 하루 더 늘려야 하지 싶다.

15.

서울,
잠들지 않는
도시

한국에서는 카페에서 노트북이나 휴대폰을 테이블에 두고 자리를 비워도 아무 문제가 없다는 이야기를 앞에서 했다(어떤 사람은 이를 두고 'K-양심'이라고 하고, 다른 어떤 사람은 'K-CCTV'라고 말한다). 양심 때문이든 CCTV 때문이든, 한국의 치안 수준은 매우 높다. 낮이든 밤이든.

인생은 짧고, 여행자의 시간은 특히 빠르게 흐른다. 당신의 여행 스타일이 수면 시간을 최소한으로 하면서 최대한 많은 경험을 하는 걸 좋아하는 쪽이라면, 서울은 당신에게 최적의 관광지다. 24시간 불이 꺼지지 않는 도시이기 때문이다.

일단 밤새도록 문을 여는 식당과 상점이 정말 많다(24시간 편의점들은 당연히 24시간 열려 있다. 극소수의 예외는 있지만). 24시간까지는 아니더라도, 자정 혹은 새벽 한두 시까지 문을 여는 식당이나 술집은 더 많다. 당신의 숙소가 아주 특별한 지역에 위치한 것이 아니라면, 적어도 서울에서는 걸어갈 수 있는 거리에 반드시 한밤중에도 영업하는 음식점이 있다(그러니 다이어트 생각일랑 잠시 미뤄두고, 한국에서는 하루에 네 끼를 먹자).

재미있는 것은 '24시간 영업'이라는 표시를 걸어놓았지만 실제로는 24시간 문을 열지 않는 식당도 가끔 있다는 사실이다. '24시간 영업'을 '맛집' 혹은 '장사 잘되는 집'의 상징으로 생각하는 식당 주인들이 있기 때문이다. 인기가 없고 손님도 없는 식당이 그렇게 오랫동안 문을 열어놓지는 않을 테니, '24시간 영업'이라는 문구가 어느 정도는 품질을 보증하는 것도 사실이긴 하다. 하지만 어떤 가게에는 '24시간 영업'이라는 커다란 글자 아래 작은 글씨로 이렇게 적혀 있다. 브레이크 타임 02:00~07:00(웃기려고 일부러 그러는 것일까?).

코로나19 팬데믹 이후에 영업시간이 단축되긴 했지만, 서울에는 24시간 운영되는 시장도 있다. 대표적인 곳이 남대문시장이다. 남대문시장은 서울에서 가장 오래되고 큰 전통 시장이다. 6백 년 넘는 장구한 역사를 자랑하며, 무려

만 개 이상의 작은 가게가 밀집되어 있다. 상인과 쇼핑객과 관광객 들을 상대하는 음식점도 많다. 숭례문이라고도 불리는 남대문은 조선왕조 당시 도심으로 들어가는 가장 중요한 문이었고, 한국의 국보 1호로 지정되어 있다. 남대문시장에서는 정말 온갖 것들을 판매하는데, 낮에는 소매 위주로 밤에는 도매 위주로 영업이 이뤄지기 때문에 24시간 많은 사람이 오간다(물론 모든 가게가 24시간 문을 여는 것은 아니다). 하지만 솔직히 당신이 이곳에서 살 만한 물건은 많지 않을 것이다. 당신이 지갑을 열어야 할 더 중요한 장소는 동대문시장이다.

동대문시장은 그 규모가 어마어마하다. 1905년에 한국 최초의 근대식 시장으로 출발한 이곳은 서울 시민들도 어디서부터 어디까지가 정확히 동대문시장인지 말할 수 없을 정도다. 각기 이름이 다른 여러 개의 시장이 밀집해 있기 때문이다. 평화시장, 광장시장, 방산시장, 중부시장 등이 모두 1·4호선 동대문역과 2·4·5호선 동대문역사문화공원역 인근에 모여 있다. 영국의 건축가 자하 하디드가 설계한 동대문디자인플라자도 인근에 있다.

동대문시장은 특히 의류 분야에 특화된 시장으로, 세상에 존재하는 거의 모든 의류가 놀라울 정도로 싼 가격에 팔리고 있다. 어떤 스타일이든 어떤 사이즈든, 다 있다. 이 넓은 시장 중에 도대체 어디를 가야 할지 모르겠다면, 일단 두타몰 혹은 밀리오레를 가면 된다. 코로나19 팬데믹 이전에는 새벽까지 영업을 했지만, 팬데믹 기간 동안에는 자정 혹은 새벽 2시까지만 문을 열기도 했다. 지금은 대부분의 시장이 예전처럼 새벽까지 문을 열지만, 정기휴일은 있다.

서울에는 한밤중에 갈 수 있는 공원이나 언덕도 많다. 서울 시내를 동서로 지나는 한강의 남쪽과 북쪽 강변 모두에는 공원이 조성되어 있다. 날씨가 좋다면 강변에 있는 공원으로 가서 서울의 야경을 바라보며 맥주를 마셔도 좋겠다(한국에서는 공공장소에서 음주가 가능하다고 이미 말했다). 공원 곳곳에 위치한 24시간 편의점에서 다양한 주류와 간단한 스낵과 컵라면 등을 구입할 수 있다. 한강시민공원 중에서 특히 인기가 많은 곳은 여의도, 이촌, 반포 지구 등이다. 여의도나 이촌 지구에서 보이는 원효대교는 봉준호 감독의 영화 〈괴물〉의 주요 촬영지다. 여의도에서는 유람선을 탈 수도 있는데, 주간보다는 야간에 타는 것이 훨씬 아름답다(저녁 식사가 포함된 옵션도 있다). 이촌 지구에서는 강 건너편에 보이는 야경이 아름답고, 반포 지구에서는 분수가 설치되어 있는 반포대교와 플로팅 아일랜드인 세빛둥둥섬이 근사하다.

하지만 야간에 산책을 하기에 가장 특별한 장소는 낙산

공원이다. 이곳은 옛 서울에 존재했던 성곽의 일부를 따라 조성된 공원이다. 언덕 위에 있지만 걸어 올라가기에 그리 높지는 않다. 지하철 4호선 혜화역에서 10분을 걸어가면 되고, 동대문시장에서 30분 정도 성벽을 따라 걸어갈 수도 있다. 수백 년 전에 건설된 성곽에서 서울 도심의 마천루들을 바라보면, 서울의 과거와 현재를 동시에 느낄 수 있다. 낮에 방문해도 근사하지만 야간에 방문하면 더욱 운치가 있다. 그야말로 인스타그래머블한 장소다.

젊은이가 많이 모이는 힙한 동네는 서울 곳곳에 여러 곳이 있다. 그런 지역에 있는 레스토랑과 카페와 바 들은 대부분 밤늦게까지 영업을 한다. 인사동이나 이태원과 같이 가이드북에 나오는 오랜 명소는 물론이고, 비교적 근래에 떠오른 동네인 경리단길, 한남동, 성수동, 상수동, 익선동, 신용산역 뒷골목, 경복궁 양쪽에 있는 북촌과 서촌 등에는 분위기 좋은 가게들이 즐비하다. 숙소와 가까운 곳을 한두 곳 골라서 방문해봄직하다. 대부분은 좁은 골목이 많아서 길을 잃기 십상이지만, 걱정할 필요는 없다. 당신에게는 스마트폰이 있고, (아주 운이 나쁘지만 않으면) 잠시 길을 잃는다 해도 머지않아 지하철역이 나타나기 마련이다.

당연히 금요일과 토요일 밤에 가장 사람이 많지만, 다른 날에도 서울 시내 곳곳에서는 자정이 넘도록 적지 않은 사람이 먹고 마시고 논다. '한국인들은 잠이 없나?' 이런 의문을 가질지도 모르니, 사실을 알려준다. 실제로 한국인들은 잠을 적게 잔다. 통계에 따라 다르지만 한국인의 평균 수면 시간은 일곱 시간 내외로 매우 짧은 편이다. 공부 부담이 큰 청소년들은 더 짧다. 한국인은 다른 나라 사람들에 비해 대략 매일 30분씩은 잠을 덜 자는 셈이다(어쩐지 피곤하더라).

그것 말고도, 야간에 서울 거리를 돌아다니다보면 생길 수 있는 의문이 하나 더 있다. '저 많은 붉은 십자가는 뭐지?'라는 것이다. 정말 많다. 한국인들은 익숙해서 이상하다는 생각을 하지 않지만, 외국인이 처음 보면 당황스러울 정도로 많다. 공동묘지가 동네마다 있는 것일까? 아니면 한국인은 온 국민이 적십자 회원인가? 이런 생각을 할지도 모르겠다.

당황하지 마시라. 그건 모두 교회다. 가톨릭 성당은 그렇지 않은데, 개신교 교회들은 흔히 붉은색 십자가 네온사인을 건물 꼭대기에 매단다. 그것도 최대한 크게, 최대한 높게. 다른 나라 교회들은 이러지 않는데, 한국의 교회들은 왜 이러는 걸까?

한국의 기독교는 그리 오랜 역사를 갖고 있지 않다. 천주교는 18세기 후반, 개신교는 19세기 후반이 되어서야 들어왔다. 개신교는 주로 미국을 통해 들어왔는데, 당시 개신교를 전파한 종파들은 대체로 교회 건물과 같은 외형보다는 신앙심 자체를 중시하는 계열이었다. 나중에는 엄청나게 많은 신도를 거느린 초대형 교회도 많이 생겨났지만, 초창기 교회들은 주로 일반 용도의 건물 혹은 건물의 일부를 사용했다(지금도 전국 곳곳에는 상가 건물의 한두 개 층을 사용하는 작은 교회가 많다). 여기가 교회라는 사실을 드러낼 만한 상징이 별로 없었던 것이다.

평범한 교회 건물에 십자가 네온사인을 다는 유행이 퍼지기 시작한 것은 1960년대의 일이다. 붉은색이 선택된 이유는 여러 가지 네온사인 중에서 붉은색이 가장 저렴했기 때문이라는 설이 있는데, 확인된 바는 없다. 이후 개신교도가 크게 늘어나고 교회도 엄청나게 늘어나면서 많은 교회가 서로 경쟁하는 관계가 되었고, 점점 더 크고 눈에 잘 띄는 상징을 내세우기 시작한 것으로 보인다. 현재 한국에는 약 천만 명이 개신교를, 약 4백만 명이 천주교를 믿는 것으로 추산된다(불교를 믿는 사람은 약 8백만 명이며, 전 국민의 절반 이상은 종교가 없다).

붉은 십자가가 점점 많아지고 커지고 밝아지자, 10여 년 전부터는 빛 공해에 관한 논란도 생겨났다. 도시의 야경을 해칠뿐더러 숙면에도 방해가 되니 규제가 필요하다는 목소리가 나온 것이다(어떤 곳에서는 한눈에 10개 이상의 붉은 십자가가 눈에 들어오기도 한다). 이후 광고 등 야간 조명을 규제하는 법률이 제정되었지만, 지금도 교회의 십자가는 규제 대상에서 제외되어 있다(개신교를 믿는 사람들의 표를 의식한 결과이리라). 작은 교회가 많다보니 한국에는 최소한 5만 개 이상의 교회가 있는 것으로 추산된다(치킨집보다는 적지만, 스타벅스나 맥도날드보다는 훨씬 많다). 그러니 수만 개의 붉은 십자가가 한국의 밤하늘을 밝히고 있는 셈이다. 아무튼, 붉은 십자가는 공동묘지가 아니라 교회일 뿐이니, 너무 놀라지 마시라.

야간에 방문하면 좋은 또다른 장소로는 대형 마트가 있다. 전 세계 어느 나라를 가든 현지의 시장을 둘러보는 일은 즐거울 테지만, 한국에서는 전통시장 못지않게 즐거운 곳이 대형마트다. 이마트, 롯데마트, 홈플러스 등의 3대 체인이 있는데, 아무 곳이나 가도 된다. 다른 나라의 슈퍼마켓보다 훨씬 크고 훨씬 다양한 제품이 판매되고 있다. 까르푸나 월마트하고도 분위기가 완전 다르다(까르푸와 월마트 모두 한국 시장에 진출했지만 실패하고 철수했다. 두 기업의 실패는 수없이 많은 경영학 책에서 '현지화 실패 사례'로 다뤄지고 있다. 해외의 거대 유통기업 중 한국에서 살아남은 것은 코스트코가 유일하다).

한국의 대형 마트에는 정말 다양한 종류의 공산품이 있고, 과일, 채소, 육류, 생선 등의 신선식품도 있으며, 의류, 완구, 침구, 가전제품 등을 파는 곳도 많다. 대형 마트에서 팔지 않는 품목을 나열하는 것이 오히려 빠를 정도다(여기에 없는 아이템들을 잘 모아서 판매하는 유통업체는 따로 있다). 앞에서 수없이 등장한 다양한 한국 음식들의 재료는 물론이고 집에 가서 데우기만 하면 되는 즉석식품도 상상을 초월할 정도로 많다.

한 달에 이틀 정도를 빼면 매일 문을 열고(정부가 전통시장을 보호하는 차원으로 휴업을 강제하고 있다) 밤 11시 전후까지 영업하는 것이 일반적이니, 그냥 구경 차원으로라도 잠시 들어가볼 만하다(하지만 아마도 빈손으로 나오지는 못할 거다). 당신이 구매하기 적당한 아이템들로는 라면, 김(김밥에 도전할 것이라면 그냥 김을, 스낵으로 먹기를 원한다면 기름을 바르고 소금을 뿌려 살짝 구운 김을 사야 한다), 스틱형 커피(인스턴트커피와 설탕과 크림이 모두 섞여 있어서 뜨거운 물만 부으면 한국 스타일의 달달한 커피가 된다), 최근 한국에서 큰 인기를 끌고 있는 바프 아몬드(H는 묵음이다. 엄청 종류가 많은데, 베스트셀러는 허니버터 아몬드다), 쌈장 등이 있다. 한국에서는 엄청나게 많이 팔리지는 않지만 의외로 수출이 많이 되는 배 음료도 맛볼 수 있겠다. 한국어 상품 이름은 '갈아만든 배'인데, '배'라는 한글을 흘려서 쓰면 영어의 IdH와 비슷하게 보이기 때문에 외국인들은 IdH 드링크라고 부른다. 숙취 해소에 효과가 있어서 주당들이 특히 좋아한다고 한다. 원래는 한국의 음료 회사가 개발하여 판매하던 음료인데, 지금은 코카콜라가 판권을 갖고 있으며, 최근에는 숙취 해소 기능을 더욱 강화한 제품을 출시하면서 아예 이름을 '아이디에이치(I.d.H)'로 붙여서 화제가 됐다. 대형 마트는 전국에 4백 개 넘게 있으니 조금만 검색하면 쉽게 찾을 수 있다.

뷰티 제품이나 그루밍에 관심이 있는 사람이라면, 대형 마트보다 우선하여 찾아갈 곳이 있다. 전국에 무려 1,200개나 매장이 있는 '올리브영'이라는 가게다. 올리브영은 건강 및 뷰티 관련 제품을 파는 한국형 드러그스토어다. 백화점에서 팔기엔 가격이 싸고 대형 마트에서 팔기엔 부피가 작고 소량 구매에 적합한, 온갖 물건들이 다 있다. 국내외 다양한 브랜드의 화장품들이 있고, 건강 · 미용 · 그루밍 등과 관련된 소품이 매우 많다. 남자들을 위한 제품도 꽤 있다. 프랑스의 세포라가 화장품에 집중한다면, 올리브영은 화장품 비중이 상대적으로 적은 대신 건강 및 위생과 관련된 다양한 제품들을 구비해놓았다. 일본의 마츠모트 키요시와도 비교되는데, 마츠모토 키요시는 약국에서 출발한 가게라 아무래도 의약품의 비중이 높은 반면, 올리브영에는 의약품이 거의 없다. 올리브영에는 식품도 꽤 있으며, 무엇에 쓰는 물건인지 알아차리기 힘든 아이디어 상품도 많다. 하다못해 마스크팩이라도 구매할 수밖에 없을 거다.

외국인들도 많이 찾아서, 일부 점원은 영어나 일본어, 중국어를 구사할 수 있다(계산할 때 '멤버십 카드'가 있느냐는 질문을 받을 텐데, 관광객인 당신은 이런 게 있을 리가 없다. 구매금액의 겨우 1퍼센트 정도를 적립해주는 것이니 너무 아까워하지 말고, 특가 상품을 노리면 되겠다). 올리브영도 밤 10시나 11시까지 영업하는 것이 일반적이다.

쇼핑과 관련해서 몇 가지 할 이야기가 더 있다. 한국에서 유난히 비싼 아이템과 반대로 유난히 저렴한 아이템들이 따로 있기 때문이다. 한국, 특히 서울은 물가가 비싼 편이지만, 그중에서도 과일의 가격은 상상을 초월할 정도로 비싸다. 날씨가 좋은 유럽 국가들과 비교하면 3~4배 비싼 것은 보통이고, 어떤 것은 열 배쯤 비쌀 수도 있다. 대형 마트에서 과일들의 가격을 보아도 놀라겠지만, 고급 백화점에 가면 거기에서 다시 두 배쯤 비싸지는 경우가 흔하다. 고급 백화점을 기준으로 하면 딸기 한 알(주의, 한 팩 아님)에 2달러, 사과나 배 한 개에 5~7달러, 멜론 한 개에 20~25달러, 복숭아 한 개에 4~5달러, 뭐 이 정도가 기본이다. 수입 과

일도 결코 싸지 않아서, 블루베리나 체리와 같이 한국에서 많이 생산되지 않는 과일들도 미국이나 유럽에 비해 몇 배는 확실히 비싸다. 한국인이 가격에 큰 부담을 느끼지 않고 먹을 수 있는 과일은 바나나가 거의 유일하지 싶다. (하지만 한국에서 생산되는 과일들이 비싼 만큼 엄청나게 달고 맛있는 것도 사실이다. 대부분의 한국인은 외국에 나가면 과일이 맛이 없다고 느낀다.)

반대로 엄청나게 싼 아이템 중에 대표적인 것은 굴이다. 유럽이나 미국에서는 레스토랑 가격으로 굴 한 개에 4~5달러가 기본이고, 품종에 따라 더 비싼 것도 있다. 시장에서도 굴은 개수를 세서 판매하는 것이 일반적이다. 하지만 한국에서는 굴을 개수로 판매하지 않고 무게를 달아서 판매한다. 마트에서는 껍질을 제거한 굴 20마리쯤을 담아서 5달러 내외에 판매한다. 물론 한국의 굴이 크기가 좀 작긴 하지만, 굴이 비싼 나라의 10분의 1이 채 안 되는 가격이라 할 수 있다. 한국의 해산물 식당에서는 굴 한 접시(주의, 한 개 아님)에 15불 내외에 판매하고, 좀더 고급 식당에서는 굴을 한 사람에 두어 개 씩은 공짜로 준다(일종의 반찬으로 취급된다).

한국에서 굴이 이렇게 저렴한 것은 남해안을 비롯한 여러 지역에서 대규모로 양식을 하기 때문이다. 한국인들은 싱싱한 굴은 당연히 날로 먹고, 조금 선도가 떨어지는 굴은 밀가루와 계란옷을 입힌 다음 굽거나 튀겨서 먹고, 그래도 미처 다 못 먹은 굴은 얼려놓았다가 국이나 찌개에 넣어서 먹는다. 평소 비싼 가격 때문에 굴을 마음껏 먹지 못한 사람이라면, 한국에서 최대한 많이 먹고 가기를 바란다. 참, 한국인들은 굴에 레몬을 뿌려 먹기도 하지만, 대부분은 초고추장에 찍어 먹는 것을 좋아한다.

굴 이외에 한국에서 유난히 싸게 구입할 수 있는 제품은 무엇이 있을까? 아무리 생각해봐도, 안타깝지만 굴 말고는 없는 듯하다. 굳이 찾자면 '제품'이 아니라 '서비스' 중에는 있다. 미용실에 가서 머리를 자르거나 펌을 하는 비용은 미국이나 유럽에 비해 확실히 싸다. 남성 커트는 10~20달러, 여성 커트도 20~30달러 수준이고, 염색이나 펌 역시 40~80달러 정도면 가능하다(더 비싼 곳이 없지는 않지만, 대체로 그렇다. 위의 가격보다 다섯 배 이상 비싼 특별한 미용실들도 서울 강남에 있기는 한데, 일부러 찾아가려 해도 어려울 것이니 걱정할 필요 없다). 한국의 미용실은 가격만 저렴한 것이 아니다. 매우 친절하고, 매우 빠르며, 엄청 스타일리시하게 만들어준다. 한번 방문해볼텨?

마지막으로 좋은 소식과 나쁜 소식이 하나씩 있다. 먼저 좋은 소식. 앞에서 말했듯이 한국은 택시 요금이 매우 싼 편이다. 그러니 지하철과 버스가 운행을 멈추는 자정 무렵을 훌쩍 넘겨서 놀아도, 택시 요금 걱정 없이 숙소로 편안하게 돌아갈 수 있다. 이번엔 나쁜 소식. 원래는 그렇지 않았는데 최근에는 여러 가지 이유로 인해 특히 밤 10시부터 1시 사이에는 택시 잡기가 매우 어렵다. 그러니 두 가지 선택지가 있다. 적당히 즐기다가 지하철을 이용하거나, 아니면 왕창 늦게까지 놀거나(새벽 5시까지 놀다가 지하철 첫차를 타는 세번째 방법도 있긴 하다).

16.
한국 여행 전에 보면 좋은 영화와 드라마들

한국 영화나 드라마를 보다보면 교도소 출소 장면이 흔히 나온다. 재소자 신분에서 막 해방된 사람은 건달일 수도 있고 정치인일 수도 있고 평범한 주부일 수도 있다. 공금을 횡령한 회사원일 수도 있고 마약사범일 수도 있고 살인범일 수도 있다. 그들이 복역한 기간은 짧게는 한두 달부터 길게는 수십 년에 이른다. 간혹 마중 나온 사람이 아무도 없을 때도 있지만, 대부분은 누군가가 기다리고 있다. 교도소 앞에서 기다리고 있던 지인들은 애틋한 포옹, 담백한 악수, 혹은 깍듯한 90도 인사를 건넨 다음, 반드시 이것을 건넨다. 일회용 접시 혹은 비닐봉투에 담긴 하얀 직육면체. 그것을 건네받은 사람은 크게 한입 베어 문다. 두부다.

감옥살이를 하고 나온 사람에게 두부를 먹이는 문화가 언제부터 생겨났는지는 모른다. 왜 이런 문화가 생겼는지도 확실하지 않지만, 여러 가지 설이 있기는 하다. 하얀 두부처럼 앞으로는 깨끗하게 살라는 뜻을 담고 있다는 해석이 있는가 하면, 교도소에 있는 동안 부족했던 영양 보충을 위해 단백질이 풍부한 두부를 먹인다는 해석도 있고, 출소하자마자 과식을 하기 쉬우니 포만감이 있고 소화가 잘되는 두부를 먼저 먹게 한다는 해석도 있다. 하지만 내가 가장 좋아하고 가장 그럴듯하다고 생각하는 다분히 문학적인 해석은 이렇다. 두부는 콩으로 만든다. 콩으로 두부를 만들 수는 있지만, 두부를 다시 콩으로 만들 수는 없다. 즉, 두부를 먹이는 행위는 '죄를 짓는 과거의 삶'으로 다시는 되돌아가지 말라는 뜻을 담고 있다는 것이다.

이런 해석이 억지처럼 들릴 수 있다. 스테이크를 다시 소로 만들 수 없고, 치즈를 다시 우유로 만들 수 없고, 포도주를 다시 포도로 만들 수 없고, 김치를 다시 배추로 만들 수는 없으니 말이다. 그럼 뭐든 먹어도 되는데 왜 하필 두부를? 하지만 스토리가 더 있다. 콩은 한국에서 수감 생활을 상징하는 곡식이다. '콩밥을 먹는다'라는 말은 감옥살이를 의미하는 관용적인 표현이다(한국 영화에서 "너, 콩밥 먹고 싶냐?"라는 대사를 발견한다면, 그건 메뉴를 고르라는 뜻이 아니라 감옥에 갈 만한 행동을 하지 말라는 뜻이다). 실제로 한국의 감옥에서는 '콩밥'을 준다(내가 아직 들어가보지 않아서 확신할 수는 없는데, 모든 끼니는 아니더라도 꽤 자주 주는 것은 사실인 듯하다). 재소자에게도 어느 정도 균형 잡힌 식사를 제공해야 하는데, 가장 낮은 비용으로 공급할 수 있는 가장 양질의 단백질원이 콩이기 때문이다. 즉 한국에서 콩은 감옥을 상징하고 두부는 감옥 밖의 세상을 상징한다.

한국 영화에서 매우 흔히 볼 수 있는 또다른 특이한 장면은 직장인들이 퇴근 후에 단체로 식당이나 술집에 모여서 먹고 마시고 떠드는 장면이다. 이건 '회식'이라고 부르는, 실제로 한국 사회에서 매우 흔한 문화다. 영어로 옮기자면 company dinner, 혹은 team dinner 정도가 될 텐데, 이렇게 번역해서는 한국의 회식을 정확히 표현할 수가 없다.

외국에서는 직장 동료들끼리 가볍게 맥주 한두 잔 혹은 피자 한두 쪽 먹고 각자 계산한 다음 헤어지는 것이 일반적이다. 하지만 한국의 회식은 어느 정도의 '강제성'이 존재한다는 점, 술을 (반강제로) 상당히 많이 마신다는 점, 한 장소에서 끝나지 않고 여러 음식점과 술집 등으로 옮겨가며 밤늦게까지 이어진다는 점, 대부분의 비용이 회사 자금으로 지불된다는 점, 그래서 이건 단순한 친목 모임이 아니라 '업무의 연장'으로 받아들여진다는 점 등이 독특하다.

물론 이런 걸 모두가 좋아하지는 않고, 과도한 회식으로 인한 여러 가지 문제도 있다. 그래서 지금은 과거에 비해 많이 달라지긴 했다. 하지만 여전히 회식에 불참하는 사람은 (그 회식이 퇴근 두 시간에 전에 갑자기 결정됐다 하더라도) 회사 혹은 팀장에 대한 충성심이 부족한 사람, 사회생활의 기술이 부족한 사람 취급을 받을 수 있다. 술을 싫어하거나 잘 못 마시는 사람이 직장 상사의 강권으로 억지로 술을 마셔야 하는 일도 여전히 벌어진다.

여러 사람이 모여서 크게 취한 상태로 어울리다보니 성추행이나 성희롱과 같은 불미스러운 사건이 발생하기도 하고, 너무 심하게 취한 사람이 계단에서 넘어지거나 해서 부상을 당하는 경우도 종종 생긴다(업무의 연장으로 받아들여지기 때문에, 이런 경우에도 산재보험에서 보상을 해주는 경우가 많다. 업무의 연장이 아니라 차라리 그냥 업무로 인정하여 근무시간 중에 하든지). 회식을 주도하는 사람(가장 직급이 높은 사람이자 자신의 법인카드로 돈을 내는 사람)이 필요 이상으로 말을 많이 하고, 툭하면 술잔을 높이 들고 뭔가 교훈적인 이야기(물론 본인 생각에 그렇다는 의미일 뿐, 듣는 사람 입장에서는 개소리)를 하면서 모두가 동시에 술잔을 비워야 한다고 주장한다. 그래서 모든 참석자들은 최대한 회식의 주도자와 멀리 떨어져 앉기 위해 애쓴다.

회식이 밤늦게까지 계속될 경우 흔히 등장하는 장소는 '노래방'이다. '비어 있는 오케스트라'라는 뜻의 가라오케는 일본에서 시작된 문화로 세계 곳곳에 퍼져 있지만, 노래방이라고 불리는 한국의 가라오케는 조금 독특하다. 대부분의 나라에서 가라오케는 넓은 홀에 무대가 있고, 사람들이 돌아가며 무대에 올라가 노래를 부르는 장소다. 서로 모르는 사람들이 섞여 있기 때문에, 너무 소리를 지르거나 과도한 퍼포먼스를 보이는 것은 실례다. 이 장소는 '노래를 부를 수 있는 술집'에 가까우므로, 노래를 부르겠다는 사람이 없을 때는 평범한 술집과 비슷한 모습으로 바뀔 수 있다.

하지만 한국의 노래방은 노래를 부르는 것이 주된 목적인 장소다. 술을 마실 수 있는 노래방도 있지만, 대개의 노래방에서는 술을 전혀 팔지 않고 공간만 빌려준다. 주로 4~5명이 들어가면 적당한 크기지만, 어떤 방은 열 명 이상이 들어가도 넉넉할 정도로 넓고, 혼자 노래 부르고 싶은 사람을 위한 아주 작은 방도 있다. 아는 사람들끼리만 모여 있으니, 다른 손님들 눈치보지 않고 최대한(?) 즐겁게 논다. 회식중인 회사원들이라면 (이미 많이 취해서, 혹은 팀장을 비롯한 선배들을 즐겁게 해주기 위해서) 넥타이를 풀어 머리에 두르기도 하고, K팝 스타들의 안무를 그대로 흉내내기도 하며, 노래방에 비치된 탬버린을 신들린 솜씨로 흔들기도 한다. 그러니 한국 영화나 드라마에 나오는 노래방 장면은 전혀 과장이 아니다.

노래방은 남녀노소 모두가 즐기는 장소다. 술을 전혀 마시지 않은 상태에서도 간다. 기쁠 때도 가고 슬플 때도 간다. 대낮에도 간다. 청소년도 간다. 가족들끼리도 간다. 심지어 진짜 가수도 간다(노래를 다 부르면 기계가 매긴 점수가 공개되는데, 전문 가수가 자신의 노래를 부른다고 해서 백 점이 나온다는 보장이 없다. 변별력이 별로 없다는 이야기다). 한국인은 노래를 부르고 춤을 추면서 스트레스를 푼다. 한국인은 스스로 '음주가무에 능한 민족'임을 자랑스러워한다(중국의 고대 문헌에 나오는 표현인데, 한국에 대한 중국의 서술 중에서 한국인이 거의 유일하게 좋아하는 표현이다).

한국 영화에 가끔 나오는 공간 중에 '찜질방'이라는 곳도 외국인들이 신기해하는 곳이다. 찜질방을 설명하려면 한국 가옥의 전통적인 난방 방식부터 이야기해야 한다. 한국은 '온돌'이라는 고유의 난방 방식을 수천 년 전부터 발전시켜 왔다. 아궁이라고 부르는 공간에 나무 등을 이용해 불을 때면 그 열기가 거실이나 방의 아래에 마련된 공간을 타고 흐르면서 바닥을 데운 다음 굴뚝으로 연기가 빠져나가는 방식이다(아주 간단해 보일지 모르지만 온돌은 매우 다양한 유형이 있고, 수많은 과학적 원리가 숨어 있다. 현대 건축가들도 감탄

한다고 들었다). 불을 피웠는데 바닥만 데우면 아까우니, 아궁이의 열기는 당연히 취사에도 사용되었다(여름에는 방을 데울 필요가 없으니, 바닥과 연결되지 않은 아궁이도 따로 있다). 바닥이 갈라지거나 깨지면 연기가 올라와서 일산화탄소 중독을 일으킬 수 있다는 단점이 있지만, 열효율이 매우 높고 실내 공기가 탁해지지 않는 훌륭한 난방법이다.

온돌은 한국인의 좌식 문화와 밀접한 관련이 있다. 벽난로가 없고 바닥이 따뜻한 공간에서 추운 겨울날 잠을 잔다고 생각해보라. 당신 같으면 바닥에서 1미터쯤 떠 있는 침대에서 자겠는가, 바닥에 이불을 펴고 자겠는가. 밥을 먹을 때나 휴식을 취할 때도 마찬가지다. 한국인은 (적어도 겨울에는) 최대한 바닥에 붙어 있어야 유리하다. 그러니 의자나 침대 문화가 발달하는 대신 방석을 깔고 바닥에 앉아서 생활하는 문화가 생긴 것이다. 밥상도 놓아야 하고 이불도 깔아야 하는 공간이니, 당연히 신발은 밖에 벗어두고 들어가게 된 것도 설명이 된다.

물론 현대의 한국인은 아궁이에서 밥을 짓지 않고, 난방을 위해 나무를 때지도 않는다. 하지만 온돌 문화는 고스란히 남아서, 한국에 있는 거의 모든 주택은 바닥을 데우는 것을 기본적인 난방법으로 채택하고 있다.

찜질방은 기본적으로 아주 커다란 온돌방이라 할 수 있

다. 쾌적한 온도의 가장 넓은 공간은 쉬거나 수다를 떨거나 간식을 먹는 공간이다. 그 외에도 다양한 공간들이 배치되어 있는데, 실내 온도가 섭씨 70도 내외의 아주 뜨거운 공간도 있고, 이글루와 같이 아주 차가운 공간도 있다. 벽면의 재료로는 나무, 흙, 소금, 돌 등이 다양하게 활용된다. 땀을 많이 흘리는 곳이니 손님들은 모두 업소에서 제공하는 가벼운 옷을 입고 휴식을 취한다. 샤워나 목욕을 할 수 있는 공간 외에는 남녀 구분이 없다. 찜질방에서 가장 인기 있는 간식은 '식혜'라고 불리는, 쌀로 만든 한국의 전통 음료와 '구운 계란'이다.

찜질방은 휴식의 공간이기도 하지만, 24시간 문을 열기 때문에 밤에는 '저렴한 숙박업소'의 역할도 한다. 가난한 여행자나 막차를 놓친 직장인들은 이곳에서 하룻밤을 보내기도 한다. 비용도 매우 저렴해서, 낮에는 시간 제한 없이 5~10달러, 밤에는 그보다 몇 달러 높은 정도가 대부분이다.

재미있는 것은 한국인들은 찜질방에만 가면 수건을 접은 뒤 모자처럼 만들어 머리에 쓴다는 사실이다. 누가 처음으로 수건을 이렇게 활용했는지는 알 수 없지만, 〈내 이름은 김삼순〉이라는 2005년 드라마 때문에 유행하기 시작한 것은 확실하다. 이 로맨틱 코미디는 한국에서 가장 히트한 드라마들 중의 하나다. 한국인들은 '양머리'라고 부르는

데, 만드는 방법은 유튜브에 'jjimjilbang head towel'이라고 검색하면 많이 있다. K팝 팬이라면, 블랙핑크 멤버들이 찜질방에서 양머리 수건을 머리에 쓰고 즐겁게 노는 영상을 찾아봐도 좋을 것이다(이 영상은 조회수가 2,500만을 넘겼다). 혹시 찜질방을 방문하게 되면, 양머리 수건을 머리에 쓰고 식혜와 구운 계란을 먹으며 셀카를 찍지 않을 수는 없을 것이다. 한국에 오면 한국 스타일로!

한국 영화나 드라마를 보는 외국인들이 가장 이해하기 힘든 장면 중의 하나는 거의 모든 학생들이 다니는 '학원'이다. 한국의 학생들은 학교만 다니는 것이 아니라 학원도 다닌다. 학교가 파하면 거의 대부분의 학생들은 학원에 간다. 한 곳만 가면 다행이고, 하루에 두 곳 이상의 학원을 가는 경우도 흔하다. 학교와 학원 두세 곳을 거치고 나면 대개는 밤 9~10시가 된다.

학원은 '뭔가를 배우는 장소'라는 의미로 폭넓게 쓰이는 단어다. 배움의 대상은 외국어, 악기, 스포츠, 요리, 컴퓨터, 미술, 노래, 댄스, 자동차 운전 등 매우 다양하다. 어린이부터 노인들까지, 학원에서 뭔가를 배우는 사람들의 연령대도 다양하다. 대학생들도 많이 다니는데, 이들은 주로 토플이나 토익과 같은 영어 시험 점수를 올리기 위해서, 혹은 취업 준비를 하기 위해서 다닌다(대부분의 학원들은 영어 표기에서 academy, school, institute 등의 단어를 쓰고 있다. 외국인의 눈에는 온 나라가 무슨 연구소처럼 보일지 모르지만, 이들 대부분이 학원이다. 한국에 있는 진짜 연구소들은 관광객들의 눈에 잘 띄지 않는 곳에 있다).

한국에서 가장 중요한 학원은 입시학원이다. 청소년들은 대부분 입시를 위해 학원에 다닌다. 한국은 교육열이 매우 높고, 학벌이 매우 중요한 나라다. 학교 수업만으로는 경쟁에서 이기기 힘들다고 느끼는 학생과 학부모들이 어쩔 수 없이 (남들도 다 다니니까) 학원을 선택한다. 분명히 학교는 아닌 것 같은 장소, 즉 평범한 상가 건물 같은 곳에서 학생들이 우르르 나오는 장면이 한국 영화에 나온다면, 그건 백 퍼센트 학원이다. (학교 교사보다 학원 선생님이 더 잘 가르친다고들 한다. 학교는 딱 정해진 커리큘럼이 있고 모든 학생들의 수준을 고려해야 하지만, 학원은 입시에 중요한 내용에 집중하며 수업의 난도를 자유롭게 조절할 수 있기 때문이기도 하다. 소위 '잘나가는' 학원 선생님들은 학교 교사보다 훨씬 돈도 많이 번다.)

이처럼 많은 사람이 학원을 다니니 사교육 시장 규모도 엄청나서, 한국인들은 매년 2백억 달러를 학원에 쓴다(이는 교육부 예산의 30퍼센트 수준이다). 한 조사에 의하면, 한국의 초등학생, 중학생, 고등학생 들은 평균적으로 매월 약 3백 달러를 사교육에 쓰고 있다. 사정이 이렇다보니 학부모도 힘들고 학생들도 힘들다. 한국에서 부모와 자녀 사이의 가장 큰 갈등 요인은 공부와 학원이다. 한국 청소년의 자살률과 우울증 유병률이 높은 것도 이런 문화와 관련이 높을 것이다.

당신은 이제 한국에 대해서 이전보다 훨씬 많이 알게 됐다. 과거에도 한국 영화나 드라마를 재미있게 보았겠지만, 앞으로는 더 재미있게 볼 수 있을 것이다. 당신이 한국 여행 전에 미리 보면 좋을 영화와 드라마 열 편의 목록을 만들어보았다(열 편만 고르느라 힘들었다). 물론 지극히 주관적인 것이고, 당신이 이미 본 것들도 있을 것이다. 아직 안 본 작품은 꼭 보고, 이미 본 작품은 다시 보라. 분명히 처음 봤을 때와는 다른 것들이 보일 것이다. 1인치의 장벽만 넘으면 된다.

- 기생충(Parasite): 봉준호 감독의 2019년 영화. 말이 필요 없는 유명한 작품. 이 책에도 이미 여러 번 등장했다. 그 유명한 '짜파구리'는 원래 두 가지 라면을 따로 구매한 다음 한꺼번에 조리하는 것이지만, 영화가 히트한 이후 같은 이름의 컵라면이 출시되어 편의점에서 판매하고 있다. 집에서 만드는 것과 완전히 똑같지는 않지만, 궁금

하면 한번 먹어보길.

• 오징어 게임(Squid Game): 황동혁 감독의 2021년 넷플릭스 드라마. 9부작. 3화에 등장하는 '뽑기(혹은 달고나)'라는 게임은 실제로 한국 어린이들이 즐겨 하는 놀이라서, 초등학교 주변을 잘 찾으면 발견할 수도 있다. 6화에 등장하는 '깐부'라는 단어는 '같은 편'을 뜻하는 용어인데, 같은 이름의 치킨집 체인도 있다.

• 올드보이(Oldboy): 박찬욱 감독의 2003년 영화. 산낙지는 한국에서 흔히 먹을 수 있는 음식이지만 영화에서와 같이 먹으면 안 된다. 주인공이 15년간 먹었던 군만두는 한국의 수많은 중국 식당에서 판매한다. 짜장면을 맛보기로 결심했다면, 군만두도 먹어보면 좋겠다.

• 살인의 추억(Memories of Murder): 봉준호 감독의 2003년 영화. 실화를 바탕으로 만들었으며, 1980년대의 한국 사회를 잘 그려냈다. 연쇄살인범을 쫓는 형사 이야기지만 봉준호 감독 특유의 유머감각이 곳곳에서 빛난다. 사건의 범인은 2019년에야 밝혀졌다.

• 1987(1987: When the Day Comes): 장준환 감독의 2017년 영화. 한국 현대사에서 가장 중요한 연도라 할 수 있는 1987년의 민주화 투쟁을 영상으로 옮겼다. 당연히 대부분의 내용이 실화다. 한국인 대부분이 너무도 잘 아는 내용이지만 흥행에도 성공했다. 당신이 한국의 현대사를 잘 모르더라도, 흡인력 있는 이야기를 충분히 즐길 수 있을 것이다.

• 극한 직업(Extreme Job): 이병헌 감독(배우 이병헌과 동명이인)의 2019년 영화. 역대 한국 영화 중에서 두번째로 많은 관객을 동원한 영화다. 한국의 인구가 5천만 명인데, 이 영화를 극장에서 본 사람만 1,626만 명이다. 거의 모든 한국인이 다 봤다고 할 수 있다. 경찰 마약반이 잠복 수사를 위해 치킨집을 위장 창업하는 설정이다. 영화를 보면 한국식 치킨이 더욱 먹고 싶어질 것이다.

• 나의 아저씨(My Mister): 김원석 감독의 2018년 드라마. 16부작. 최고의 K팝 가수이자 배우인 아이유(배우로 활동할 때는 이지은)와 〈기생충〉의 배우 이선균 주연의 휴먼 드라마. 많은 한국인이 인생 드라마로 꼽는 명작. 제각기 상처를 가진 여러 사람이 서로의 관계 속에서 치유를 경

험하는 놀라운 이야기. 당신도 결국 눈물을 흘릴 것이다.

• 나의 해방일지(My Liberation Notes): 김석윤 감독의 2022년 드라마. 16부작. 〈나의 아저씨〉와 〈나의 해방일지〉의 대본은 모두 박해영이 썼다. 현재 한국의 20~30대들의 피곤한 삶을 가장 현실적으로 보여준다는 평가를 받았다. 초반에는 스토리 전개가 느린 편이지만, 계속 보다보면 빠져든다. 출퇴근, 직장생활, 회식 등 한국인의 일상이 매우 사실적으로 묘사된다.

• 도깨비(Guardian: The Lonely and Great God): 이응복 감독의 2016~2017년 드라마. 16부작. 한국에서 가장 유명한 드라마 작가 중 한 사람인 김은숙의 작품. 9백 년 넘게 살고 있는 불멸의 도깨비와 죽은 사람의 영혼을 볼 수 있는 능력을 가진 여고생이 주인공. 리얼리티라고는 전혀 없는 드라마이지만, 작가의 세계관을 기꺼이 받아들인 한국인들이 열렬히 사랑한 작품이다.

• 헤어질 결심(Decision to Leave): 박찬욱 감독의 2022년 영화. 칸영화제에서 감독상을 받았다. 〈살인의 추억〉에서 살인 용의자였던 배우 박해일이 이 영화에서는 변사

사건을 추적하는 형사 역할을 맡았다. 중국 배우 탕웨이의 출연도 화제가 됐다. 박찬욱 영화 중에서는 가장 '순한 맛'으로 꼽힌다.

17.
K팝 명소를 찾아서

지난 2012년, 싸이의 〈강남스타일〉이 세계적인 히트를 쳤을 때, 한국인들은 무슨 생각을 했을까? '우리 싸이, 드디어 외국인들도 가치를 알아보는구나' '우리 싸이, 언젠가는 저렇게 성공할 줄 알았다' '역시, 멋진 노래는 누구에게나 근사하게 들리는구나' 이런 생각을 했을까? 아니다. 보통의 한국인들은 이렇게 생각했다. '왜?' '도대체 왜?' '가사도 못 알아들을 텐데?' '한국 남자가 다 저렇게 생긴 줄 알면 어떡하지?' 등등.

싸이는 〈강남스타일〉 이전에도 한국에서는 많은 이에게 사랑을 받는 톱스타였다. 그는 데뷔곡을 발표하자마자 스타가 됐고, 〈강남스타일〉 이전에도 10년 이상 활동하며 여러 노래를 히트시켰다. 독특한 창법에 가려졌지만 가창력도 좋고, 겸손한 몸매에 가려졌지만 춤도 잘 추고, 가수로 유명하지만 수많은 노래를 만든 작곡가이자 프로듀서이기도 하다. 심지어 유머감각도 탁월하다(그리 유창하지 않은 영어로도 그 정도 웃기지 않나. 한국어로는 훨씬 잘 웃긴다).

하지만 그의 노래가 전 세계에 울려퍼질 줄은 아무도 몰랐다. 전 세계 수십억 명이 그의 춤을 따라 추게 될 줄은 아무도 몰랐다(본인도 몰랐을 거다). 싸이가 어느 날 갑자기 글로벌 셀럽이 되었을 때, 한국인들은 솔직히 좀 당황했다(본인도 그랬을 거다).

물론 싸이보다 앞서서 외국인들을 사로잡은 한국의 가수나 배우들은 제법 있었다. 한국의 영화, 드라마, TV 쇼 들이 외국에서도 큰 인기를 끌고 있다는 사실도 잘 알려져 있었다. '한류'라는 용어는 1990년대 중반 무렵에 이미 생겼다. 하지만 싸이 이전엔 누구도 그렇게까지 커다란 성공을 거두지는 못했다. 한류는, 한국과 그래도 외모와 정서가 비슷한 동양권에서나 통용되는 말로 취급됐다. 때문에 싸이가 터뜨린 '대박'을 처음엔 한국인들이 잘 믿지 못했다. 오죽하면 만나는 외국인들 모두에게 '두 유 노우 싸이?'라고 물어보며 확인하고자 했을까.

그로부터 몇 년이 흐르는 동안 싸이의 '국제적' 인기는 조금씩 사그라들었고 (물론 그는 한국에서는 여전히 톱스타다), 〈강남스타일〉은 '극히 예외적인' 사례로 여겨졌다. 적어도 BTS 이전까지는 그랬다. 싸이의 사례를 경험했음에도, BTS의 놀라운 성공은 다시 한국인들에게 약간의 당혹감을 안겼다. BTS 팬들은 인정하지 않을지 모르지만, BTS가 해외에서 큰 인기를 끌기 시작할 무렵 BTS의 한국 내 위상은 〈강남스타일〉 직전 싸이의 한국 내 위상보다 높지 않았기 때문이고, BTS 바람은 싸이 때보다 훨씬 더 강하게 훨씬 더 오랫동안 지속됐기 때문이다. 아무튼 한국인들은 BTS의 세계적 성공 이후에 확신을 갖게 됐다. 싸이의 경우가 극히 예외적인 게 아니었구나. 이게 진짜 되는구나. K팝이 전 세계 사람들에게 먹히는구나. 같은 시기에 한국의 영화와 드라마들이 큰 인기를 끌면서 K콘텐츠에 대한 확신은 더욱 굳어졌다(나도 그런 확신 속에서 이 책을 쓰고 있다).

비틀스의 팬이라면 리버풀을 방문해보고 싶을 것이다. 엘비스 프레슬리의 팬이라면 멤피스를 방문해보고 싶을 것이다. 아바의 팬이라면 스톡홀름을, 모차르트의 팬이라면 잘츠부르크를, 가우디의 팬이라면 바르셀로나를, 뭉크의 팬이라면 오슬로를, 셰익스피어의 팬이라면 스트랫퍼드 어폰 에이번을 가고 싶을 것이다(피카소의 팬이라면 가고 싶은 곳이 너무 많아서 문제일 것이다). 당신이 K팝 팬이라면 당연히 한국 방문을 꿈꿀 것이고, 그중에서도 당신이 좋아하는 스타의 숨결을 조금이라도 더 느끼고 싶을 것이다. 그래서 준비했다. K팝을 사랑하는 당신이 방문하면 기뻐할 만한 장소들을 소개한다.

본격적인 소개에 앞서 먼저 양해를 좀 구하고 싶다. 한국에는 앞에서 나열한 도시들에 존재하는 것과 같은, 거의 모든 방문객을 매혹시킬 어마어마한 핫 스폿은 없다. K팝이 세계적인 관심을 끌기 시작한 지 오래되지 않았기 때문일 것이다. BTS 뮤지엄, 블랙핑크 제니의 생가, 싸이 아트홀, 트와이스 빌리지, 뭐 이런 건 없다는 말이다.

그래도 한국에 거주하는 K팝 팬들은 특별히 아쉽지 않다. 티켓을 구하는 것이 엄청나게 어렵기는 하지만 끊임없이 노력하다보면 콘서트 현장에 가볼 수 있다. 티케팅에 실패하더라도 다음에 다시 도전할 수 있다는 희망이 있다. 좋아하는 가수의 스케줄을 미리 체크할 정성과 밤새도록 줄을 설 수 있는 체력이 있다면 음악 프로그램이 제작되는 방송국 내부의 극장에 입장할 수도 있다. 같은 가수를 좋아하는 팬들끼리 힘을 모아서 지하철역이나 신문 등에 광고를 게재할 수도 있다. 자신이 사랑하는 스타에게 선물을 보낼 수도 있다. 한정판으로 출시되는 '굿즈'를 구입하는 것도 가능하다(물론 어떤 한정판은 돈이 있어도 살 수가 없긴 하지만,

외국인보다야 가능성이 높다).

당신이 '성지순례'를 하는 마음으로 찾아가야 할 단 하나의 명소는 없지만, 외국인 관광객이 가볼 만한 장소가 아예 없지는 않다. 먼저 BTS 멤버들의 옛 숙소를 개조한 서울 논현동의 카페 '휴가'가 있다. 판매하는 빵이나 음료는 특별할 것이 없지만, 곳곳에 BTS의 흔적이 남아 있다. BTS의 팬들이 남겨놓은 쪽지도 많다. 그곳에서 걸어서 15분 거리에는 BTS가 지금처럼 유명해지기 전에 자주 들러 밥을 먹었다는 유정식당이 있다. 삼겹살을 비롯한 다양한 한국 음식들을 판매하는 유정식당에는 더 많은 BTS의 흔적이 남아 있다. 당신이 아미라면, BTS가 밥을 먹던 자리에서 밥을 먹고 BTS가 잠을 자던 공간에서 커피를 마실 수 있는 기회를 놓치지 말기 바란다.

아미들이 지갑을 열게 될 장소로는 BTS 멤버들이 캐릭터 개발에 참여한 것으로 알려진 '라인프렌즈 스퀘어'도 있다. 한국의 구글이라 할 수 있는 네이버가 운영하는 캐릭터 숍인데, 홍대, 강남, 명동 등에 있다(이태원 지점은 문을 닫았다).

서울대학교 내부에 있는 옛 수영장도 최근 BTS 팬들이 많이 찾아가는 장소다. 이곳은 서울대학교 학생들과 인근 주민들이 실제로 사용한 야외 수영장이었지만 지난 30여

년간 방치됐던 곳이다. 하지만 BTS가 2015년에 발표한 〈Intro: 화양연화〉라는 곡의 뮤직비디오를 여기서 찍은 이후 방문객이 늘기 시작했다. 서울대는 2019년에 이 수영장을 완전히 철거하기로 했고, 실제로 수영장의 네 벽 중 세 개는 사라졌다. 하지만 날로 높아지는 BTS의 인기와 BTS 관련 연구를 하는 홍석경 교수의 노력에 힘입어 서울대는 이곳을 보존하기로 했고, 아예 복합문화공간으로 탈바꿈시키는 프로젝트를 진행하고 있다. 아직 이름도 없는 이 장소는 서울대학교 유전공학연구소 근처에 있다.

BTS 멤버들이 여름휴가를 함께 보내면서 예능 프로그램을 촬영했던 장소를 구경할 수 있는 기회도 있다. 〈인더숲〉('In The Soop'에서 'Soop'은 forest에 해당하는 한국어를 영어로 표기한 것이다)이라는 TV 예능 프로그램의 두번째 시즌 촬영지가 관광 상품으로 변신한 것이다. 아쉽게도 이곳만 돌아볼 수는 없고, 인근에 있는 휘닉스 호텔앤드리조트에서 숙박하는 특별한 패키지 상품을 구매한 사람만 한 시간 30분 동안 관람할 수 있다. 2인 기준 하루 숙박 요금이 객실에 따라 220~400달러에 달하고, 서울에서 자동차로 두 시간을 가야 하는 곳이라 외국인이 가기는 쉽지 않아 보인다(게다가 이 패키지 상품이 언제까지 존재할지 아무도 모른다).

한국이 K팝의 고향임을 확실히 느낄 수 있는 의외의 장소는 일부 지하철역이다. 2호선 삼성·강남·합정·잠실·홍대입구, 3호선 압구정, 7호선 청담 등 여러 지하철역 내부에는 K팝 스타의 팬들이 돈을 모아서 게시한 광고물이 쉽게 눈에 띈다. 스타들의 소속사와 가까운 지하철역이나 유동 인구가 많은 지하철역에 광고가 많은데, 역마다 다르긴 하지만 한 달 동안 광고를 게시하는 비용은 2천~5천 달러에 달한다. 그럼에도 불구하고 한 해에 2천 건 넘는 광고가 내걸린다(거의 언제나 서울 시내 지하철역 곳곳에 최소한 백 개 이상의 이런 광고가 붙어 있다는 의미다). 주로 K팝 스타의 생일이나 데뷔 기념일 무렵에 게시되며, 멋진 사진과 함께 팬들이 보내는 응원과 사랑의 메시지가 적혀 있다. 당연히 많은 사람이 이 앞에서 기념사진을 찍는다. 이런 광고는 2호선 삼성역에 특히 많고, 단가도 그곳이 가장 비싸다. 만약 삼성역 지하에서 광고들을 구경했다면, 지상으로 올라가서 〈강남스타일〉 조형물까지 확인하면 좋겠다. 〈강남스타일〉을 부르며 춤을 추는 싸이의 손 모양을 본뜬 조형물이 있다.

도심 한복판에 자리한 롯데백화점 본점에는 '스타의 거리'가 있다. BTS를 비롯한 몇몇 K팝 스타의 핸드프린팅과 대형 사진들로 장식된 공간이다(핸드프린팅에 손을 대고 잠시 기다리면 해당 스타의 영상이 나타난다). 압구정동 갤러리아백화점 인근에는 'K-스타 로드'라는 이름의 거리가 있다. 유명 K팝 스타들을 모티브로 만든 곰 인형이 스무 개쯤 줄지어 서 있다(이 두 곳은 일부러 찾아갈 필요는 없지만, 백화점에 갈 일이 있으면 잠시 시간을 내도 좋겠다).

용마랜드라는 특이한 장소도 K팝과 관련이 있다. 서울의 동북쪽 끄트머리에 있는 이곳은 원래 규모가 작은 놀이공원이었다. 1980년대부터 10여 년 동안 운영되다가 운영난으로 문을 닫은 후 한동안 버려진 공간이었다. 하지만 '버려진 놀이공원'만이 풍기는 독특한 분위기 때문에 언젠가부터 드라마, 영화, TV 쇼, 뮤직비디오 등의 촬영지로 조금씩 활용되다가, 최근에는 아예 촬영을 위한 '스튜디오'가 되어버린 곳이다. 입장료를 비롯한 몇 가지 부대 비용도 있다(야간에 가서 10달러 정도를 내면 회전목마에 한 시간 동안 조명을 켜준다). 하지만 공원 전체를 빌려서 영화라도 찍는 날이면 입장 불가다. 가장 가까운 지하철역에서 2킬로미터 정도 떨어져 있을 만큼 외진 곳이라 접근성이 매우 나쁘지만, BTS, EXO, 트와이스, 아이유, 아이즈원 등 수많은 가수가 촬영을 위해 다녀간 곳이다. 서울에 체류하는 기간이 열흘쯤 되는 K팝 팬이라면 가볼 수도 있겠다.

이처럼 아직은 K콘텐츠에 관심 있는 관광객을 위한 특별한 장소는 부족한 편이다. SM엔터테인먼트가 한동안 코엑스에서 운영하던 SM타운이라는 곳도 문을 닫았고, BTS의 팝업 스토어 '하우스 오브 BTS'는 2019년에 잠시 운영되어 큰 인기를 끌었지만, 영구적인 공간은 아니었다(80일 동안의 운영 기간 동안 18만 명이 모였는데, 왜 다시 안 생기는 걸까?). 2022년 가을에는 두 달여 기간 동안 BTS 소속사인 하이브 건물 내 '하이브 인사이트'라는 전시 공간에서 BTS 특별 전시회가 열렸지만, 역시 영구적인 것은 아니었다(하이브 사장님, 결단을 내리십시오! BTS 멤버들이 군대에 가 있는 동안 팬들의 아쉬움을 달랠 수 있도록 대규모이자 영구적인 뭔가를 만들어주세요!).

하지만 계속해서 뭔가가 만들어지고는 있다. 2022년 여름에는 한국관광공사가 서울 도심에 '하이커그라운드'라는 복합문화공간을 만들었다. 이곳에 가면 유명 K팝 뮤직비디오의 주인공이 되어보는 체험을 할 수 있고, K팝 관련 전시도 볼 수 있다. 사진 찍기 좋은 곳이고, 입장료도 없다. 또한 2025년에는 서울 북부에 '서울아레나'라고 하는, K팝 콘서트 전용 극장이 완공될 예정이다. 공간 활용에 따라 만 8천 명에서 2만 8천 명까지 들어갈 수 있는 큰 규모다. BTS 멤버 모두가 군대에 다녀올 무렵에는 서울아레나가 개관할 수 있을까? 그럴 수 있기를.

BTS의 열혈 팬이라서 BTS의 흔적을 찾아가는 것이 한국 방문의 가장 중요한 목적이라면, 갈 곳은 더 많다. 물론 대부분 서울 밖으로 나가야 한다. 서울에서 2백 킬로미터 넘게 떨어진 동해안에 가면 '향호해변' 버스 정류장이 있다. 2017년 발매된 《유 네버 워크 얼론》의 타이틀곡 〈봄날〉의 뮤직비디오가 촬영된 곳이다. 자동차로 가면 두 시간 반 정도, 기차를 타고 가면 좀더 많은 시간이 걸린다. 하지만 '인생 사진' 한 장을 얻기 위해서라면 이 정도 투자를 못할 것도 없다. 재미있는 것은 이 버스 정류장은 원래 촬영을 위해 만들었다가 철거했는데, 관광객들이 자꾸 찾아오자 강릉시에서 뮤직비디오에 나오는 것과 같은 모습으로 다시 만든 것이다(다시 안 만들었으면 시장이 쫓겨났을지도 모른다). 그곳에서 멀지 않은 삼척 맹방해변은 BTS의 〈버터〉 앨범의 재킷을 촬영한 곳이니, 동해안까지 찾아간 아미라면 그곳에 들를 만하다. 그보다는 훨씬 가깝지만 외국인이 대중교통을 이용해 찾아가기는 만만치 않은 곳 중에는 일영역이 있다. 지금은 쓰이지 않는 기차역인데, 역시 〈봄날〉의 뮤직비디오 촬영지다. 당신이 눈 내린 겨울날 서울에 머물고 있다면, 눈 덮인 철로에 무릎을 꿇고 앉아 있는 뷔의 모습 그대로 사진을 찍을 수 있겠다.

BTS의 흔적이 남아 있는 공간은 한국 전체로 보면 수십 곳 넘게 있다. 고궁, 박물관, 해변, 테마파크, 맛집, 뮤직비디오나 화보 촬영지, 심지어 멤버들이 어릴 적 놀았다는 동물원까지 한국의 아미들은 이런 장소들을 찾아다니며 'BTS 투어'를 즐긴다. 당신도 아미라면, 어디라도 한두 군데쯤은 방문해보길. 찾아가기 어렵더라도, 막상 가보면 생각보다 근사하지 않더라도, 추억은 오래 남을 것이다.

K팝 이야기를 마치기 전에, 당신에게 알려주고 싶은 또 다른 K팝이 있다. 그것은 당신이 알고 있는 K팝과는 전혀 다르지만, 한국에서 매우 인기 있는 가요 장르인 '트로트'다. 얼마나 인기가 있느냐고? 2020년의 경우, BTS는 '한국 내 유튜브 조회 수' 순위에서 한국 가수 중 2위였다. 1위는 임영웅이라는 남자 가수였다. 당신은 누군지 전혀 모를 가능성이 높지만, 한국인 중에 임영웅을 모르는 사람은 없다. 그가 바로 '트로트 가수'다. 그 외에도 매우 인기 있는 트로트 가수가 많다.

한마디로 설명하기는 참 어렵지만, 트로트의 원류는 '1930년대의 K팝'이라고 할 수 있다. 음반 산업이 활성화되고 라디오가 보급되기 시작하던 시절, 전국적으로 유명세를 얻었던 가수들이 부른 노래의 장르가 트로트였다. 서양 음악과 일본의 대중음악과 한국의 민요가 적당히 섞인 독특한 노래였다. 트로트는 1960년대까지 한국 대중음악의 주류를 이뤘지만, 1970년대 이후 포크, 록, 발라드, 힙합 등 다양한 장르의 음악들이 쏟아지면서 한동안 침체기를 겪었다. 물론 1980년대 이후에도 인기 있는 트로트 가수들은 있었지만, 주로 50대 이상의 사람들이나 듣는 음악이라는 이미지가 강했다. 하지만 한국의 트로트는 2019년부터 화려하게 부활했다. 한 TV 방송사가 실시한 트로트 가수 오디션 프로그램이 큰 인기를 끈 것이 계기였다.

물론 지금도 젊은이들보다는 장년층이 좋아하는 장르이고, 촌스러운 B급 음악이라는 이미지가 강하긴 하다. 하지만 유명 트로트 가수의 콘서트에는 수만 명이 족히 몰리고, 관련 굿즈를 구매하거나 스타들과 관련된 장소를 찾아가는 등의 팬덤도 상당하다.

트로트라는 이름은 춤곡 장르의 하나인 폭스트롯에서 유래한 것으로 전해지는데, 현재 한국의 트로트는 원래의 폭스트롯과는 상당한 차이가 있다. 거의 백 년 동안 다양하게 변주되어 지금은 '정통' 트로트 외에 블루스, R&B, 록, 댄스, 포크 등이 가미된 것까지, 다양한 스타일이 존재한다. 직설적인 가사, 4분의 4박자 위주의 단순한 멜로디, '꺾기'라고 하는 독특한 창법 등을 특징으로 한다[꺾기는 클래식 음악의 '그루페토(gruppetto)' 장식과 유사한 점이 있어서, 하나의 음이 두 개 또는 네 개의 보조음으로 나뉜 것처럼 표현된다. 말로 설명하기는 매우 어렵지만, 한번 들어보면 쉽게 이해가 될 것이다]. 다른 장르의 K팝에 비해 따라 부르기가 쉬워서, 노래방에서는 젊은이들에게도 드물지 않게 선택된다.

당신이 택시, 음식점, 고속도로 휴게소와 혹은 라디오나 TV에서 '뭔지 모르게 특이한 노래'를 듣게 된다면 그것이 바로 트로트일 확률이 매우 높다. 어떤 음악인지 궁금하면 유튜브에서 임영웅, 장윤정, 심수봉, 태진아, 송대관, 나훈아, 주현미 등의 가수 이름을 검색해보면 된다. 이들은 한국의 대표적인 트로트 가수들로, 모든 한국인이 그 이름을 다 안다.

한국인들은 트로트를 좋아하든 싫어하든, 이 장르가 매우 '한국적'이라는 사실에는 동의한다. 그래서 외국인이 트로트 노래를 부르는 걸 보면 엄청나게 신기해한다. 혹시라도 당신이 비즈니스 등의 이유로 한국인들과 노래방에 가서 트로트 노래를 하나 부른다면, 엄청난 박수갈채가 쏟아질 것이다.

BTS부터 임영웅까지, K팝의 폭은 꽤나 넓다(당신이 모르는 엄청나게 훌륭한 뮤지션이 많은데, 다 소개하지 못해서 아쉬울 뿐이다).

18.
매우 주관적인 서울의 핫 플레이스 목록

여기까지 읽어온 당신은 이제 한국에 대해 제법 많이 알게 됐고, 한국에 오고 싶은 마음이 전보다 훨씬 커졌을 것이다. 그리고 이렇게 말하고 싶을 것이다. "오케이. 알겠다고. 한국이 얼마나 매력적인 곳인지 충분히 알았다고. 근데, 어디에 가면 그 매력을 가장 잘 느낄 수 있는지를 알려줘. 설마, 구체적인 명소 목록은 『론리 플래닛』을 참고하시오, 이렇게 말하고 끝낼 건 아니지?"

불친절한 책이라는 비판을 피하기 위해서, 비록 이 책이 전형적인 가이드북은 아니지만, 외국인이 서울에서 방문하면 좋을 것 같은 장소 목록을 제공한다(앞에서 이미 자세히 언급한 장소는 다시 언급하지 않았다). 아주 유명한 곳도 있고 덜 유명한 곳도 있다. 당연히 매우 주관적인 목록이며, 당신의 만족을 보장하지는 않는다. 백 명의 한국인에게 목록을 만들라고 하면 백 가지 다른 목록이 나올 것이다. 나는 그저, 내가 아는 외국인 친구들에게 추천하고 싶은 장소들과 추천의 이유를 짧게 정리했을 뿐이다. 부디 당신의 여행 스타일이 나와 조금이라도 비슷하기를 빈다.

먼저, 당신이 한국의 역사와 전통문화에 관심이 있다면, 국립중앙박물관을 가야 한다. 괜히 '국립' 박물관이 아니다. 짧게는 백여 년, 길게는 수천 년 전에 만들어진 수많은 '국보'가 전시되어 있고, 외국어 설명도 잘되어 있다. 상설 전시 품목만 해도 꽤 많아서, 제대로 보려면 최소 서너 시간은 잡아야 한다. 흥미로운 특별전이 열리는 시기에 방문한다면 한두 시간을 더 잡아야 할 수도 있다. 국립중앙박물관 바로 옆에는 국립한글박물관이 있다. 당신이 이 책의 11장을 읽으며 한국어와 한글에 관한 관심이 높아졌다면, 이곳까지 방문하기를 추천한다. 비교적 근래에 생긴 박물관이라 유물 자체는 많지 않지만, 한두 시간 동안 독특한 문자 '한글'의 매력을 충분히 느낄 수 있다.

한국의 전통 예술품과 한국 및 외국 유명 작가의 현대미술품을 동시에 볼 수 있는 훌륭한 미술관은 '리움'이다. 리움은 '리(Lee)'와 '뮤지엄(museum)'을 합친 단어다. 삼성의 창업자 고 이병철과 아들 고 이건희는 모두 미술품 수집에 큰 애정을 쏟았는데, 그들의 컬렉션 중에서 극히 일부가 리움에 전시되어 있다. 리움은 세 개의 건물로 이루어져 있는데, 한국의 고미술품을 전시하는 M1은 스위스의 마리오 보타(Mario Botta)가, 현대미술품을 전시하는 M2는 프랑스의 장 누벨(Jean Nouvel)이, 아동교육문화센터는 네덜란드의 렘 쿨하스(Rem Koolhaas)가 설계했다. 리움은 소장 미술품의 수준도 매우 높지만 건물 자체도 아름답기 때문에 건축에 관심이 있는 사람에게도 추천할 만한 곳이다.

고 이건희 회장은 2020년에 사망했는데, 이후 유족들은 2만 3천여 점의 미술품을 국가에 기증했다. 무려 12조 원에 달하는 거액의 상속세 납부를 위해 매각할 것이라는 추측도 있었지만, 삼성 패밀리는 감정가액이 최소 3조 원에 이르는 방대한 컬렉션을 기부하기로 했다. 그중 일부는 한국의 여러 미술관에서 이미 전시되고 있으며, 주요 기증품들을 전시하기 위한 이건희미술관이 2027년에 지어질 예정이다.

한국의 전통문화 중에서도 고궁에 관심이 있다면, 창덕궁과 경복궁을 가면 된다. 창덕궁은 가장 오랜 기간 조선의 왕이 기거했던 궁이며, 최고의 아름다움을 자랑한다. 단풍이 물든 가을에 방문하면 가장 좋고, 더 좋은 것은 일부 기간에만 시행하는 야간 관람을 하는 것이다. 입장객 수를 제한하기 때문에 사전 예약이 필수이며, 야간 관람은 어마어마하게 인기 있기 때문에 예약이 쉽지 않지만 외국인을 위한 특별한 옵션도 있으니 시도해볼 만하다.

경복궁은 조선왕조의 궁궐 중 처음으로 지어졌지만, 16세기 일본 침략 당시 파괴되어 오랫동안 방치되어 있다가 19세기에 중건되었다. 지금도 원래의 모습이 완전히 복원되어 있는 상태는 아니지만, 조선 궁궐의 아름다움을 느끼는 데는 부족함이 없다. 역시 일부 기간에는 야간에도 문을 연다. 외국인은 상대적으로 입장이 편리하다.

창덕궁이나 경복궁을 관람할 때의 팁은, 궁궐 근처의 대여점에서 '한복'이라 부르는 한국의 전통 의상을 빌려 입고 들어가는 것이다. 오랫동안 추억이 될 근사한 사진을 백만 장 정도 찍을 수 있다.

작은 미술관 중에서는 환기미술관이 가장 근사하다. 김환기는 한국 추상미술의 선구자이자 20세기를 대표하는 화가로, 그림 가격이 가장 비싼 것으로도 잘 알려져 있다. 지하철을 타고 가기 어려운 곳에 있지만, 미술 애호가라면 반드시 가볼 만한 장소다. 환기미술관까지 갔다면, 근처의 석파정까지 돌아보면 좋다. 석파정은 한국 역사에서 왕이 아니지만 왕과 같은 권력을 누린 유일한 인물인 흥선대원군의 별장이었던 장소로, 매우 아름다운 한국식 정원이다. 영화 〈기생충〉에서 캠핑을 떠났다가 갑자기 돌아온 주인집 가족을 피해 송강호와 그 가족들이 도망치는 장면을 촬영한 장소도 바로 인근에 있다. 당신이 영국 사람이라면 '스코프'라는 빵집까지 방문하기를 권한다. '영국식 빵집'으로 한국에서 매우 인기 있는 가게인데, 진짜 영국식 빵을 파는지 확인해보길 바란다('영국식'을 내세우고 영업을 하는데 장사가 매우 잘되는 다른 곳은, 적어도 음식점 중에는 없다. 당신의 나라에는 혹시 있는지? 한국에도 어쩌면 없진 않을 텐데, 나는 모른다. 하지만 영국 음식이라고 하기는 힘든 베이글을 파는 빵집 중에 '런던 베이글 뮤지엄'이라는 곳은 몇 시간씩 줄을 서야 할 만큼 인기가 높기는 하다. 이름에 왜 '런던'이 들어갔는지는 모르겠다).

한국의 근대사에 관심이 있다면, 대한민국역사박물관을 추천한다. 19세기 말부터 현재까지, 일제강점기와 전쟁과 가난을 겪은 한국이 지금과 같은 발전을 이루기까지의 과정이 잘 정리되어 있다. 경복궁과 아주 가깝다. 격동의 한국 근대사 중에서 1950년대의 한국전쟁에 관한 전시에 집중하고 있는 곳은 전쟁기념관이다.

일제강점기와 관련이 있는 장소로는 서대문형무소역사관이 있다. 이곳은 1908년에 지어진 감옥으로, 일제강점기 동안 수많은 독립운동가가 고문을 받고 수감 생활을 하고 사형을 당했던 곳이다. 해방 이후에도 1987년까지 감옥으로 사용되었으며, 독재에 저항하여 민주화운동을 했던 사람들도 이곳에 수감된 바 있다(그중에는 김대중, 김영삼 두 전직 대통령도 있다). 1998년에 박물관으로 개장했다.

현대미술에 관심이 있다면 국립현대미술관이 가장 중요한 장소로, 총 네 곳이 있다. 가장 규모가 큰 과천관은 서울시 경계 바깥에 있지만 지하철 4호선을 타면 쉽게 갈 수 있고, 서울관은 경복궁 인근에 있다. 서울 시청 근처에 있는 서울시립미술관(SeMA)에서는 흥미로운 기획 전시를 많이 여는데, BTS 멤버이자 미술 애호가인 RM이 데이비드 호크니 전시회에 다녀가서 화제가 된 곳이다(RM이 방문한 미술관은 하도 많아서, 당신이 그 모든 곳을 방문할 수는 없을 것이다). SeMA도 여러 개의 분관이 있는데, 그중 SeMA 벙커라는 특이한 장소도 있다. 여의도에 있는 이곳은 2005년에 환승센터 건립을 위한 현지 조사중에 발견된 지하 벙커를 미술관으로 바꾼 곳이다. 1970년대에 비밀 방공호로 만들어진 것으로 추정되는 이 장소는 수십 년 동안 존재조차 알려지지 않았던 곳이다. IFC몰 바로 옆에 입구가 있다. 화장품 회사가 운영하는 아모레퍼시픽 미술관은 소장품은 별로 없지만 흥미로운 기획 전시를 꾸준히 개최하고 있다.

이마트, 롯데마트, 홈플러스 등의 대형 마트를 방문하

는 것이 즐거울 것이라는 이야기는 이미 했지만, 몇몇 백화점도 방문할 가치가 있다. 신세계백화점 강남점은 한국에서 가장 높은 매출을 올리는 백화점으로, 2022년 매출이 거의 25억 달러에 이른다. 백화점이 다 비슷할 것이라고 생각하면 오산이다. 일단, 사람이 엄청나게 많다. 주말과 세일 기간에는 특히 더 많다. 영업을 시작하기 전부터 문 앞에 사람들이 몰려 있는 백화점은 흔하지 않다. 주차하는 데만 30분 이상 걸릴 수도 있다. 물건을 공짜로 나눠주는 것도 아닌데 그렇다(구매 실적이 좋은 고객에게 가끔씩 선물을 주기는 하지만). 이렇게 비싼 물건을 이렇게 복잡한 곳에서, 전혀 럭셔리하지 않은 분위기에서 구매한다는 사실에 놀랄 것이다. 그 결과, 이곳은 전 세계에서 가장 매출이 높은 백화점이다.

더욱 놀라운 것은, 초고가 럭셔리 브랜드 매장에 들어가기 위해 전날 밤이나 이른 새벽부터 대기하는 사람들이 있다는 사실이다. 외국의 부자들은 에르메스, 루이비통, 샤넬 등의 제품을 살 때 백화점이나 플래그십 스토어에 가서 에비앙이나 페리에를 마시며 우아하게 쇼핑을 하는데, 한국인들은 왜 이러는 것일까? 사실 침낭 속에서 하룻밤을 보내는 사람들은 진짜 부자가 아니다. 고급 핸드백을 구매한 다음 포장도 뜯지 않은 채 웃돈을 붙여 되팔려는 사람들이다.

만 달러짜리 핸드백을 사서 만 천 달러에 팔 수 있다면, 즉 하룻밤 고생해서 천 달러를 벌 수 있다면, 나름 괜찮은 장사가 아닐 수 없다(물론 모두가 되팔려는 사람은 아니고, 특히 인기가 높아서 돈 주고도 살 수 없는 제품을 반드시 구매하기 위해 밤을 새는 사람도 없지는 않다). 그럼 진짜 부자들은 이런 제품을 어떻게 구매할까? 아예 해외로 나가서 구입하기도 하고, 각 브랜드의 플래그십 매장에 예약을 하거나 초대를 받아 방문한다(이런 일은 상당한 '실적'이 있는 사람에게만 일어난다).

한국의 대표적인 부촌 중 하나인 압구정동에 있는 갤러리아백화점도 빼놓을 수 없다. 두 개의 건물로 이뤄진 이 백화점은 면적이 작아서 연매출은 10억 달러에 채 못 미치지만, 단위 면적당 매출은 세계에서 가장 높은 것으로 유명하다. 특히 동관에서는 주로 최고급 물건만 팔기 때문에 혼잡도는 다른 백화점들에 비해 낮은 편이다. 서관 지하 1층에 있는 식품관만 방문해도 이 백화점이 어떤 곳인지 잘 알 수 있다. 과일, 생선, 소고기 등의 가격이 상상을 초월할 정도로 비싸기 때문이다. 한국의 부자들은 어떤 옷을 입고 어떻게 스타일링을 하는지 구경하고 싶다면 이곳이 최적의 장소다.

규모가 크고 세련된 쇼핑몰에 관심이 있다면, 코엑스가

대표적인 장소다. 너무 넓어서 길을 잃을 수 있으니, 곳곳에 비치된 지도를 잘 보면서 다니는 것이 좋다. 건물 외부에는 엄청난 해상도를 자랑하는 초대형 LED 스크린이 있고, 내부에는 수많은 상점과 식당, 독특한 도서관, 적당한 규모의 아쿠아리움, 호텔, 백화점 등이 밀집해 있다.

여의도에 있는 IFC몰도 유명한데, 바로 옆에 붙어 있는 더현대서울도 함께 돌아볼 수 있다. 잠실에 있는 롯데월드몰도 빼놓을 수 없다. 이곳은 한국에서 가장 높은 건물인 롯데월드타워, 서울 시내에 있는 것 중에서는 가장 훌륭한 테마파크인 롯데월드, 역시 적당한 규모의 아쿠아리움 등이 모여 있다.

서울에 있는 허다한 시장 중에서 해산물을 좋아하는 외국인이 가장 즐거워할 만한 곳은 노량진수산시장이다. 한국은 1인당 수산물 소비량이 세계 1위다. 노르웨이나 일본보다 많고, 미국보다는 두 배 이상 많이 먹는다(그래서 비만 인구가 적은지도 모르겠다). 당연히 수산시장에는 엄청나게 많은 손님과 엄청나게 다양한 해산물이 있다. 건물을 완전히 새로 지어서 과거에 비해 '이국적인' 느낌이 조금은 줄어들긴 했지만, 이곳은 여전히 독특하고 매력적인 장소다. 도매와 소매가 모두 이뤄지는 시장으로, 경매 방식의 도매는 주로 한밤중이나 새벽에, 소매 위주의 영업은 그 나머지 시간에 이뤄진다. 재미있는 것은, 1층에서 살아 있는 생선을 선택하여 구매한 다음 2층에서 곧바로 그것을 먹을 수 있도록 되어 있는 시스템이다. 1층에 있는 가게에서 생선값을 지불한 다음, 2층에 있는 식당 중 아무 곳이나 들어가면 그 생선을 손질하여 회와 매운탕으로 만들어주고, 함께 먹을 수 있는 채소와 반찬들도 준다. 물론 2층에서도 약간의 돈을 지불해야 하지만, 두 번에 걸쳐 지불한 돈을 합쳐도 평범한 식당에서 먹는 것보다 비싸지는 않다.

대도시에 가면 반드시 그 도시에 가장 높은 곳에 위치한 전망대에 오르는 사람이 많은데, 그런 사람들에게는 세 가지 정도의 선택지가 있다. 우선 앞에서 언급한 롯데월드타워의 전망대이다. 그곳은 해발 5백 미터 높이를 자랑하지만, 서울의 외곽에 위치해 있어 서울 전체를 조망하는 데는 상대적으로 불리하고 입장료가 비싸다. 수십 년 동안 한국에서 가장 높은 건물이었던 63빌딩에 있는 전망대는 야경이 특히 아름답다. 서울 도심 한가운데에 있는 남산 정상 부근의 N타워는 그 자체의 높이는 약 240미터에 불과하지만 남산의 높이(약 240미터)까지 더할 경우 롯데월드타워와 비슷하게 높아진다. 서울의 중심부에 있어서 거의 모든 방향을 다 조망할 수 있으며, 낮이나 밤이나 다 아름다운 곳이다. 남산은 그리 높지 않아서 여러 방향에서 걸어 올라갈 수도 있고, 케이블카를 타고 갈 수도 있다.

높이가 아니라 어떤 전망이 보이는지를 더 중요하게 생각하는 사람이라면, 네번째 선택지도 있다. 서울 시청의 별관에 해당하는 서소문청사의 13층에는 무료로 들어갈 수 있는 작은 전망대가 있는데, 이곳은 주요 고궁 중의 하나인 덕수궁 바로 옆에 있기 때문에 서울의 과거와 현재를 동시에 조망할 수 있다(서울시립미술관도 바로 옆에 있다).

걷기를 좋아한다면, 갈 곳은 무궁무진하다. 우선 가장 유명한 관광지인 인사동이 있고, 인사동의 동쪽에는 익선동이 있으며, 인사동의 북쪽에는 북촌이라 불리는 오래된 동네가 있고, 북촌에서 서쪽 방향으로 붙어 있는 곳이 삼청동이다. 삼청동의 옆이자 경복궁의 북쪽에는 오랫동안 대통령 집무실로 쓰였던 청와대가 있으며, 경복궁의 서쪽에는 서촌이라 불리는 오래된, 그리고 매력적인 동네가 있다. 서촌에서 더 서쪽에는 인왕산이 있는데, 산중턱에 위치한 카페 겸 서점인 '더숲초소책방'을 방문하면 놀라운 풍경을 감상할 수 있다. 이 카페는 원래 서울을 지키는 군인들이 보초를 서던 초소였다가 오랫동안 방치됐던 장소를 리모델링한 곳이다.

당신이 마음만 먹는다면, 그리고 날씨가 너무 덥거나 춥지 않다면, 경복궁에서 출발하여 서촌을 구경한 다음 환기

미술관에 들렀다가 〈기생충〉 촬영지와 더숲초소책방을 거쳐 다시 경복궁까지 돌아오는 도보 여행을 할 수도 있다. 미술관이나 카페에서 보내는 시간을 빼고 순수하게 걷는 시간은 두 시간이 채 안 걸린다.

오래된 동네도 좋지만 젊은이가 많이 모이는 힙한 동네를 걷고 싶다고 해도 갈 곳이 많다. 2호선 성수역 인근에는 근사한 카페와 음식점과 상점 들뿐 아니라 작은 미술관이 많고, 2호선 홍대입구역과 6호선 상수역 인근에는 거기에 더해 다양한 스타일의 클럽도 많다. 2022년 10월 29일 핼러윈 데이에 불행한 참사가 발생한 이태원 주변은 오래전부터 유명한 곳이지만, 지금은 그 범위가 더 넓어져서 다양한 종류의 핫 스폿들이 6호선 녹사평, 이태원, 한강진역의 남쪽과 북쪽 곳곳에 흩어져 있다(10. 29 참사 희생자 여러분의 명복을 빈다). 아무런 계획 없이 그냥 다녀도 재미있겠지만, 제법 넓은 지역이고 길이 상당히 꼬불꼬불하니, 최소한 두세 곳 정도는 목적지를 정해놓고 돌아다니기를 권한다.

서울 근교에도 외국인들의 관심을 끌 만한 장소들은 꽤 있다. 가장 대표적인 곳은 DMZ다. 정작 한국인들에게는 그리 인기 있는 관광지가 아니지만, 많은 외국인이 이곳을 궁금해한다. 이곳을 방문하는 외국인들은 DMZ가 서울과 너무도 가까운 곳에 있다는 사실에 깜짝 놀란다. 서울 도심에서 자동차로 한 시간밖에 안 걸리기 때문이다. DMZ는 군사분계선에서 남북으로 각각 2킬로미터씩 설정되어 있다. 1953년 휴전 이후 70년 동안 사람의 손길이 닿지 않았기에, 길이 248킬로미터, 폭 4킬로미터의 거대한 자연생태공원이 만들어져 있는 셈이다. 개별적인 관광은 어렵고, 외국인들을 위한 DMZ 투어 프로그램을 이용하면 된다.

여기서 흥미로운 사실 한 가지. 당신이 뉴스 등에서 보았던, 그리고 DMZ 투어에서 볼 수 있는 철조망은 군사분계선이 아니라 그보다 2킬로미터 남쪽에 있는 남방한계선 혹은 그보다 더 남쪽에 있는 민간인출입통제선이다. 군사분계선에는 철조망 같은 건 없고, 약 2백 미터 간격으로 총 1,292개의 작은 말뚝만 박혀 있다.

한국 최고의 놀이공원인 에버랜드도 서울 근교에 있다. 당신이 올랜도, 로스앤젤레스, 도쿄, 파리, 상하이 같은 도시에 살고 있다면, 에버랜드에 대해서는 관심을 꺼도 되겠다. 하지만 다른 대부분의 지역에서 온 관광객이라면, 그리고 한국에 머무는 기간이 4박 5일 이상이라면, 어릴 때부터 롤러코스터를 너무나 사랑했다면, 에버랜드에서 하루를 보내는 것은 매우 좋은 선택일 것이다.

에버랜드 바로 옆에는 '캐리비안 베이'라는 이름의 워터파크도 있는데, 이름은 좀 생뚱맞지만 '세계 최대 규모의 워터파크'다. 당신이 여름철에 한국에 온다면 에버랜드 대신 여기를 방문하는 것도 훌륭한 선택이 된다(아마 평생 가장 혼잡한 물놀이 경험을 하게 될 것이다). 그리고 중요한 한 가지. 당신이 아무리 놀이공원을 좋아한다고 하더라도, 5월 5일에는 절대로 에버랜드에 가서는 안 된다. 그날은 한국의 어린이날로, 에버랜드는 전국에서 가장 인구밀도가 높은 장소가 된다. 그리고 이왕이면 주말은 한국인들에게 양보하고, 비교적 덜 복잡한 평일을 택하기 바란다. 서울에서 에버랜드까지 지하철을 타고 갈 수도 있지만, 그건 좋은 선택이 아니다. 일반 버스 혹은 셔틀버스를 타는 게 훨씬 빠르고 편하다.

매우 주관적인 목록을 마무리하며, 한마디만 덧붙이고 싶다. 많은 여행자가 흔히 하는 실수는 가이드북에 나와 있는 유명한 관광지 목록에 얽매이는 것이다. 유명하다고 해서, 다른 사람들이 좋아한다고 해서, 당신도 좋아하리라는 보장은 없다. 어차피 다 못 본다. 좋은 곳이 좋은 게 아니라 당신이 좋아하는 곳이 좋은 곳이다. 가이드북에 너무 의존하지 마라(그런 면에서 가이드북만 읽지 않고 이 책을 고른 당신은 정말 훌륭한 여행자이지만, 내 말도 다 믿지는 마라). 여러 자료와 여러 사람의 의견을 참고하되, 당신이 최고로 즐거울 수 있는 당신만의 여행 계획은 당신이 직접 짜는 수밖에 없다. 그리고 계획했던 것을 모두 이뤄야 한다고 생각하지도 마라. 인생이 원래 계획대로 흘러가지 않는다는 것을, 하지만 가끔씩 뜻하지 않은 행운이 찾아온다는 것을 당신도 잘 알지 않나. 부디 당신이 세운 한국 여행 계획의 최소한 절반쯤은 멋지게 이뤄지기를, 그리고 나머지 절반쯤은 예기치 못한 즐거움으로 가득 채워지기를 진심으로 소망한다.

19.

매우 주관적인 서울의 최고 맛집들

이 책에서 그렇게 많은 한국 음식 이야기를 했으니, 당신은 분명히 그중 몇 가지만이라도 맛보고 싶을 것이다. 무엇을 먹을지 선택하는 것도 괴롭겠지만, 그 음식을 어디에서 먹을 것인지도 큰 고민일 터. 같은 이름의 음식이라도 이왕이면 더 맛있는 곳에서, 이왕이면 더 유명한 곳에서 먹고 싶은 것은 인지상정이다. 『미슐랭가이드 서울편』을 비롯한 국제적인 맛집 목록은 여러 개 있지만, 그 목록을 작성하는 사람들은 한국인이 아닌 외국인인 경우가 많다(일부 한국인 심사위원들도 있을 수 있지만, 누가 심사하는지 공개된 바가 없다). 한국인이 진정으로 사랑하는 서울의 진짜 맛집들은 어디에 있을까?

여행자가 먹을 수 있는 끼니 수는 제한되어 있다. 체중을 신경쓰지 않고 하루에 네 끼씩 먹기로 마음먹었다면(어쩌면 과감하게 다섯 끼를 시도할 거라면), 당신의 용기를 매우 칭찬한다. 하지만 당신이 한국 음식을 최대한 많이 맛보고 싶다고 해서 하루에 열일곱 끼를 먹는 것은 이룰 수 없는 꿈(어쩌면 악몽)에 불과하다. 그러니 친애하는 동료 미식가들이여, 전략적이고 현명한 식당 선택이 필요하다.

고백하건대, 한국에는 맛없는 식당도 많다. 도대체 이 집이 왜 망하지 않는 것인지 이해가 되지 않는, 그런 식당들도 있다(물론 그런 집은 조만간 문을 닫을 가능성이 높다). 음식 선택은 잘했더라도 식당 선택을 잘못하면 당신의 귀중한 한끼는 만족스럽지 않을 수도 있다. 그래서 여기, 스무 개의 맛집을 추천한다. 누구의 의견도 참조하지 않은, 온전히 나의 주관적인 목록이다(하지만 목록에 있는 음식점에서 먹은 음식이 당신을 만족시키지 못했다면, 그건 그 음식점의 책임이다).

선정 기준은 이렇다. 첫째, 내가 직접 방문한 적이 있는 곳 중에서 골랐다. 서울에 오래 살면서 정말 많은 음식점을 가보았지만, 모든 식당을 다 가보는 것은 당연히 불가능하다. 나름대로 유명한 맛집들 중에서 이런저런 이유로 가보지 못한 곳도 많다. 내가 직접 경험하지 않은 곳을 유명세

만으로 추천하지는 않았다는 뜻이다. 단순히 내가 방문한 적이 없다는 이유로 목록에 오르지 못한 맛집 사장님들께 죄송하다는 말씀을 드린다.

둘째, 극단적으로 웨이팅이 길거나 극단적으로 예약이 어려운 가게들은 제외했다. 여기서 '극단적으로 웨이팅이 길다'는 것은 한 시간을 줄서서 기다려도 입장이 불가능한 정도를 말한다. '극단적으로 예약이 어렵다'는 것은 한 달 전에 전화해도 예약을 할 수 없는 정도를 말한다. 한국인들의 맛집 사랑은 유별나서, 예약을 받지 않고 반드시 줄을 서야만 먹을 수 있는 가게인 경우 문을 열기 몇 시간 전부터 사람들이 줄을 서기도 한다(궁금하겠지만, 안 알려준다. 그런 곳일수록 가보고 싶겠지만, 참으시라. 당신의 짧은 여행 기간 중 몇 시간을 그렇게 허비하는 건 바람직한 일이 아니다). 식당에 전화를 걸어서 가장 가까운 예약 가능 날짜를 물으면 두세 달 후를 알려주는 곳도 있는데, 그런 곳도 그냥 포기하시라(한국인들도 대체로 그냥 포기한다. 흥 칫 뿡).

셋째, 극단적으로 비싼 집은 제외했다. 여기서 '극단적으로 비싸다'는 것은 술이나 음료를 제외하고도 한 사람당 3백 달러 이상 지불해야 하는 곳을 말한다. 아래의 목록에 있는 식당들의 한 사람 식대는 대체로 15~50달러면 충분하다(몇 개의 예외가 있지만, 이들도 2백 달러를 넘지 않는다). 음식은 매우 훌륭하지만 그에 비해 너무 비싼 가격을 받는 특급 호텔 구내에 있는 식당들도 제외했다.

넷째, 한국 음식을 파는 식당들 중에서만 골랐다. 서울에서는 온갖 나라의 음식을 먹을 수 있고, 외국 음식을 파는 음식점 중에도 대단히 멋진 곳이 많다. 하지만 여기서 굳이 훌륭한 일식당, 중식당, 이태리 식당, 프랑스 식당, 스페인 식당 등을 소개할 필요는 없다고 생각해서다. 소위 '컨템퍼러리'로 분류되는 식당도 일부 포함시켰지만, 이들은 모두 한식을 기본으로 하여 현대적이고 창의적인 음식을 내는 곳들이다.

다섯째, 한국인들 중에서도 비교적 소수의 사람이 아주 좋아하는 음식은 제외했다. 이런 음식들은 '개성'이 강한 편이어서, 외국인들이 먹기엔 다소 어려울 수 있기 때문이다. 물론 그런 음식들도 한국의 음식 문화에서 중요한 위치를 차지하고 있지만, 다양한 배경을 가진 외국인들이 좀더 보편적으로 즐길 수 있는 음식들에 초점을 맞췄다는 뜻이다.

이런 원칙하에, 서울에 있는(딱 한 곳은 서울 밖에 있고, 서울이 아닌 지역에도 분점들이 존재하는 곳도 있지만) 많은 식당 중에서 내가 외국인들에게 추천하고 싶은 식당을 스무 곳 골랐다(단 하나의 매장만 존재하는 곳도 있고, 몇 개의 분점이 존재하는 곳도 있고, 아주 여러 개의 분점이 존재하는 곳도 있다. 그래서 당신이 방문할 수 있는 실제 음식점 수는 스무 개보다 훨씬 많다). 당신이 놀랄까봐 미리 말하는데, 이 책에서 아직 한 번도 언급되지 않은, 상대적으로 덜 유명한(물론 외국인들에게만 그러하고, 한국인들에게는 대단히 익숙한) 음식들도 등장한다. 한국 음식의 종류는 정말 많다. 심혈을 기울여 골랐으니, 이 목록에서 최소한 한 곳, 혹시 여러 가지 조건이 맞는다면 두 곳 이상 방문해보기를 권한다. (반드시 예약이 필요한 곳은 따로 표기해두었다. 휴무일과 영업시간은 각자 확인하시라.)

또한, 각 음식점을 방문했을 때 당신이 주문해야 하는 가장 대표적인 메뉴들을 (주로 성인 남자 2인 기준으로) 설명해 놓았다(친절하기도 해라). 최대한 다양한 음식을 주문하여 일행들끼리 나눠 먹기를 권한다(같이 여행하는 사이면 꽤 가까운 관계이니, 평소엔 그렇게 하지 않더라도 여행지에선 그렇게 하자). 그리고, 당신이 아래 목록에 있는 식당을 실제로 방문할 경우, 반드시 이 책을 꺼내어 직원에게 보여주기 바란다. 그렇게 하면 특별한 혜택이 있느냐고? 그렇지는 않다. 다만, 다음에 내가 그 식당을 방문하여 외국인들 여러 명이 들고 왔던 그 책을 쓴 사람이 바로 나라고 말하면, 나에게 뭔가 좋은 일이 생길 수는 있으니까.

- 필동면옥(Pildong Myeonok): 시작은 내가 가장 사랑하는 식당부터. 이곳은 평양냉면 가게들 중에서 매우 유명한 곳 중의 하나로, 내가 외국에서 2년간 지내는 동안 가장 많이 그리워했던 곳이기도 하다. 평양냉면 전문점 중에서 맛이 유난히 밍밍한 편이다. 평양냉면 하나, 비빔냉면 하나, 만두 한 접시, 그리고 메뉴판에 나와 있지 않은 '반반'을 주문하여 나눠 먹으면 된다. 반반을 주문하면 소고기 수육과 돼지고기 수육을 절반씩 맛볼 수 있다. 소식가라면 비빔냉면은 생략해도 된다. 뭔가 건더기가 있는 디핑 소스가 나올 텐데, 모양은 없지만 맛은 끝내준다. 만두와 수육 모두 이 소스를 찍어먹으면 된다. 피크 시간엔 웨이팅이 있지만, 회전율이 높아서 기다릴 만하다. 1985년 개업.

- 우래옥(Woo Lae Oak): 한국에서 가장 유명한 평양냉면집이라고 해도 과언이 아니다. 필동면옥보다는 국물이 진한 편. 식당 이름의 의미가 '다시 방문하는 집'이니, 이곳에서 한끼를 먹는다면 한국을 다시 방문할 가능성이 높아질지도 모른다. 서울식 불고기도 상당히 맛있는 집이니, 불고기 2인분과 평양냉면 두 그릇 혹은 평양냉면과 비빔냉면을 한 그릇씩 주문하기를 추천한다. 특이

하게도 '고기를 포함해서 주문하면 후불, 면만 주문하면 선불'이라는 시스템을 갖고 있으니, 냉면만 주문할 경우엔 참고하시라. 주말은 매우 혼잡. 1946년 개업.

• 한일관(Hanilkwan): 1939년에 개업한 유서 깊은 식당. 상당히 많은 메뉴를 파는데, (내 생각으론) 육개장이 전 세계에서 가장 맛있는 집이다(우리 엄마가 만든 것보다 맛있다. 엄마한텐 비밀). 비빔밥도 아주 맛있는데, 이 집에서는 '골동반'이라는 다른 이름으로 메뉴에 올라 있다. 두 사람이 가서 골동반과 육개장을 하나씩 시켜서 나눠 먹으면 딱 좋다. 평양냉면도 매우 훌륭하니, 위의 두 냉면집에 갈 시간이 없는 사람은 여기서 맛보아도 된다. 채식주의자가 먹을 수 있는 황태구이, 탕평채, 낙지볶음과 소면 같은 메뉴도 있다. 서울에만 다섯 개의 매장이 있다.

• 벽제갈비(Byeokje Galbi): 한국 최고의 갈비 레스토랑이라고 할 수 있다. 하지만 가격도 놀라울 만큼 비싸다. 1986년에 개업한 이후, 언제나 '(가장 비싸더라도) 가장 훌륭한 갈비'를 지향해왔다. 고기의 품질은 당연히 최상급이고, 고기를 구워주는 직원의 기술도 최고. 여러 종류의 반찬들도 매우 맛있다. 여러 부위의 소고기를 파는데, 대

표 메뉴이자 가장 비싼 메뉴인 한우설화생갈비를 주문해서 먹자(경고. 1인분에 백 달러 이상). 여러 명이 방문했다면, 양념갈비와 육회까지 맛보면 더욱 좋다. 고기를 다 먹은 다음에는 평양냉면을 작은 사이즈로 주문해서 맛보면 된다. 냉면 역시 최고 수준이라서, 이 집을 방문할 거면 굳이 앞에서 언급한 다른 냉면집을 방문할 필요가 없다. 서울에 네 곳이 있지만, 2호선 신촌역과 연세대학교 사이에 있는 것이 처음 생긴 곳이다. 이 회사에서 운영하는 다른 브랜드 '봉피양'도 추천할 만하다. 벽제갈비 못지않은 훌륭한 고기를 훨씬 저렴한 가격에 판매하는데, 사실 봉피양에서 가장 추천하는 음식은 돼지갈비다. 봉피양은 서울에만 열 개 이상의 지점이 있다.

• 버드나무집(Budnamujip): 혹시 외국에 있는 한국 식당에서 달착지근한 양념갈비를 맛있게 먹은 기억이 있다면, 이 집을 강력히 추천한다. 다른 메뉴들도 많지만, 그건 이 가게에 자주 가는 한국인들을 위한 것들이고, 관광객인 당신은 무조건 양념갈비를 주문해야 한다. 고기를 먹은 후에는 된장찌개 하나와 누룽지 둘을 주문하면 좋다. 누룽지는 밥을 지을 때 밥솥 바닥에 눌어붙은 밥을 말하는데, 한국인들은 스낵으로 그냥 먹기도 하고, 물을

부어 끓여서 밥 대신 먹기도 한다. 1977년 개업.

• 하동관(Hadongkwan): 1939년부터 지금까지 사실상 같은 음식만 팔고 있는 곰탕 전문점이다. 당연히 곰탕을 먹으면 되는데, 보통과 특 중에서 '특'을 추천한다. 보통은 평범한 고기만 들어 있고, 특에는 거기에 더해 양이 추가되어 있다. 국물 맛은 똑같다. 주문할 때 돈을 내는 시스템이고, 자리에 앉으면 '늦어도' 3분 안에 음식이 나온다. 보통의 한국인들은 다 먹는 데 10~15분 정도 쓴다. 음식을 받자마자 테이블 위에 비치되어 있는 파를 적당히(이게 얼마큼인지 모르겠으면 옆 테이블을 훔쳐보라) 넣은 다음, 김치를 곁들여 먹으면 된다. 총 네 곳의 가게가 있는데, 코엑스몰에 있는 것을 제외하면, 아침 7시에 문을 여는 대신 오후 4시 반이면 문을 닫는다. 숙소 근처에 하동관이 있다면, 술 마신 다음날 아침 식사로 안성맞춤이다.

• 고려삼계탕(Koryeo Samgyetang): 삼계탕에 관심이 있다면, 이 식당이 일순위다. 서울에는 삼계탕을 파는 식당이 무척 많고, 그중에는 여기보다 더 유명한 집들도 있다. 하지만 이 식당에서 파는 삼계탕이 가장 전통적인 편이다(너무 많은 재료를 추가하여 맛이 복잡한 식당도 많은데, 이

식당의 삼계탕은 클래식하다). 1960년에 문을 열었고, 지금도 서울 도심에 딱 두 개의 식당만 운영한다. 메뉴는 여러 가지가 있는데, 굳이 고민하지 말고 메뉴판의 맨 위에 있는, 아무런 수식어가 붙지 않은 삼계탕을 주문하면 된다. Goryeo, Koryo 등으로도 표기된다.

• 봉추찜닭(Bongchu Jjimdak): 앞에서 '치킨' 이야기를 아주 많이 했다. 교촌, BBQ, BHC 등의 가게를 찾아가면 된다는 조언도 이미 했다. 그런데 놀랍게도, 그렇게 많은 치킨집이 있음에도 불구하고, 한국에는 프라이드치킨과는 전혀 다른 종류의 또다른 닭요리도 매우 인기가 있다. 그것은 간장을 베이스로 한 소스로 요리한 찜닭이다. 그중에서도 가장 성공적인 프랜차이즈 회사가 봉추찜닭이다. 2000년에 창업한 이 회사는 현재 전국에 150개 이상, 서울에만 50개 이상의 지점이 있다. 메뉴는 뼈가 포함된 것과 뼈 없이 살코기만 있는 것 두 종류인데, 첫번째 메뉴를 고르면 된다. 매운맛, 보통, 안 매운맛 중에서 선택이 가능한데, 당신은 '안 매운 맛'을 고르는 게 좋겠다. 크기는 대, 중, 소에서 고르면 되는데, 소는 2~3인용, 중은 3~4인용, 대는 4~5인용이다. 토핑을 추가할 수 있지만 굳이 하지 않아도 되고, 닭을 거의 다 먹은 다음에는

'누룽지'를 주문하여 마무리하면 좋다. 여기서의 누룽지는 그냥 누룽지가 아니라 누룽지를 사용한 볶음밥이다.

- 나리의 집(Narieui Jip or Nari Sikdang): 당신이 한국에서 단 한끼만 먹을 수 있다면 삼겹살을 먹어야 한다고 했다. 사실 삼겹살 맛집은 전국에 수백 곳이 있고, 식당마다 조금씩 특색이 있어서 '손님이 많은' 곳이면 어디를 가든 즐거운 식사가 가능하다. 이 식당은 생삼겹살이 아니라 냉동 삼겹살을 파는 식당 중에서는 가장 인기 있는 집이다. 피크 시간에는 한 시간쯤 기다려야 할 수도 있다. 삼겹살과 함께 주문해야 하는 대표 메뉴는 청국장과 밥이다. 청국장은 된장의 일종으로, 오랜 숙성 기간을 필요로 하는 보통의 된장과 달리 2, 3일 동안만 숙성시켜서 만든다. 맛이나 향은 보통의 된장보다 오히려 강한 편이다. 한남동에 있는 본점은 나리의 집, 청담동과 잠실에 있는 두 개의 분점은 나리식당으로 이름이 다르지만, 음식은 거의 똑같다. 1986년에 개업했다. 근처에서 쉽게 찾을 수 있고 믿을 만한 삼겹살집으로는 전국에 백 개 이상의 매장이 있는 하남돼지집이 있다.

- 연타발(Yeontabal): 이 책에서 아직 한 번도 언급되지

않은 음식 중에 '곱창'이라는 게 있다. 동물의 창자를 포괄하는 말인데, 한국에서는 특히 소의 창자가 인기 있다. 부위에 따라 곱창도 여러 종류가 있는데, 그중에서도 가장 귀한 것은 '양'과 '대창'이다(두 가지 부위는 거의 늘 같이 판매되기 때문에 한국인들은 '양대창'이라고 붙여 말한다). 한 번도 소의 창자를 먹어보지 않은 사람은 약간의 거부감이 생길 수도 있겠지만, 양대창 숯불구이야말로 별미 중의 별미다(망설이다가 나를 믿고 맛을 본 모든 외국인들은 엄지를 치켜세웠다). 양대창을 주로 판매하는 식당도 꽤 많은데, 그중에서도 연타발이 최고다. 서울에 다섯 개의 매장이 있다. 두 사람이 가면 양 2인분과 대창 2인분을 (소주와 함께) 주문하면 적당하다. 너무 많아 보이겠지만, 한 사람이 1.5인분 정도 먹는 게 흔한 갈비나 삼겹살과 달리, 양대창은 한 사람이 2인분을 먹는 경우가 많다. 고기를 다 먹고도 배가 남으면 '양밥'이라는 이름의 볶음밥을 추가할 수 있다. 2000년에 개업했다.

• 진주회관(Jinju Hoegwan): 어느 한국 음식이든, 그 음식을 판매하는 음식점 중에서 최고가 어디인지에 대해서는 논쟁이 있을 수 있다. 하지만 콩국수에 관해서만은 그렇지 않다. 진주회관은 자타가 공인하는 콩국수 최고 맛

집이다. 삼성을 세계적 기업으로 키운 고 이건희 회장과 이명박 전 대통령을 비롯한 수많은 유명인사가 이 집의 단골로 알려져 있다. 콩국수는 정말 많은 식당에서 판매하는 (적어도 한국인들에게는) 평범한 음식이지만, 진주회관의 콩국수는 아주 특별하다. 뭔가 특별한 노하우가 있음이 분명하다. 당신이 냉면을 비롯한 몇몇 한국 음식들을 이미 맛보았다면, 그리고 당신의 여행 시기가 여름이라면, 1962년에 개업한 이 식당을 한 번쯤 방문해볼 만하다. 콩국수 중에서는 아마도 한국에서 가장 비쌀 텐데, 그래봐야 10달러 정도다. 오피스가 즐비한 도심 한가운데 있어서, 평일 점심시간에는 상당히 붐빈다.

- 황생가칼국수(Hwangsaengga Kalguksu): 칼국수로 유명한 식당은 많지만, 가장 추천하고 싶은 곳은 여기다. 칼국수도 물론 상당히 맛있지만, 함께 판매하는 '전(Jeon)'도 정말 훌륭하기 때문이다. 역시 앞에서 한 번도 등장하지 않은 음식인데, 전은 여러 재료에 밀가루와 달걀물을 입힌 다음 기름을 두른 팬에 구운 음식을 통칭하는 말이다. 고기, 생선, 채소 등 매우 다양한 재료로 만들 수 있어 종류가 아주 많다. 이 식당은 만두도 상당히 맛있다. 그럼 주문은 어떻게 할 것인가. 칼국수 하나, 만

두 한 접시(큰 만두가 일곱 개 나온다), 그리고 모듬전 작은 사이즈를 주문하면 두 사람이 배불리 먹을 수 있다(이렇게 시키면 40달러 정도다). 모듬전은 'Assorted Pan-fried Delicacies'라고 메뉴에 적혀 있다. 중요한 것은, 칼국수는 '하나를 둘로 나눠달라'고 말해야 한다는 것이다. 이걸 한국어로 하기는 쉽지 않을 테고, 아마도 주문받는 분은 영어에 능통하지 않을 것이다. 손과 손가락으로 최선을 다해 표현해보시라. 이렇게 주문하는 사람이 워낙 많아서, 아마도 뜻이 통할 것이다. 몇 개의 지점이 있지만, 경복궁 근처에 있는 본점이 가장 맛있고, 손님도 가장 많다. 2001년 개업.

• 삼청동수제비(Samcheongdong Sujebi): 전국에서 가장 유명한 수제비 맛집이다. 수제비를 파는 수많은 가게 중에서 이 집만큼 웨이팅이 긴 집은 없다. 평일에도 피크 시간에는 30분 정도, 주말에는 그 이상 기다려야 한다. 예약도 불가능하고, 한국의 여러 맛집에서 사용하는 번호표 같은 것도 없다. 그냥 줄을 서서 차례로 입장한다. 하지만 워낙 금방 먹고 나오는 집이라, 줄의 길이에 비해 대기 시간이 극단적으로 길지는 않다. 둘이 가면 수제비 2인분과 감자전 하나를 시키면 적당하다. 2인분이든 3인

분이든 한꺼번에 작은 항아리에 담겨서 나오니, 앞에 놓인 그릇에 덜어 먹으면 된다. 테이블 위에 있는 두 가지 김치를 곁들여 먹는데, 매운 고추가 들어간 양념장을 조금 첨가해서 먹어도 된다. 그런데 수제비는 숟가락으로 먹기도 약간 불편하고 젓가락으로 먹기도 약간 불편한 음식이다. 두 가지 도구를 번갈아 혹은 한꺼번에 활용해 볼 것.

- 원조1호장충동할머니집(Wonjo Ilho Jangchungdong Halmeoni Jip): 이렇게 긴 이름을 어떻게 외우느냐고? 그럴 필요 없다. 지하철 3호선 동대입구역 3번 출구로 나가면 유명한 '족발' 음식점이 여러 개 있고, 대부분은 맛이 비슷하다(사실은 미세하게 달라서, 한국인들은 각자 가장 좋아하는 가게가 따로 있다. 저 긴 이름의 식당은 내가 가장 좋아하는 집일 뿐이다). 그런데 족발이란 무엇인가? 여러 가지 소스를 섞은 물에 돼지의 다리를 푹 삶은 음식이다. 말하자면 한국식 슈바인스학세(Schweinshaxe)라고 할 수 있다(맛과 식감은 전혀 다르다). 슈바인스학세와 달리 먹기 좋게 썰어서 나오며, 사우어크라우트(Sauerkraut) 대신 일종의 김치 및 채소들과 함께 먹는다(맥주가 아니라 소주와 잘 어울린다는 점도 다르다). 족발은 한국인이 사랑하는 음식

들 중의 하나이며, 유명한 식당도 정말 많다. 반드시 장충동에 가야 하는 것은 아니고, 당신의 숙소 주변에도 제법 괜찮은 족발 전문점은 많이 있다. 대체로 대, 중, 소 세 가지인 사이즈만 고르면 되는데, 두 사람이면 가장 작은 걸 고르면 된다. 어떤 가게는 여러 종류의 족발을 팔고, 그중에는 아주 매운 것도 있다. 당신은 무조건 메뉴판의 맨 위에 있는 것을 고르면 된다. 여러 족발집에서는 '보쌈'이라는 음식도 판매하는데, 보쌈은 삶은 돼지고기를 김치 및 다양한 채소들과 함께 먹는 것이다. 족발과 보쌈은 식사나 안주로도 많이 소비되지만, 치킨과 더불어 한국인이 무척 사랑하는 야식 중의 하나다.

- 할머니 현대 낙지아구감자탕(Halmeoni Hyundai Nakji Agu Gamjatang): 역시 황당하게 긴 이름의 식당인데, 한국인들도 정확한 이름을 잘 못 외운다. '할머니'는 Grandmother라는 뜻이며, '현대'는 당신이 아는 자동차 회사의 이름인 동시에 식당 근처에 있는 아파트 이름이기도 하다. '낙지'는 small octopus의 한국어인데, 이 가게에서는 영화 〈올드보이〉에 나오는 것과 같은 낙지가 아니라 낙지볶음을 판매한다. 매운 음식을 전혀 못 먹는 사람은 도전하지 말 것. 상당히 좋은 낙지를 사용하기 때

문에 가격도 꽤 비싸다. 아구찜도 팔고 감자탕도 판매하는 이 식당의 모든 음식은 소주와 잘 어울린다. 이 식당은 구글에서 영어로는 잘 검색되지 않는데, 지하철 3호선 압구정역 5번 출구에서 걸어갈 수 있는 거리에 있으며, 신구초등학교 바로 옆에 있다.

- 화해당(Hwa Hae Dang): 간장게장이 정말 맛있는 식당이다. 간장게장 역시 이 책에서 처음 등장하는 음식인데, 여러 가지 향신료를 넣고 끓인 간장에 신선한 게를 적당한 시간 동안 두어 숙성시킨 다음 먹는 것이다. 그냥 먹으면 당연히 짜기 때문에 밥과 함께 먹는다. 외국인에게는 맛이나 모양이나 먹는 방법이 모두 낯설겠지만, 한국인이 엄청나게 좋아하는 고급 음식이다. 간장게장의 별명은 밥도둑이다. 하도 맛있어서 밥이 빨리, 그것도 많이 없어지기 때문이다. 서울 여의도에 있는 식당은 분점이고, 본점은 서울에서 150킬로미터쯤 떨어진 바닷가에 있다. 다른 간장게장 맛집으로는 신사동의 프로간장게장이 있다.

- 정식당(Jungsik): 한국의 대표적인 파인 다이닝 레스토랑 중의 하나다. 한식에 흔히 쓰이는 재료들을 활용하지

만, 한국인들에게도 새롭게 느껴지는 창의적인 음식을 낸다. 『미슐랭가이드』에서 두 개의 별을 받았고, 뉴욕에도 같은 이름의 식당을 냈을 만큼 성공한 레스토랑이다. 반드시 한 달 전에 예약을 해야 한다. 식당 홈페이지에 영어로 자세히 설명되어 있다. 디너는 주류 제외 2백 달러 수준이고, 런치도 백 달러를 훌쩍 넘는다. 채식주의자 메뉴도 있는데, 가격은 똑같다.

• 온지음(Onjieum): 정식당이 한식을 새롭게 재해석한 창의적인 음식으로 유명하다면, 온지음은 훨씬 전통적인 한식을 낸다. 과거 왕실에서나 먹던 음식부터 현대의 한국인들이 자주 먹는 음식까지 모두 맛볼 수 있다. 전자는 원형에 가깝게 재현했고, 후자는 좋은 재료와 세련된 플레이팅으로 (한국인들이) '아는 맛' 중에서 최고를 지향한다. 외국인인 당신도 한국이 음식 문화가 얼마나 발달한 나라인지 실감할 수 있을 것이다. 경복궁 바로 옆에 위치해 있으며, 반드시 예약을 해야 한다. 디너는 2백 달러가 조금 안 되고, 런치는 백 달러 정도다. 와인 페어링 대신 한국의 전통주 페어링이 가능하다. 『미슐랭가이드』에서 한 개의 별을 받았다.

• 에빗(Evett): 이 목록에 있는 식당 중에서 유일하게 한국인이 아닌 오너 셰프가 운영하는 식당이다. 음식도 사실 '한국 음식'이라고 부를 수는 없는 것을 낸다. 하지만 여기 포함시킨 것은 호주 출신의 조셉 리저우드(Joseph Lidgerwood)가 한국의 식재료와 음식 문화에서 영감을 받아서 창의적으로 재해석한 음식을 제공하고 있기 때문이다. 디너는 주류 제외 2백 달러 수준이고, 런치도 백 달러를 훌쩍 넘는다. 일반적인 와인 페어링 외에 한국 술 페어링도 가능하며, 한국의 식재료를 활용하여 셰프가 배합한 음료들을 제공하는 논알콜 페어링도 독특한 매력이 있다. 2019년에 개업했으며, 에빗은 셰프의 미들네임이다. 『미슐랭가이드』에서 한 개의 별을 받았는데, 내가 심사위원이면 두 개를 주고 싶은 곳이다.

• 마방집(Mabangjip): 이 목록에 있는 식당 중에서 유일하게 서울 바깥에 있는 식당이다. 지하철 5호선 하남시청역에서 1.5킬로미터 떨어져 있고, 서울의 동남쪽 지역에서는 택시를 타고 30분 정도면 갈 수 있다. 이 식당은 1920년경에 개업한 것으로 전해지는, 한국에서 손꼽히게 오래된 식당 중의 하나다. 15달러가 채 안 되는 세트 메뉴를 시키면 스무 가지가 넘는 반찬과 밥, 그리고 된

장찌개가 나온다. 대부분의 반찬은 나물이라 부르는 채소들이다. 채식주의자라면 이것만 먹으면 되지만, 대부분의 손님들은 소불고기 혹은 돼지불고기를 추가한다. 두 사람이라면 둘 중 하나를, 네 사람이라면 둘 다 추가하면 된다. 이 집의 불고기는 수분이 매우 적은 스타일이다. 소불고기는 15달러 정도, 돼지불고기는 10달러 정도다. 전통 한옥 구조로 되어 있는데, 여러 개의 방 중 하나로 처음 안내받으면 조금 당황할 수 있다. 방에 아무것도 없기 때문이다. 주문을 하고 나서 바닥에 어색하게(불편하게?) 앉아 있으면, 잠시 후에 직원들이 커다란 상을 들고 들어온다. 상 위에는 스무 가지 넘는 반찬이 놓여 있다. 안타까운 것은, 백년의 역사를 가진 이 식당이 도시 재개발로 2024년에 다른 곳으로 이전할 예정이라는 사실이다. 당신이 그전에 여기를 가볼 수 있으면 좋겠다.

20.

서울 밖으로 나간다면 어디를 갈까?

한국을 처음 방문하는 것이고 한국에서 머무는 날이 닷새 안팎이라면, 모든 일정을 서울 안에서 보내도 좋다. 서울은 충분히 크고 충분히 다양해서, 일주일 혹은 그보다 좀 더 길게 머물러도 갈 곳과 할일과 먹을 것이 끊이지 않을 것이다. 하지만 여정이 충분히 길다면, 혹은 이번 한국 방문이 처음이 아니라서 이미 서울은 웬만큼 둘러보았다면, 이제는 서울 밖으로 눈을 돌려야 한다. 그럼 어디를 가면 이 놀라운 나라의 숨은 보석들을 만날 수 있을까?

한국은 작은 나라이지만, 바티칸이나 모나코보다는 훨씬 크다. 싱가포르보다 열 배 이상 크고, 홍콩보다 열 배 가까이 크다. 덴마크, 네덜란드, 스위스보다도 두 배 이상 크다.

아일랜드, 체코, 오스트리아, 포르투갈보다도 크다. 여행자가 단기간 내에 모두 돌아볼 수 있는 크기는 결코 아니라는 뜻이다. 하지만 고속도로가 엄청나게 발달되어 있고, 시속 3백 킬로미터로 달리는 고속철도도 전국 곳곳에 깔려 있어서, 당신이 마음만 먹는다면 못 갈 곳은 없다. 당신이 무엇을 원하느냐에 따라 목적지가 달라질 뿐, 가능성은 무궁무진하다.

가장 먼저 결정해야 하는 것은 렌터카를 빌려 직접 운전을 할 것인지 여부다. 물론 서울에서는 당신이 운전을 할 이유가 전혀 없다. 하지만 서울 밖으로 나가려 하면 운전 여부에 따라 여행 계획은 크게 달라질 수밖에 없다. 나는 내가 방문한 거의 모든 나라에서 렌터카로 다녔다. 심지어 주행 방향이 다른 나라에서도 그렇게 했다. 하지만 누구나 자동차 여행을 좋아하는 것은 아니고, 낯선 나라에서 운전하는 것은 그리 만만한 일이 아니다. 특히 주행 방향이 다른 나라에서 운전하는 것은 힘들고 위험하다(그러니 당신이 영국, 아일랜드, 호주, 뉴질랜드, 피지, 타이, 말레이시아, 인도, 인도네시아, 일본, 싱가포르, 홍콩, 남아프리카공화국, 케냐, 나미비아, 탄자니아 등의 국민이라면 한국에서는 운전을 하지 마라).

이유가 뭐든 운전을 하지 않기로 마음먹었다면, 가장 쉽게 갈 수 있는 장소는 KTX라고 부르는 고속철도가 정차하는 도시다. 그중에서도 관광객들에게 가장 추천할 만한 곳은 부산, 경주, 안동, 전주, 강릉 등이다. 부산은 서울에서 세 시간 가까이 걸리지만, 다른 곳들은 모두 두 시간 안팎이면 갈 수 있다.

먼저 부산은 한국에서 두번째로 큰 도시이며, 동남쪽 끝에 있는 항구도시다. 바다를 보기 힘든 곳에 살고 있어서 바다라면 무조건 관심이 간다면, 그리고 시골보다는 대도시를 선호하는 편이라면, 부산은 좋은 선택지다. 매우 비싼 곳부터 저렴한 곳까지, 바다가 보이는 숙박시설이 아주 많다. 다양한 생선 요리도 발달했고, 돼지국밥이라는 로컬 푸드도 유명하다. 돼지국밥은 돼지 뼈를 오래 끓여서 만든 육수에 밥과 여러 가지 양념을 넣어서 먹는 것으로, 한국식 바쿠테(Bak kut teh)라고 할 수 있다.

부산은 지형부터가 독특해서, 도시 면적의 대부분이 산이라고 해도 과언이 아니다. 산과 산 사이의 좁은 공간들에 도시가 만들어지다보니, 산중턱까지 각종 건물이 빼곡하게 지어져 있다(심지어 고층 아파트도 산중턱에 지어져 있다). 한국전쟁 시기에 피란민이 대거 몰려들어 갑자기 인구가 늘어났던 영향이 지금까지 남아 있는 것인데, 아이로니컬하게도 결핍에서 비롯된 그 모습이 특이하여 지금은 관광 명소가 되었다. 감천문화마을이라는 곳에 가면, 산과 바다와 밀집된 건물들이 묘하게 어우러지는 특이한 풍경을 볼 수 있다.

부산에는 전 세계에 딱 하나밖에 없는 유엔군 묘지가 있다. 한국전쟁에서 평화와 자유를 위해 싸우다가 목숨을 잃은 군인들이 여기에 잠들어 있다. 한국전쟁은 UN의 이름으로 연합군이 파병된 유일한 사례인데, 당시 전투 병력을 지원한 나라는 호주, 벨기에, 캐나다, 콜롬비아, 에티오피아, 프랑스, 그리스, 룩셈부르크, 네덜란드, 뉴질랜드, 필리핀, 남아프리카공화국, 태국, 튀르키예, 영국, 미국 등 16개국이며, 병원선과 의료진 등을 지원한 나라는 덴마크, 독일, 인도, 이탈리아, 노르웨이, 스웨덴 등 6개국이다. 대한민국 국민들은 이들 22개 나라의 국민들에 대해 특별히 감사하는 마음을 갖고 있다.

한국전쟁 기간 중 17개국(의료지원국 중 노르웨이 포함)에서 총 40,896명이 희생되었으며, 부산의 UN기념공원에는 그중 약 11,000명의 유해가 안장되었다(상당수가 그들의 조국으로 이장되어, 지금은 11개국 2,319명의 유해가 잠들어 있다). 지금은 공원으로 조성되어 있으며, 매년 한국 시각으로 11월 11일 오전 11시에는 세계 곳곳에서 부산 방향으로 서서 1분간 묵념을 올리는 행사가 열린다.

자갈치시장은 한국에서 가장 유명한 해산물 전문 시장으로, 이 곳에서도 마음에 드는 (살아 있는) 물고기를 고른 다음 위층에 올라가 그것을 먹을 수 있다.

해운대 일대는 해수욕장, 호텔, 맛집 등이 밀집한 곳인데, 해운대블루라인파크가 추천할 만하다. 과거에 사용됐던 철길을 따라 해변을 오가는 관광 열차와 스카이캡슐이라 부르는 초소형(2~4인승) 기차를 타고 해안의 절경을 감상할 수 있다. 중간 중간 자유롭게 타고 내리며 산책을 겸해도 좋은데, 주말에는 상당히 혼잡하다. 여기에 더해 매년 10월에는 아시아 최대의 영화 축제인 부산국제영화제도 열린다.

해운대에서 외곽으로 조금만 더 가면 나타나는 해동용궁사라는 절도 유명하다(아주 가까운 것은 아니고, 10킬로미터 정도 떨어져 있어서 자동차로 20분쯤 걸린다). 이 절은 1970년대에 지어진 '신생' 사찰로 역사적인 가치는 전혀 없으며, 특별한 문화재도 없다. 절 자체가 특별히 아름답지도 않고, 다른 사찰들처럼 경건한 분위기도 없다. 14세기에 이 자리에 처음 절이 건립되었다는 주장이 있으나, 근거는 주말 백화점의 주차 공간과 마찬가지로 매우 희박하다. 그럼에도 불구하고 유명한 이유는 절묘한 위치 때문이다. 한국의 사찰들은 대부분 산속에 있지만, 이 절은 바다에 면해 있어서 전망이 매우 좋다. 이름도 독특한데, '용궁'은 바다를 관장하는 신의 거처라는 뜻이다. 한마디로 '특이한' 절로 유명한 셈이다. 어디서 소문을 들었는지, 외국인 관광객도 꽤 많이 방문한다(나는 방문을 추천하지는 않았다. 유명하다고 했을 뿐).

안동이라는 도시는 여러 명문가의 본산으로, 수많은 학자를 배출했을뿐더러 한국의 전통문화가 지금까지도 가장 진하게 남아 있는 곳이다. 영국의 엘리자베스 여왕이 1999년에 방한했을 때 안동을 방문했고, 마침 생일을 맞은 여왕을 위해 한국식 전통 생일상이 차려졌던 일화도 유명하다.

안동에서는 하회마을이라는 곳을 반드시 방문해야 한다. 한국의 전통가옥인 한옥이 밀집되어 있는 곳으로, 시대를 초월한 아름다움을 확인할 수 있다. '하회'는 아주 작은 지역의 지명인데, 목가적인 분위기의 이곳은 '하회탈'의 고향이기도 하다. 하회탈은 이 지역의 전통적인 역할극에 출연하는 배우들이 썼던 탈로, 다양한 형태가 있지만 주름이 많은 할아버지가 활짝 웃는 듯한 모습의 탈이 가장 유명하다. 한국의 수많은 기념품점에서 하회탈을 모티브로 만든 소품들이 판매되고 있다.

전통문화의 도시 안동은 전통적인 방식의 소주로도 상당히 유명하여, 시내 대부분의 음식점과 기념품 가게에서 '안동소주'라는 것을 판매하고 있다. 안동소주는 쌀로 만들어지며, 한국 어디에서나 싼값에 마실 수 있는 그 소주와는 다르다(이 책에서는 '프리미엄 소주'라고 표현했다. 안동소주는 서울에서도 구입 가능하고, 심지어 공항 면세점에도 있다).

안동에는 유명한 음식이 두 가지나 있는데, 하나는 '안동찜닭'이며, 다른 하나는 '간고등어'다. 안동찜닭을 전국 곳곳에서 판매하는 체인 식당이 앞에서 언급한 '봉추찜닭'인데, 안동 시내에는 개별적으로 운영되는 안동찜닭 전문 식당이 수백 개 있다(그중 수십 개가 '찜닭거리'에 모여 있다. 맛은 대부분 비슷하다). 그러니 당신이 안동을 방문할 예정이면 굳이 서울에서 봉추찜닭을 찾아갈 이유가 없다. 간고등어는 굵은 소금으로 염장한 고등어인데, 내륙 도시 안동이 고등어로 유명한 점이 특이하다. 오래전, 유난히 쉽게 상하는 고등어를 안동 사람들이 먹기 위해서는 바닷가에서 고등어를 소금에 절인 다음 수송하는 수밖에 없었던 데서 유래한다(발음은 'gan go deung eo' 네 음절로 하면 되는데, 대충 말해도 안동 시민들은 잘 알아들을 것이다).

안동까지 갔으면 최소한 하루는 그곳에서 숙박을 해야 할 텐데, 이왕이면 '구름에'라는 이름의 리조트를 이용하면 좋다. 한국에는 한옥에서 숙박할 수 있는 전통 호텔들이 곳곳에 있는데, 그중 가장 추천할 만한 곳이 여기다. 하루 숙박비는 2백 달러 수준으로, 한국의 다른 숙박시설들에 비해 특별히 비싸지도 않다. 이 호텔에서 머문다면, 걸어갈 수 있는 거리에 위치한 안동시립민속박물관을 들러도 좋겠다.

다음으로 경주가 있다. 경주는 '벽 없는 박물관'이라 불릴 정도로 고대 유물이 많은 도시다. 10세기 중반까지 천 년 가까이 지속된 신라왕조의 수도였던 경주에는 한국에서 매우 중요한 문화유산이 많다. 신라는 특히 불교문화가 발달했는데, 특히 유명한 곳이 불국사와 석굴암이다. 불국사는 한국에서 가장 유명하고 가장 아름다운 사찰 중의 하나이며, 석굴암은 석굴 내부에 석불을 모셔놓은 곳으로 신라 과학기술 및 미술의 절정으로 손꼽힌다(석굴암은 보존을 위해 워낙 엄격하게 관리되어, 실제로 관람할 수 있는 부분은 매우 적다).

경주 시내 곳곳에는 고대 왕족들의 거대한 무덤이 지금까지 남아 있다. 가장 대표적인 곳인 대릉원에는 23개의 봉분이 모여 있으며, 그중 천마총은 무덤 내부에까지 들어가 과거의 신비로운 유물들을 볼 수 있다.

경주 시내에서 자동차로 20분 정도 떨어진 곳에는 양동마을이 있다. 이곳은 한국 정부가 지정해놓은 7개의 전통

마을 중에서도 가장 가치가 높은 곳으로, 수백 년 전에 지어진 백여 채의 가옥이 있다. 안동 하회마을과 마찬가지로 지금도 주민들이 거주하고 있으며, 에어비앤비를 통하면 이곳의 한옥에서 숙박을 할 수도 있다. 하회마을과 양동마을 모두 2010년에 유네스코 세계문화유산으로 등재됐다.

경상도에 경주와 안동이 있다면, 전라도에는 전주가 있다. 전주도 한국의 전통문화가 매우 발달했던 도시이며, 예술과 음식 문화가 특히 유명하다. 전주한옥마을은 여러 채의 한옥으로 이뤄진 관광지로, 비교적 저렴한 한옥 호텔과 음식점, 공예품점 등이 밀집해 있다. 즐비한 상점들은 갖가지 종류의 길거리 음식들로 관광객들을 유혹한다. 한복을 대여해주는 가게도 많으니, 이왕이면 한국의 전통 복장을 갖추고 돌아다니면 더욱 좋겠다. 그곳에는 전통술박물관도 있다. 소주 외에도 한국의 전통 술은 종류가 아주 많다. 시음도 가능하고, 직접 술을 빚는 체험도 해볼 수 있다(역시 BTS가 방문했던 장소다. 예약과 체험은 한국어로만 가능하다).

인근에는 조선왕조를 세운 태조 이성계의 초상화를 모셔놓은 경기전이 있다. 경기전 내부에 있는 어진박물관에 가면, 사진이 없던 시절에 왕을 그린 그림이 얼마나 중요한 물건이었는지 실감할 수 있다. 전동성당은 한국 최초의 순교자가 순교했던 자리에 세워진 성당이다. 첫 순교는

1791년에 있었고, 이 성당이 건립된 것은 1931년이다.

전주에서는 웬만한 음식점 아무 곳이나 들어가도 다 맛있을뿐더러, 서울보다 훨씬 많은 종류의 반찬이 제공된다(좀 너무하지 않나 싶을 만큼 다양한 종류를 주는 곳도 있다. 심지어 별로 비싸지도 않다).

서울에서 동쪽으로 2백 킬로미터쯤 떨어져 있는 동해안의 강릉도 외국인들의 방문이 늘어나는 도시다. 2018년 평창동계올림픽이 열린 도시들 중 하나이기도 하고, 아름다운 해변과 맛있는 커피와 순두부로 유명한 곳이다. 세계에서 유일하게 어머니와 아들이 모두 화폐에 등장하는 나라가 한국이라고 말했는데, 그 어머니와 아들이 모두 태어난 장소도 강릉에 있다. 오죽헌이라는 고택인데, 이는 약 6백년 전에 지어진 건물로 한국에 남아 있는 주택 중에서는 가장 오래된 것들 중의 하나다. 강릉까지 왔으면, BTS 뮤직비디오에 나오는 유명한 버스 정류장이 있는 향호해변까지 방문할 수 있겠다(강릉 시내에서 20킬로미터 떨어져 있다).

기차로 가기는 좀 어려운, 그러니까 운전을 선택해야 편리하게 구경할 수 있는 멋진 곳도 많이 있다. 그런 곳들을 본격적으로 살펴보기 전에, 한국에서 운전을 하려는 외국인들에게 필요한 내용들을 먼저 알아보자. 우선 국제운전면허증, 여권, 본국의 운전면허증이 모두 있어야 하고, 만

21세 이상이며 운전면허 취득 후 최소 1년이 지나야 차를 빌릴 수 있다. 본인 명의의 신용카드도 있어야 한다(이건 세계의 거의 모든 나라에서 비슷하다). 보험은 의무적으로 가입해야 하는 것만 들어도 되지만, 아무래도 낯선 곳에서의 운전이니 조금은 더 보장 범위가 넓은 것을 택하면 좋겠다.

한국의 고속도로는 유료인데, 통행료가 있는 다른 선진국들과 비교하면 그리 비싸지 않다(하지만 휘발유 가격은 제법 비싸다). 통행료는 현금이나 신용카드로도 낼 수 있지만, 하이패스라고 부르는 전자 결제 시스템을 이용하는 것이 편리하다. 많은 렌터카에는 이를 위한 단말기가 부착되어 있어서, 나중에 차를 반납할 때 한꺼번에 결제하면 된다(단말기 부착 여부를 미리 확인해야 한다). 하이패스 이용자는 톨게이트를 지나칠 때 파란색 유도선이 그어져 있는 레인을 따라 지나가면 된다.

제한속도는 구간에 따라 다르지만 대부분은 시속 백 킬로미터이며, 일부 고속도로는 시속 110킬로미터다. 과속 차량을 단속하는 카메라가 곳곳에 설치되어 있는데, 두 가지 특징이 있다. 첫째, 거의 언제나 전방에 카메라가 있다는 사실을 알려주는 노란색 표지판이 설치되어 있다(뭐 바람직한 건 아니지만, 대부분의 운전자들은 카메라가 없는 구간에서는 어느 정도 과속을 하다가 카메라가 있는 곳에서만 속도를 줄인다). 둘째, 예고 표지판을 보고 속도를 줄이면 잠시 후 실제로 정면 혹은 측면에 카메라가 나타나긴 하는데, 실제로 작동하는 카메라보다 작동하지 않는 카메라가 더 많다. 심지어 카메라가 놓여 있어야 할 자리에 카메라가 없는 경우도 흔하다(실제 카메라의 위치는 가끔씩 바뀐다). 어디에 진짜 카메라가 있는지 알 수 없으니, 운전자는 예고 표지가 보일 때마다 속도를 줄일 수밖에 없다. 이걸 내가 왜 알려주고 있는지는 모르겠지만, 아무튼 그렇다.

그러니 한국의 고속도로에서는 웬만하면 과속을 하지 않는 게 좋겠다. 게다가 두 개의 지점을 통과하는 시간을 측정하여 과속 여부를 판별하는 방식도 병행하고 있다(이런 숱한 장치에도 불구하고, 한국의 교통사고율은 높은 편이다. 서유럽 국가들 중에서 가장 교통사고가 많이 일어난다는 이탈리아보다 조금 더 높다. 이탈리아와 한국은 모두 사람들이 성격 급하기로 유명하다). 그러니, 운전을 할 때는 안전을 최우선으로 생각하길.

고속도로의 일부 구간에 버스 전용 차로가 지정되어 있다는 사실도 알아야 한다. 서울 주변을 비롯하여 교통량이 특히 많은 구간의 1차로는 버스만 다닐 수 있다(엄밀히 말하면 9인승 이상의 차량에 7명 이상 탑승했을 때만 가능하다). 파란 실선으로 구분되어 있으니, 이 레인만 유독 차량이 없다고 기빼하며 진입하는 일이 없도록 주의해야 한다(다른 운전자들도 바보가 아니다). 버스 전용 차로 운영 시간은 구간마다 다른데, 당신이 표지판만 보고 알아차리기는 쉽지 않을 것이다. 그냥 다른 차들의 움직임을 보고 눈치껏 운전하면 된다.

한국에서 고속도로를 달릴 때 경험할 수 있는 최고의 즐거움은 휴게소다. 한국의 고속도로 휴게소는 매우 규모가 크고, 정말 다양한 상품들을 판매한다. 주유소, 식당, 편의점 등이 있는 것은 물론이고, 앞에서 소개한 수많은 길거리 음식을 휴게소에서 맛볼 수 있다(도심에서는 찾아보기가 쉽지 않은데 고속도로 휴게소에서만 유난히 흔한 음식들도 있다). 다양한 자동차용품, 생활용품, 의류, 해당 지역의 특산물 등도 판매한다. 주로 트로트 계열의 음악을 수록한 CD도 흔히 판매한다(길거리 음식 말고 당신이 사야 할 품목은 없다). 휴게소 사이의 간격은 대부분 30킬로미터 내외로 촘촘하게 있으며, 아무리 멀어도 50킬로미터 정도 떨어져 있을 뿐이다.

마지막으로, 당신이 한국에서 자동차 여행을 떠날 때 고려해야 할 가장 중요한 사실을 알려준다. 서울에서 출발하는 시점을 토요일 낮으로 잡지 말고, 서울로 돌아오는 시점을 일요일 오후나 저녁으로 잡지 마라. 무조건 최소 한 시간 이상 더 걸린다. 운이 나쁘면 두 시간 이상 더 소요될 수도 있다(다른 요일이라고 해서 뻥뻥 뚫린다는 것은 아니다. 러시아워 때의 대도시 주변 고속도로는 늘 막힌다). 서울 밖으로 나갔다 돌아오는 건 평일에 하자.

이제 KTX를 타고 가는 것보다는 자동차를 몰고 가는 것이 더 좋은 명소들을 몇 군데 알아보자. 가장 먼저 소개하고 싶은 곳은 뮤지엄 산(SAN)이다. SAN은 Space, Art, Nature의 앞 글자를 딴 것이기도 하지만, mountain을 뜻하는 한국어 발음이기도 하다. 실제로 이 미술관은 깊은 산속에 있다. 일본의 건축가 안도 타다오(Tadao Ando)가 설계한 건물도 근사하고, 소장하고 있는 작품들도 훌륭하다. BTS의 RM을 비롯한 여러 K팝 스타들도 다녀간 곳이고, 드라마·영화·CF 등의 촬영지로도 여러 번 선택된 곳이다. 서울에서 두 시간이 채 안 걸린다.

당신이 서울과는 완전히 다른, 지극히 전통적인 분위기를 느껴보고 싶다면 '아원'도 추천한다. 여러 채의 한옥으로 구성된 이곳은, 다른 지역에 있던 오래된 한옥들을 옮겨와서 다시 지은 건물이다. 2백 년 이상 된 목조건물에서 하루를 지내는 근사한 체험을 하려면 객실에 따라 250~400달러를 지불해야 한다(최대 5명까지 묵을 수 있는 가장 큰 객실은 약 천 달러 수준이다). 여기서 숙박을 하지 않고 그냥 돌아보아도 좋다. BTS도 2019년에 이곳에서 화보 촬영을 했다. 아원 바로 옆에 있는 소양고택도 고급 한옥 호텔이며, 인근에는 조금 저렴한 한옥 호텔이 여러 개 있다(하지만 홈페이지들이 한국어로만 되어 있어서 아쉽다). 서울에서 차를 몰고 가면 세 시간 정도 걸리는데, 앞에서 소개한 전주 시내에서는 30분이 채 걸리지 않는다. KTX와 자동차를 모두 이용하여 전주와 이곳을 함께 돌아보는 것도 멋진 아이디어다.

속초라는 도시도 재미있다. 속초는 동해안 북쪽에 위치한 도시로, 오랫동안 서울에서 가장 가기 힘든 도시 중 하나였다. 기차로는 아예 갈 수 없고 자동차로는 다섯 시간 이상 걸리는 곳이었지만, 2017년에 서울양양고속도로가 개통된 이후 서울에서 두 시간 20분이면 갈 수 있게 됐다. 속초는 아름다운 해안과 맛있는 생선 요리로 유명하고, 인근에 있는 양양해변은 한국에서 서핑을 즐길 수 있는 몇 안 되는 장소 중의 하나다. '오징어순대'라는 음식도 맛보아야 한다. 이것은 돼지의 창자가 아니라 오징어를 이용해서 만든 순대다.

등산을 좋아한다면 설악산 국립공원을 방문해도 좋겠다. '한국의 요세미티'로도 불리는 설악산은 단풍이 물드는 가을철이 특히 아름답다. 당신이 미술 애호가라면, 속초로 가는 길에 박수근미술관을 들러도 좋다(한 시간 정도 더 걸린다). 박수근은 한국인이 매우 사랑하는 20세기 화가 중 한 사람이다.

서해안 도시 중에는 보령이 유명하다. 서울에서 자동차로 두 시간이면 도착하는 이 도시는, 아름다운 해수욕장이 몇 개 있기는 해도, 한국인들이 즐겨 찾는 수많은 여름 휴양지 중의 하나에 불과했다. 하지만 1998년에 보령머드축제가 열리기 시작한 이후 국제적으로 유명한 곳이 되었다. 매년 7월 말경에 2~3주 정도 열리는 이 축제는 사람들이 온몸에 진흙을 바르며 노는 행사다. 진흙에 건강에 좋은 성분이 포함되어 있다고는 하는데, 하루나 이틀 동안 진흙을 바른다고 몸이 특별히 건강해질 리는 없으니, 그냥 '재미'를 위한 행사라고 보면 된다. 이 축제를 위해 보령을 방문하는 외국인만 매년 30만 명에 달한다. 당신이 한국에 오는 계절이 여름이라면, 반드시 고려해볼 만한 축제다. 운전을 하기 싫으면 고속버스를 타고 가도 된다.

마지막으로 소개하는, 하지만 가장 중요한 장소는 제주도다. 제주는 서울에서 비행기로 50분 거리에 있는 아름다운 섬이다. 동서로 73킬로미터, 남북으로 31킬로미터 크기이니, 제법 큰 섬이다. 당연히 한국에서는 가장 큰 섬이며, 하와이의 마우이섬보다 조금 작다. 화산활동에 의해 형성된 섬으로 중심에 한라산이 있으며, 섬 전역에 약 370개의 기생화산이 있다. 한반도에서 남쪽으로 멀리 떨어져 있는 섬이라, 기후·음식·문화·생태 등 모든 것이 독특하다. 제주도 사투리는 한국인들조차 잘 이해하지 못할 정도다(물론 제주도 사람들도 표준어를 구사할 줄 안다). 한국인이 가장 사랑하는 대표적인 휴양지로, 서울의 김포공항과 제주공항을 오가는 항공편은 연간 8만 편에 육박한다. 놀라지 마시라, 매일 2백 편이 넘는 것이다(웬만한 지하철보다 자주 다닌다). 이렇게 비행편이 많지만, 주말에는 표를 구하기 어렵다. 제주를 방문할 계획이 있으면 오래전에 예매를 해야 한다. 실제로 서울-제주 노선은 전 세계에서 가장 붐비는 노선으로 유명하다. 코로나 이후 조금 감소하긴 했지만, 한때는 서울-제주 노선에 탑승하는 여객의 숫자가 연간 1,500만 명을 넘기도 했다.

당연히 제주에는 유명한 관광지도 매우 많다. 사실 섬 전체가 관광지다(물론 70만 명 가까운 사람들에게는 생활의 터전이다). 일단 한라산국립공원이 있고, 여러 개의 폭포와 동굴, 크고 작은 공원이 많다. 해수욕장, 숲, 산책로, 미술관, 맛집 등도 아주 많다. 그리고 제주가 아닌 다른 곳에서는 찾아볼 수 없는 독특한 장소들도 있다.

대표적인 곳은 제주 4.3평화공원이다. 한국 현대사의 비극적인 사건 중 하나인 제주 4.3 사건의 희생자를 추모하는 공원이다. 한국이 일본의 식민 지배에서 벗어난 것이

1945년이고 남북이 각각 정부를 출범시킨 것은 1948년, 한국전쟁은 1950년부터 1953년까지다. 그 혼란의 시기에 본토와 멀리 떨어진 제주에서는 좌익과 우익의 대립 등 여러 가지 복잡한 요인으로 무려 7년여 동안(1947년부터 1954년까지) 군인, 경찰, 반란군, 주민 들이 서로를 죽이는 비극이 발생했다. 사망자는 약 3만 명으로 추정되는데, 이는 당시 제주 인구의 10분의 1을 넘는다.

제주는 또한 '해녀'로도 유명하다. 해녀는 산소공급 장치 없이 바닷속에 들어가 전복, 성게, 소라, 미역 등을 채취하는 것이 직업인 여성이다(당신이 제주에서 먹게 될 해산물 중의 일부는 해녀들이 채취한 것이다). 1970년대에는 제주 해녀가 만 4천여 명이 있었다고 하는데, 지금은 많이 줄어들어 3천여 명만 활동중이다. 2016년에는 유네스코 인류무형문화유산으로 등재됐다. 제주의 몇몇 지역에서는 관광객들이 직접 해녀 체험을 할 수도 있는데, 본격적인 관광 프로그램은 아니다. 직접 체험하지는 못하더라도 해녀박물관을 방문하면 해녀에 관한 흥미로운 사실들을 알게 된다.

제주는 걷기 좋은 곳이기도 하다. 올레길이라고 부르는 산책로가 해안을 따라 섬 전역에 조성되어 있는데, 총연장은 400킬로미터가 넘는다. 또한 수백 개에 이르는 한라산의 기생화산을 '오름'이라고 부르는데, 이들 가운데

10여 개는 특히 아름답기로 유명하다. 대부분은 높이가 2백~3백 미터 정도라서, 그리 어렵지 않게 오를 수 있다. 당신이 매우 부지런한 편이고 전날 과음을 하지 않는다면, 새벽에 일어나서 성산일출봉에 올라도 좋겠다. 주차장에서 30분 정도 올라가면 정상에 도착하고, 그곳에서 바라보는 일출은 매우 근사하다(날씨가 화창하면 더욱 좋겠지만, 적당히 구름이 있는 날도 나쁘지 않다). 일출을 포기하고 그냥 낮에 방문해도 좋다.

축구 팬이라면, 제주 월드컵경기장을 방문할 수도 있겠다. 2002년 월드컵 때 활용된 이 아름다운 경기장에서는 한라산도 보이고 바다도 보인다. 제프 블래터(Sepp Blatter) 전 FIFA 회장이 이곳에 왔을 때 '세계에서 가장 아름다운 경기장'이라고 말하기도 했다(아마 다른 경기장에 가서도 비슷한 말을 했겠지만). 만약 당신이 제주에 있는 동안 K리그 경기가 이곳에서 열린다면, 축구를 보며 치맥을 즐기는 좋은 추억을 만들 수 있다. 매진되는 경우는 흔하지 않으니, 예매 없이 가도 된다. 입장료도 상당히 저렴하다(가장 비싼 좌석이 20달러가 안 되고, 50달러 정도 되는 패키지 티켓을 사면 테이블이 있는 좌석 두 자리에 치킨과 맥주 두 잔까지 준다).

제주도는 섬인 만큼 신선하고 다양한 해산물 요리가 발달했다. 거의 모든 종류의 해산물을 맛볼 수 있는데, 그중에서도 외국인을 깜짝 놀라게 할 메뉴로는 통갈치구이가 있다. 갈치는 한국인이 매우 좋아하는 생선으로 과거에는 서민들의 음식이었지만 지금은 가격이 매우 비싸다. 다른 지역에서는 이 긴 물고기를 적당한 크기로 잘라서 요리하는 것이 보통이지만, 제주에서는 한 마리를 통째로 구워서 그대로 테이블에 올리는 경우도 있다. 일행이 네 명 정도 된다면, 통갈치구이를 주문해보라. 놀라운 모양의 생선 요리가 나타날 것이다(물론 맛도 아주 좋다). 제주 음식을 판매하는 대형 식당에서 흔히 판매한다.

제주의 토종 돼지인 흑돼지도 아주 유명하다. 흑돼지는 보통의 돼지보다 훨씬 맛있고, 가격도 조금 더 비싸다. 서울에 있는 식당들 중에도 제주도 흑돼지를 판매하는 곳은 반드시 그 사실을 커다랗게 표시해놓을 만큼 한국인이 '믿고 먹는' 돼지고기다. 다양한 조리법이 존재하지만, 당연히 가장 인기 있는 것은 삼겹살 혹은 오겹살이다. 당신은 아마 서울에서도 삼겹살을 맛있게 먹었겠지만, 제주도를 방문했다면 한번 더 먹어도 좋다. 좀 과장하자면, 제주를 방문하는 한국인들은 거의 모두가 최소한 한끼는 흑돼지 삼겹살을 먹는다. 소금에 찍어 먹어도 좋지만, 제주도에서는 멸치젓(멜젓)에 찍어 먹는 방식이 더 흔하다. 따로 주문하지 않아도 당연히 제공된다(그러고 보니 삼겹살로 시작해서 삼겹살로 끝나는 책이다!).

스무 개의 챕터 중에서 가장 길어졌다. 매력적인 장소들 중에서 아주 일부만 소개했는데도 그렇게 됐다. 그만큼 한국에는 매력적인 곳이 많다는 뜻일 게다. 당신이 충분히 긴 시간 동안 한국에 머무르거나 여러 번 한국을 방문해서, 서울 이외의 지역에 있는 이 모든 멋진 장소들을 전부 방문할 수 있기를 기원한다. 당신의 한국 여행이 비할 곳 없이 놀라운 경험들과 잊지 못할 추억들로 가득하기를, 그래서 당신의 인생에서 잊지 못할 한 챕터로 영원히 간직되기를 간절히 바란다.

K즘팝니다

다 아는데 왜 재밌을까 싶은
대한민국 설명서

초판 1쇄 인쇄 2024년 12월 12일
초판 1쇄 발행 2024년 12월 24일

지은이 박재영
펴낸이 김민정
책임편집 유성원 편집 김동휘 권현승
디자인 퍼머넌트 잉크
저작권 박지영 형소진 최은진 오서영
마케팅 정민호 박치우 한민아 이민경 박진희 황승현
브랜딩 함유지 함근아 박민재 김희숙 이송이 김하연 박다솔 조다현 배진성
제작 강신은 김동욱 이순호
제작처 한영문화사

펴낸곳 (주)난다
출판등록 2016년 8월 25일 제406-2016-000108호
주소 10881 경기도 파주시 회동길 210
전자우편 nandatoogo@gmail.com
페이스북 @nandaisart | 인스타그램 @nandaisart
문의전화 031-955-8865(편집) 031-955-2689(마케팅) 031-955-8855(팩스)

ISBN 979-11-94171-29-4 03810